Lena Wertebach ist Kriminalhauptkommissarin, Leiterin einer Mordkommission und lesbische Mutter eines zwölfjährigen Sohnes. Ihre Lebensgefährtin Susanna gehört zu einer Gruppe militanter Hausbesetzerinnen, die in Ostberlin mit dem »FrauenHaus« eine männerfreie Zone geschaffen haben. Eine der Besetzerinnen wird entführt und schließlich ermordet aufgefunden. Ihr ganzer Körper weist Spuren schwerer Folterungen auf. Doch damit nicht genug: Der offenbar psychopathische Mörder sucht die Öffentlichkeit und verschickt Tonbänder an Berliner Zeitungen. Seine Botschaft sind die Schmerzensschreie gefolterter Frauen. Immer mehr Frauen werden Opfer des Wahnsinnigen.
Die Jagd nach dem Serienkiller wird für Lena Wertebach schließlich zu einem privaten Feldzug.
Ein unglaublich rasanter Thriller, der nicht nur viel Gänsehaut erzeugt, sondern auch äußerst unterhaltsam aus dem Leben der ungewöhnlichen Lesbe an der Spitze der Mordkommission erzählt.

Maria Gronau (Pseudonym), geboren 1962 in Hildesheim. Seit ihrem zwölften Jahr Dauerausreißerin, brennt Maria Gronau mit siebzehn endgültig von zu Hause durch. Lebt in Hannover in besetzten Häusern und schließt sich der Punkerszene an. Anfang der 80er Jahre Umzug nach Berlin-Kreuzberg. Verschiedene Hilfsjobs, u. a. im Buchhandel und in der Gastronomie. Politische Arbeit im Hausbesetzerrat und in Lesbengruppen.
Heute ist Maria Gronau Chefin einer renommierten Werbeagentur. ›Weiberwirtschaft‹ ist ihr erster Roman.

Maria Gronau

Weiberwirtschaft

Roman

Fischer
Taschenbuch
Verlag

Die Frau in der Gesellschaft
Herausgegeben von Ingeborg Mues

Veröffentlicht im Fischer Taschenbuch Verlag GmbH,
Frankfurt am Main, Juni 1998

Lizenzausgabe mit freundlicher Genehmigung
des Schwarzkopf & Schwarzkopf Verlags, Berlin

Gesamtherstellung: Clausen & Bosse, Leck
Printed in Germany
ISBN 3-596-14011-0

Erstes Kapitel

1

Ich bin eine Frau.
An jedem Montag, wenn wir unsere Dienstberatungen zum Wochenbeginn abhielten, betete ich diesen Satz wie einen Rosenkranz, um mich gegen den Ansturm der Männer zu wappnen. Als ich das Besprechungszimmer betrat, war Lüders schon da und rupfte ein paar ältere Skizzen von der Pinnwand, die heute jungfräulich zu sein hatte, schließlich hatten wir einen aktuellen Fall, und der würde Platz beanspruchen. Lüders war mein Stellvertreter und vollkommen unambitioniert, denn er war zehn Jahre älter und hätte sicher meinen Posten innehaben können, wäre er an Karriere interessiert; ihm jedoch genügte es, wenn er zum Feierabend sein längst perfektes Häuschen in Frohnau verschönern, in der Gartenerde buddeln und sich um die schulischen Leistungen seiner Sprößlinge kümmern konnte.

»Morgen, Genosse Lüders«, begrüßte ich ihn.

»Morgen, Genossin Chefin«, entgegnete er.

Seitdem vor einigen Jahren der Kommunistenstaat in Ostdeutschland zusammengekracht war, sprachen wir uns gelegentlich im Scherz mit der dort für Polizisten üblich gewesenen Bezeichnung an, die wir immer albern gefunden hatten; wir hatten durch unsere Arbeit auch mit Ostberliner Bullen zu tun, aber in meinem Kommissariat gab es nicht einen, und niemand bedauerte es. Dafür hatten wir seit ein paar Tagen ein Skelett. Lüders pinnte gerade ein großes Farbfoto von ihm an die Wand.

Die Gebeine waren von einem aufmerksamen, seinen staatsbürgerlichen Pflichten treu ergebenen Rottweiler im Tegeler

Forst entdeckt worden; von seinem Herrchen ausgeführt, damit er die Berliner Forsten düngte, hatte der Hund Witterung aufgenommen und so lange im Boden gescharrt, bis sich der Besitzer genötigt sah, die Polizei zu rufen. Den Fund des Rottweilers hatte ich bereits in natura gesehen, nun betrachtete ich ihn auf dem Bild. Nur dreißig Zentimeter tief war das Grab im Waldboden gewesen, und ich sah mir die fette, schwarze Erde an, das faulende und das frische Laub, ein paar Kiefernzapfen und die grauen Knochen. Nach dem Becken zu urteilen, handelte es sich bei der Leiche um eine Frau, und da sich Tote für gewöhnlich nicht selbst beerdigen, mußten wir von einem Tötungsverbrechen ausgehen.

»Guten Morgen!« Diethelm, unser Aktenhalter in diesem Fall, balancierte einen Stoß Papiere ins Besprechungszimmer und ließ sie auf den Sitzungstisch fallen, wo sie sich selbständig machten und nach allen Seiten davonrutschten. Davon ließ sich Diethelm nicht verdrießen, sondern er klaubte zielstrebig ein zusammengelegtes Blatt unter einer Vorgangsmappe hervor, faltete es auseinander und befestigte es über dem Leichenfoto: einen vom Forstamt besorgten Plan mit der Kennzeichnung der Jagen, wie die Forstfritzen ihre Planquadrate nannten. Den Fundort hatte er mit einem roten Punkt markiert, und nun wußte ich also, daß man die getötete Frau im Jagen dreiundzwanzig vergraben hatte.

Jörg Röder, mit seinen neunundzwanzig Jahren unser Baby, und unsere unzertrennlichen Kraftsportler Wiesenburg und Petersen erschienen gemeinsam auf der Bildfläche, jeder mit dem unvermeidlichen Klemmbrett bewaffnet und gezeichnet von den Anstrengungen des Wochenendes. Sie setzten sich an den Konferenztisch, Röder ein wenig abseits, Wiesenburg und Petersen nebeneinander, und schauten mich, Lüders und die Pinnwand erwartungsvoll an.

»Morgen, die Herren«, sagte ich schwungvoll.

»Morgen, Lena«, schmetterten Wiesenburg und Petersen.

»Morgen, Frau Wertebach«, schloß sich der keusche Jörg leise an.

Wir waren fast komplett, nur unser Kriminaltechniker und Patricia, meine einzige weibliche Verstärkung, fehlten noch. Patricia war als Sekretärin und Frau für den Kaffee verantwortlich, und da Besprechungen über frische Leichen lange zu dauern pflegten, half ihr der Techniker, zwei von den drei Thermoskannen hereinzutragen. Im Behördenleben hieß er immerhin Kriminalhauptkommissar, im zivilen allerdings nur Schmidt, worunter er zu leiden schien; wenn er in einem weißen Overall an Tatorten herumwuselte und noch das Haar in der Suppe fand, kam er mir ausgesprochen männlich vor, aber in seiner Alltagskleidung wirkte er klein und unscheinbar.

»Alle da«, konstatierte Lüders, als müßte er die Anwesenheit einer Betriebsbelegschaft melden. Lüders war heute der Vortragende, und nachdem Patricia uns mit Kaffee und einem aufmunternden Lächeln versorgt hatte, legte er los.

»Unbekannte weibliche Person«, er wies auf das Farbfoto, »nach bisherigen Erkenntnissen zwischen zwanzig und fünfunddreißig Jahren alt. Todeszeitpunkt liegt drei bis vier Jahre zurück. Mehrfachfrakturen an den Unterarmen. Keine Entbindungen.«

»Das ist alles?« fragte ich entsetzt. Ich war schon mit sehr wenig Anhaltspunkten ausgekommen, aber das hier war gar nichts.

Todesursache?« wollte Petersen wissen. Lüders zuckte die Schultern.

»Was ist mit dem Gebiß?«

»Ja, das ist merkwürdig.« Lüders wand sich wie ein Lehrer, der einer fünften Klasse den Klapperstorch ausreden wollte, an den sowieso keiner mehr glaubte. »Ihr sind Zähne herausgebrochen worden.«

»Herausgebrochen?« Nun war ich wieder an der Reihe. »Das klingt nicht so, als hätte ein Zahnarzt es getan.«

»So sollte es auch nicht klingen. Hier, im Obduktionsbericht steht es genau. Keine Kieferknochenindikationen im Bereich der extrahierten Zähne. Extraktionen erfolgten gewaltsam und ohne zahnmedizinische Kenntnisse.«

»Gewaltfreies Zähneziehen kenne ich nicht«, meldete sich Wie-

senburg zu Wort, um einen seiner stets überflüssigen Kommentare abzugeben.
»Kurzum, jemand hat der Frau die Unterarme gebrochen und ihr die Zähne herausgerissen«, sagte ich.
»Vielleicht waren es Goldzähne.« Wiesenburg konnte es nicht lassen, ich überging ihn einfach.
»Die Sache mit den Zähnen könnte bedeuten«, meinte Diethelm, »daß der Täter die Identifikation erschweren wollte.«
Lüders nickte.
»Was heißen würde, ihm ist bekannt, daß man einen Toten anhand seines Zahnstatus identifizieren kann.«
»Oder ihnen«, fügte ich hinzu. Alle blickten zu mir. »Es können mehrere Täter gewesen sein«, erklärte ich.
»Zwanzig bis fünfunddreißig«, platzte Patricia dazwischen und schüttelte den Kopf, »so eine junge Frau.« Das war typisch Patricia, die selbst gerade die dreißig überschritten hatte, aber sogar eine Greisin ob ihres jugendlichen Alters bedauert hätte, doch vielleicht hatte sie recht, vielleicht starben Ermordete immer zu früh. Überhaupt fragte ich mich seit dem Tag, da ich von der Dritten zur Achten Mordkommission übergesiedelt war, um die Chefin zu mimen, wie es Patricia zu Mord und Totschlag verschlagen hatte und wie sie es ertrug, noch die widerwärtigsten Tatortprotokolle ohne Murren abzutippen; ich vermutete, daß sie sich wie wir alle einen Schutzmechanismus zugelegt hatte, der in ihrem speziellen Fall darin bestand, Worte aneinanderzureihen, ohne sich um ihren Sinn zu scheren. Aber ganz so einfach konnte das eigentlich nicht abgehen, und ich nahm mir vor, sie bei nächster Gelegenheit vertraulich zu befragen.
»Jung«, Wiesenburg schniefte, »wenn sie zwanzig war, nun gut. Aber mit fünfunddreißig?«
»Wie alt ist denn deine Frau?« fragte ich scharf. Wiesenburg schwieg brüskiert. Ich wußte natürlich, daß Rita Wiesenburg fast zehn Jahre älter war als er und daß er in ihr eine Mutter gefunden hatte, die ihm alle Lebensentscheidungen abnahm; deshalb tat er gern so, als ob sich alle Teenager nach ihm umdreh-

ten. Ich würde mich nicht einmal als Rentnerin nach ihm umschauen, und das hatte nichts damit zu tun, daß mich Männer nicht mehr interessierten. »Zum Fundort«, brachte ich mein Kommissariat wieder auf Linie. Endlich durfte Schmidt brillieren. Auch er hatte nichts, um mit seinem Geschick vor mir glänzen zu können.

»Nach drei bis vier Jahren Liegezeit kann man keine Spuren mehr erwarten«, belehrte er uns. Jeder Polizeianwärter wußte das. »Aufschlußreich ist nicht das, was ich gefunden, sondern das, was ich nicht gefunden habe.« Schmidt legte eine seiner legendären Pausen ein.

»Und was hast du nicht gefunden?« Nach dem zehnten Bier waren Diethelm und Schmidt ein Herz und eine Seele, aber im Alltag machte Schmidts Art unseren derzeitigen Aktenhalter nervös. Aktenhalter war ohnehin keine dankbare Aufgabe; Diethelm mußte für Ordnung in den Papieren sorgen und jeden eingehenden Bericht, selbst wenn er nichtssagend oder schwachsinnig war, mit Seitenzahlen versehen und abheften. Wenn er das einmal vergaß und auf Blatt siebzehn Blatt neunzehn folgte, versank die gesamte Staatsanwaltschaft im Chaos.

»Ich habe keine Kleidung gefunden«, erklärte Schmidt. »Nicht mal ein Fetzchen.«

»Könnte verrottet sein«, schlug Petersen vor.

»In einem vergleichsweise trockenen Milieu?« Schmidt wiegte den Kopf. »Aber gut, vielleicht bestand ihre Kleidung ja zu hundert Prozent aus gut kompostierbaren Naturstoffen. Aber wo sind die Schuhe? Die werden ja wohl kaum aus Baum- oder Schafwolle hergestellt worden sein, oder?«

»Es könnte Sommer gewesen sein«, mischte sich Lüders ein. »Das Mädchen war nur leicht bekleidet, lief barfuß durch den Wald. Oder es ist nackt unter die Erde gekommen. Darauf willst du doch hinaus?«

»Ich stelle nur etwas fest«, sagte Schmidt.

»Wieso Mädchen?« wollte Wiesenburg wissen.

»Wir lassen das gesamte Gelände noch mal absuchen«, ordnete ich an. »Jagen für Jagen.«

2

Jim tötete wieder. Um zu morden, brauchte er weder kräftige Hände noch eine Waffe, ihm genügte der Joystick, und er brachte keine Menschen ums Leben, sondern Monster, aber auch die schienen Schmerzen zu verspüren, denn sie stöhnten laut auf, wenn sie von Geschossen zerfetzt wurden und zu einer blutigen Suppe zerflossen.

»Hallo, Mam«, begrüßte er mich, ohne sich zu mir umzuwenden; das Morden bedurfte einiger Konzentration. Ich hatte es aufgegeben, ihm diese Spiele auszureden, obwohl er erst zwölf war und ich diese ganze Ballerei für pädagogisch verwerflich hielt; jedes Verbot würde meinen Sohn nur in die Arme seines Vaters treiben, bei dem er sich über seine intolerante und rückständige Mutter ausheulen konnte, auf tiefes Verständnis traf und obendrein noch eine männliche Umarmung erntete, gegen die blöden Weiber mußten die Kerle schließlich zusammenhalten. Alle Jungen in seiner Klasse liebten die indizierten Spiele, sie tauschten die Raubkopien und unterhielten sich am liebsten darüber, welchen Spiellevel sie gerade erreicht hatten, und dabei fühlten sie sich ungeheuer potent. Verbotene Computerspiele im Haushalt einer Kriminalbeamtin, das war schon eine Ungeheuerlichkeit, aber was mich viel mehr wurmte, war die Einsicht, daß ich mich umsonst damit abgestrampelt hatte, meinen Jungen nicht so zu erziehen, wie Jungen gemeinhin erzogen wurden: Ich hatte mir als Erziehungsprodukt etwas anderes vorgestellt, ohne genau sagen zu können, was eigentlich, jedenfalls keinen Macho. Und nun mußte ich feststellen, daß Jim sogar Fußball spielte. Ich beugte mich zu ihm und küßte ihn in den Nacken, Jim hob seine Arme und schlang sie von hinten um meinen Kopf, was ihm eine ziemliche Verrenkung abverlangte. Ich liebte ihn wie verrückt.

Das mußte ich auch, schließlich war ich seine Mutter.

»Was Neues in der Schule?« erkundigte ich mich.

»Rudi hat eine neue VGA-Karte«, sagte Jim. Das hatte ich eigentlich nicht wissen wollen, aber seitdem sein Vater ihm vor einem Jahr den dämlichen Computer geschenkt hatte, redete Jim gern in dieser Indianersprache zu mir. Eine neue VGA-Karte war sicher etwas Wunderbares, und ich hätte meinem Sohn alle VGA-Karten dieser Welt gekauft, wenn sie ihn nur dazu bewogen hätten, das Kriegsbeil gegen die deutsche Rechtschreibung zu begraben.

»Wozu braucht man denn so eine Karte?« wollte ich wissen.

»Kann man immer gebrauchen«, meinte Jim und gab meinen Kopf wieder frei. Vom Innenleben seines Computers verstand der Junge nicht die Bohne, aber darum ging es auch nicht; hatte irgendein Vater für seinen Sprößling eine Festplatte mit soundsoviel Megabyte erworben, kriegte Jim Depressionen, weil er nicht mithalten konnte, und ruhte nicht eher, bis er von David, meinem Geschiedenen, eine Festplatte mit noch mehr Megabyte bekam, die er zwar nicht einbauen, aber die er auf dem Schulhof herumzeigen konnte. Zu meiner Zeit hatten die Jungen ihre Konkurrenten noch mit begehrten Musikkassetten, einem exklusiven Poster oder gar mit den Fäusten vom Platz verwiesen, aber heute genügte ein Chip, um das Revier abzustecken; die Faustkämpfe blieben den von der technischen Entwicklung ausgeschlossenen Unterschichten vorbehalten. Jim hatte sich noch nie geprügelt, und das war mir recht so, schließlich gehörte eine Kommissariatsleiterin zum Mittelstand.

»Warst du heute bei deinem Vater?«

»Ja. Ich habe ihm deinen Brief gegeben.«

»Und?«

»Nichts weiter.«

Das war die Standardantwort auf meine Standardbriefe. David war wieder einmal mit dem Unterhalt im Rückstand, mittlerweile beliefen sich seine Schulden auf fast zweitausend Mark, und anstatt Jim alle Wünsche nach noch mehr Arbeitsspeicher, noch höherer Farbauflösung und größerer Prozessorgeschwindigkeit zu erfüllen, wären mir vernünftigere Ausgaben bei weitem lieber gewesen, etwa für Schulsachen. Aber mit solchen Ausgaben konnte man die Liebe eines Sohnes nicht erkaufen.

»Susanna hat auch wieder rumgemeckert«, sagte Jim und unterdrückte ein Grinsen, was ihm mißlang.

»Sie wird allen Grund dazu gehabt haben.«

»Nö«, Jim setzte seine betörende Unschuldsmiene auf, »was kann ich dafür, wenn sie im Flur über meine Fußballschuhe stolpert? Sie kann doch Licht machen, oder? Und meine Socken lagen nicht neben der Butter, ich schwöre! Außerdem stimmt es gar nicht, daß die stinken.«

Seitdem Susanna bei mir lebte, währte der nie erklärte Krieg zwischen ihr und meinem Sohn, den sich Susanna selbst zuzuschreiben hatte. Es war Jim natürlich nicht entgangen, daß sie aus der autonomen Frauenbewegung kam und für eine Erziehung eintrat, die sich konsequent an den Bedürfnissen des Kindes ausrichtete, wie sie es nannte; das war alles graue Theorie, aber wie alle Ideologen überprüfte Susanna ihre Theoreme nicht am Menschen, sondern sie maß die Menschen an der Theorie. Jim war des öfteren Zeuge von Vorträgen geworden, die Susanna mir hielt; ihr Kernsatz, daß sich ein Kind seine eigene Ordnung organisieren müsse, hatte sich meinem Sohn tief eingeprägt. Susanna hatte einfach nicht mit seiner außergewöhnlichen Intelligenz gerechnet und angenommen, er wäre viel zu jung, um ihre Ergüsse zu begreifen; mittlerweile hatte sie die schmerzhafte Erfahrung machen müssen, daß das Gegenteil der Fall war: Jim hatte sie zu gut verstanden. Dem verflixten Kerl war nicht entgangen, daß Susanna, ihren großspurigen Erklärungen über das systemstürzende Chaos zum Trotz, in ihren persönlichen Dingen penibler auf Ordnung hielt als ein Feldwebel, und da er eine Frau nicht als vollgültigen Ersatz für einen Vater begriff, hatte er nach Mitteln und Wegen Ausschau gehalten, sich zu rächen. Für mich auf eine liebevolle Weise. Susanna brachte es zur Weißglut.

Es begann damit, daß Jim den Kühlschrank mit dem Schuhfach verwechselte. Susanna, die lange Zeit geheimhielt, daß sie bei ihrer Mutter in Hamburg kochen gelernt hatte, war eines Tages auf die Idee gekommen, uns aus Liebe mit einem Essen zu überraschen; von ihren mehr als erbärmlichen Einkünften

hatte sie einen Lachs gekauft und im Tiefkühlfach verstaut. An ihr Geschrei, daß sie erhob, als sie neben dem Fisch auch noch ein Paar Turnschuhe zutage förderte, die seit ihrer Anschaffung nie wieder geputzt worden waren, konnte ich mich noch gut erinnern. In ihrer Wut hatte sie die Turnschuhe in das heiße Öl geworfen und war weinend aus der Küche gerannt. Den Gestank, den das verbrutzelnde Leder erzeugte, hatten wir tagelang nicht aus der Wohnung bekommen. Um seine Schuhe mußte sich mein Sohn keine Sorgen machen; schon am folgenden Tag hatte sein Vater ihm ein neues Paar gekauft.
Jim war erst zwölf, aber in Susannas Augen war er ein Mann, und von Männern ließ sie sich nicht kleinkriegen. Ich hielt ihr immer wieder vor, daß es unsinnig war, ihre Kräfte mit einem Kind messen zu wollen, doch Susanna hatte nur eine fixe Idee: Jim in einen Kerl zu verwandeln, der ihr aus der Hand fraß. Notfalls mußte das Konzept einer Erziehung, die vom Kind ausging, eben mit autoritären Mitteln durchgesetzt werden. Aber Susanna war keine Respektsperson; schnauzte sie Jim an, machte sie sich bloß lächerlich. Jim gefiel es, wenn sie wie eine Furie über ihn herfiel. Und er genoß mein volles Vertrauen. Er hatte sicher nicht gelogen: Seine nach dem Kicken vor Dreck starrenden Socken hatten nicht neben der Butter gelegen, sondern auf ihr.
»Müßt ihr immer streiten?« stellte ich eine rhetorische Frage; immerhin war ich erziehungsberechtigt, also mußte ich hin und wieder erziehen.
»Wenn sie anfängt«, wehrte sich Jim.
»Sie fängt nicht an«, erklärte ich kategorisch.
»Aber Mam, du bist doch ein Stück Staat, oder? Als Polizistin?«
Ich brummte nur, was Zustimmung oder Ablehnung bedeuten konnte. Da ich ahnte, was nun kam, war es eher ablehnend gemeint.
»Ich meine bloß, wenn ich in deiner Wohnung Unordnung verbreite, stürzt morgen der Bundeskanzler.«
Susanna war meine Geliebte, wir lebten zu dritt in einer Familie zusammen, also wäre es meine Pflicht gewesen, Jim Achtung

vor der Lebensgefährtin seiner Mutter einzuimpfen, aber ich konnte nicht an mich halten und mußte lachen. Es war nicht leicht, die Liebe im Gleichgewicht zu halten für eine Frau und einen Sohn, die sich ihrerseits auf eine verquere Weise gern hatten, aber dieses nur über eine Barrikade hinweg zum Ausdruck bringen konnten; ich lachte hemmungslos, und als ich nicht mehr atmen konnte, fühlte ich mich leicht und befreit. Susanna war eine wunderbare Frau mit einem breiten Riß in der Schüssel, Jim war ein toller Sohn, dem etliche Räder fehlten, ich war eine Leitende Kriminalkommissarin, und das war für spießbürgerliche Begriffe ebenfalls alles andere als normal. Im Grunde paßten wir hervorragend zusammen. Deshalb stritten wir uns ja.

Ich konnte nichts anderes tun, als meinen Jungen in den Arm zu nehmen. Seit einiger Zeit mochte er es nicht mehr, wenn ich den Zeitpunkt für Liebkosungen bestimmte, also entwand er sich mir.

»Ich finde das ziemlich peinlich«, meinte er. »Ich erzähle meinen Kumpels immer, daß du schon paar Mörder erschossen hast, und dann knutschst du dauernd an mir rum.«

»Wann werden dir deine Kumpels denn ein Denkmal errichten?«

»Gar nicht. Du glaubst auch alles. Denkst du wirklich, ich erzähle solche Scheiße? Meine Kumpels wissen doch, daß deutsche Bullen nur im Büro rumsitzen und Müll labern.«

3

Der Anruf von Schmidt aus dem Tegeler Forst, oder besser gesagt, der Anruf aus seinem dort abgestellten Wagen strafte Jim Lügen. Schmidt hatte nicht viel zu sagen und daher auch nicht viel Müll zu labern. Vier Stunden lang hatte eine Polizeihundertschaft Jagen dreiundzwanzig und die angrenzenden Jagen durchpflügt und dabei kiloweise Müll ans Tageslicht befördert, der im Labor untersucht werden würde, aber Schmidt war überzeugt, daß keines der Stücke mit der Toten zu tun hatte. Diese Überzeugung würde sich so lange nicht wandeln, bis man ihn vom Gegenteil überzeugte: Die Vorstellung, die Ermordete sei nackt unter die Erde gebracht worden, gefiel ihm halt.

Ich dachte an das Abendessen und verbrachte eine halbe Stunde in der Küche. Leider war nicht viel im Haus, was ich zu einer den Magen und die Nerven beruhigenden Mahlzeit verarbeiten konnte; da Susanna erst am Nachmittag zu arbeiten begann, hatte ich sie gebeten, den Einkauf für die Woche zu erledigen, aber sie hatte es nicht getan.

»Was gibt's denn?« Jim stand in der Küchentür und schaute mich erwartungsvoll an.

»Stulle«, sagte ich.

»Keine Pizza?« Mein Sohn war ein leidenschaftlicher Pizzafresser. Ich schüttelte den Kopf.

»Salami ist zwar da«, erklärte ich, »aber ich könnte höchstens deine Schuhsohlen damit belegen.«

»Oder die Stullen. Und dann mit Käse überbacken«, schlug Jim vor.

»Mit welchem Käse?«

»Okay, okay.« Jim gab sich großzügig. Er setzte sich an den Küchentisch und schaute mir zu, wie ich eine Gurke in Scheiben schnitt; mit Gurke ließ sich ein langweiliges Abendbrot immerhin wie ein Festbankett dekorieren. »Du, Mam?« sagte Jim.

»Mhm«, brummte ich.

»Ich bin unglücklich.«

»Was?« Ich ließ das Messer sinken und drehte mich zu ihm um. Jim schaute mich aus seinen großen Augen treuherzig an. Mir krampfte sich das Herz zusammen, schließlich war ich bei meiner Familie dafür angestellt, alle glücklich zu machen.

»Und traurig«, gab Jim Wasser auf die Mühlen.

»Liebeskummer?« erkundigte ich mich mitfühlend.

»Nee. Aber ich will ins Internet.«

»Bitte?« Ich legte das Messer weg und setzte mich zu meinem Sohn. Da ich ahnte, was er von mir wollte, stellte ich mich schwerhörig. »Du willst in ein Internat?«
»Ihr Weiber habt keine Ahnung«, meinte der große Frauenkenner, »und das geht schon bei so primitiven Dingen wie dem Faxen los. Eh, versuch doch mal, einem Weib 'n Fax zu schicken. Also bei so Kombigeräten, wo Telefon und Fax zusammen sind, und es ist nicht auf Faxempfang umgestellt. Klappt nie.«
»Deshalb haben wir so eine Telefonrechnung«, sagte ich. »Weil du deinem Harem ständig Faxe schickst, die nicht ankommen.«
»Quatsch, Harem!« Jim schüttelte heftig den Kopf. Ich hatte also richtig getippt, der Bengel schrieb seine Liebeserklärungen nicht im Unterricht auf kleine Zettel, die dann von Bank zu Bank an die Angebetete weitergereicht wurden, er faxte sie.
»Nee, bloß ab und zu kriegt Leila ...« Er verstummte.
»Welche Leila?« Kriminalhauptkommissarin Lena Wertebach konnte auch daheim eine ungeschickte Vernehmerin sein.
»Egal.« Jim winkte ab. »Aber wenn ich der 'n Fax schicke ... Also die Weiber begreifen einfach nicht, daß sie bloß *Start/Kopie* drücken müssen, wenn's im Hörer piept. Die rufen tausendmal *Hallo, Hallo?*, und dann legen sie auf.«
»Weil die denken, das piept nicht bloß im Hörer, sondern auch bei Jim Wertebach«, schlug ich vor. »Aber mal unter uns Pastorentöchtern: Was ist mit dem Internet?«
»Ich will 'nen Zugriff«, sagte Jim entschieden.
»Kinder mit 'nem Willen krieg'n was auf die Brillen«, neckte ich ihn.
»Aye, aye, Sir!« Jim salutierte.
»Weil du keine Brille trägst?«
»Genau, Chefin. Höchstens 'ne Klobrille.«
»Also gut, my darling«, ich streichelte seine Wange, und jetzt durfte ich es, »welchen Zugriff haben sich der Herr denn vorgestellt? America Online? CompuServe? Oder die Variante der Telekom?«
»Eh, Mam«, Jim war begeistert, »du kennst dich ja aus.«
»Weil ich kein Weib bin, sondern eine Frau.«

»Nee, weil du 'ne Schnüfflerin bist. Und darum verstehst du jeden, der 'n bißchen in der Welt rumschnüffeln will.«
So war es immer. Ich konnte mich drehen und wenden, wie ich wollte, das letzte Wort gehörte Jim. Auch bei den Männern in meinem Kommissariat, Lüders ausgenommen, gab es diesen Hang, immer das letzte Wort haben zu müssen. Jim verzieh ich es. Bei meinen Untergebenen setzte ich mich nach Kräften zur Wehr.
»Weil du und dieser Internetkram eines gemeinsam haben ...«
Ich gab nicht klein bei im Kampf ums letzte Wort.
»Was 'n?«
»Die Jugend und die Datenautobahnen sind unsere Zukunft.«
»Geil, Mam. Krieg ich AOL?«
»Was?«
»Mam!« Der Vorwurf in Jims Stimme war nicht zu überhören.
»America Online. Echt, Mam, ich schwöre dir, das ist auch was für die Schule. Man kann in Lexikons nachgucken und ...«
»Lexika«, korrigierte ich ihn. Der Sieg war meiner.
»Eh, stell dir bloß mal so was Krasses vor«, mein Sohn schwebte im siebten Himmel, »so 'ne Adresse: *JimmyW@aol.com.*«
Ich hatte doch verloren. Mehr war nicht zu sagen.

4

»Nee, nee, nee«, stöhnte Susanna in der Diele, als sie sich die Schuhe auszog. Offenbar hatte sie einen schweren Tag hinter sich. Ich stürzte in den Flur, um sie zu trösten. Jim blieb in der Küche zurück; er träumte bereits vom Surfen durch das Internet, und in dieser Welt kam eine Susanna nur als Störfaktor vor, der alle Programme zum Absturz brachte.
»Susa«, so nannte ich sie, weil kein anderer Kosename möglich war; Susi fand ich albern wie fast jedes Diminutiv, und es hätte

auch Susannas revolutionäre Potenz in Frage gestellt, »Susa, was ist denn los?«

»Besuch«, sagte sie knapp. Ich nahm sie in den Arm und küßte sie auf die müden Augen.

»Susanna, du hast nicht eingekauft«, krähte Jim aus der Küche. Und er sprach ihren Namen besonders hart aus.

»Hör nicht hin«, empfahl ich meiner Frau.

»Gäste aus Westdeutschland.« Susanna lehnte sich erschöpft an mich. »Eine Frauengruppe. *Rosa Nelken*. Sozialdemokratisch. Die waren wohl irgendwie falsch informiert.«

»Wieso?« Ich hielt Susanna sehr fest, obwohl sie nach Schweiß und Rauch und Bier stank.

»Na, die hatten so 'ne Art Bildungsreise«, erklärte Susanna. »Frauenbewegung in Berlin, das war wohl das Thema. Und irgendein Spaßvogel hat unseren Infoladen ins Programm aufgenommen. Du, die waren vollkommen durcheinander. Frauen in Lederklamotten und mit Stachelarmband, das kommt in ihrer Gießkannenwelt nicht vor.«

»Gießkannenwelt ist hübsch«, lobte ich.

»Ach, Lena, das ist mir ja bloß eingefallen, weil diese Truppe aus Gießen war.«

»Komm schnell, Susa«, rief der einzige Mann, den wir beide liebten. Und der war bloß ein halber Hahn. »Es gibt mit Käse überbackene Salami-Turnschuhe.«

»Der fehlt mir noch für einen Nervenzusammenbruch«, sagte Susanna. »Um eines beneide ich die Männer. Darum, daß ich zu Jim nicht wie ein Kerl sagen kann: Du gehst mir auf den Sack.«

5

»Entschuldige, Lena«, sagte Lüders. Wir lagen bereits im Bett, Susanna hatte gerade begonnen, mir die schreckliche Mär von sozialdemokratischen Frauengruppen aus Gießen zu er-

zählen, was in Jims Anwesenheit nicht möglich gewesen wäre; meinem Sohn wären dazu so viele dumme Bemerkungen eingefallen, daß die Geschichte nie ein Ende gefunden hätte.
»Wenn du etwas Wichtiges hast, mußt du dich nicht entschuldigen«, sagte ich. »Wo bist du überhaupt?«
»Im Büro.«
Lüders war ein Phänomen. Für mich verkörperte er den Urtypus des sorgenden Familienvaters, dem Haus und Hof über alles gingen, aber wenn er sich an einer Sache festbiß, wurde er zum Workaholic. Und an unserem Skelett hatte er sich, sehr im Gegensatz zu mir, offenbar festgebissen. Ich begriff nicht, warum ihn eine alte Leiche dermaßen bewegte.
»Sag mal, warum schuftest du so?« wollte ich deshalb wissen.
»Familie«, sagte Lüders nur.
»Eheprobleme?«
»Viel schlimmer. Mein Sohn fliegt vom Gymnasium. Alle Träume sind ausgeträumt.«
»Wessen Träume? Deine? Die deines Sohnes?«
»Also, bitte, Lena!« Nun mischte sich auch Susanna ein. »Ich bin's ja gewohnt, daß du ständig aufspringen mußt, wenn dich jemand anklingelt. Aber Seelenklempner ...«
»Streß mit deiner Freundin?« fragte Lüders.
»Nein, nein. Sag mir ruhig, was du zu sagen hast«, verlangte ich.
»Gut. Ich hab mich noch mal mit den Rechtsmedizinern kurzgeschlossen. Also da gibt es doch was ...«
»Erst mal reden wir über deinen Sohn. Wo ist das Problem?«
»Wenn du unbedingt Seelen reparieren willst«, schimpfte Susa, »dann fang mit meiner an.«
Ich wischte ihren Einwand mit einer Handbewegung fort: Es war noch nie vorgekommen, daß sich einer meiner Mitarbeiter bei mir sein privates Herz ausgeschüttet hatte. Ich hatte den Eindruck, daß Lüders etwas getrunken hatte.
»Meine Frau natürlich«, sagte Lüders. »Ich hab immer gesagt, die Talente unseres Jungen liegen in den Händen. Er muß nicht

auf's Gym. Das packt er nicht. Er ist ein Handwerker, verstehst du? So wie ich. Ich mein, Kripoarbeit ist ja auch zum Teil Handwerk. Und ich handwerke gerade.«
»Mach dich nicht so klein«, verlangte ich, »und sag mir, was dein Handwerk bewirkt hat.«
»Danke.« Wofür sich Lüders bedankte, war mir schleierhaft. »Also, die Leichendoktoren haben das Skelett heute noch mal gründlich auseinandergenommen. Irgendwas mit dem Computertomographen, frag mich nicht nach Sonnenschein. Jedenfalls haben die was festgestellt: Unsere Tote litt unter einer sehr seltenen Knochenkrankheit. Ich hab heute fünf Stunden in der Vermißtenstelle verbracht. In Deutschland wird offenbar keine Frau mit diesen Merkmalen vermißt. Aber von Interpol haben wir doch einen Strohhalm zugefaxt bekommen. Harriet Stone. Aus Neuseeland. Vor vier Jahren zu einer Europatour aufgebrochen. Von Auckland aus. Also das ist ihre Heimatstadt. Die letzte Karte, die ihre Eltern erreichte, kam aus Zürich. Dann verliert sich ihre Spur.«
»Und sie hat oder hatte diese seltsame Krankheit?« vergewisserte ich mich.
»Genau«, sagte Lüders.
»Du bist ein Genie«, sagte ich.
»Ein Bulle als Genie!« Susa schlug sich vor die Stirn.
»Ja, manchmal hat auch Handwerk einen goldenen Boden«, meinte Lüders bescheiden.
»Wenn dein Sohn ein Polizist wird wie du ...«, begann ich in der guten Absicht, meinem Kollegen Trost zu spenden.
»Er verachtet Bullen«, sagte Lüders. »Exklusive seinen Vater.«
»Könnt ihr euren Bullenscheiß nicht endlich beenden?« meldete sich Susa zu Wort. »Ich krieg allmählich Depressionen.«
»Wollen wir uns morgen 'ne Stunde früher treffen?« schlug ich Lüders vor. »Dann können wir alles in Ruhe besprechen.«
»Meinetwegen. Ich übernachte sowieso hier«, sagte Lüders.
»Also morgen um sechs?« vergewisserte ich mich.
»Gern«, sagte Lüders. »Gute Nacht.«

»Um sechs?« Susanna grinste. Ihr ging es offenbar wieder besser.
»Warum nicht?« wollte ich wissen.
»Weil ich sehr viel Liebe brauche heute nacht«, sagte Susa.
»Mam?« sagte Jim. Offiziell schlief er bereits seit einer Stunde. Inoffiziell stand er in der Tür.
»Was willst du denn?« Streßresistenz gehörte zu meinem Beruf. Nicht zu meinem Privatleben.
»Ich muß Vati anrufen«, sagte mein Sohn. »Aber ihr habt das Telefon umgeschaltet.«
»Du sollst jetzt schlafen«, schimpfte ich. Aber mein Erziehungsversuch war halbherzig.
»Ja, sofort. Hab bloß 'n Problem mit dem Multitasking. Die Anwendungen behindern sich gegenseitig.«
»Dann nimm das Telefon und ...« Ich wußte nicht, was ich sagen sollte.
»Und?«
»Mach, was du willst«, befahl Susanna. »Aber mach's draußen.«

6

Nachdem ich meine Mutterpflichten erfüllt und verhindert hatte, daß sich Jim mit seinem Multitasking-Problem die Nacht um die Ohren schlug, konnte Susanna endlich beginnen, mir die Horrorgeschichten von den Gießener Frauen haarklein zu erzählen. Die Damen hatten sich also auf einer frauenpolitischen Bildungsreise befunden und dabei auch dem *FrauenHaus* einen Besuch abgestattet, das sie in einer Broschüre erwähnt gefunden hatten. Susanna leitete im *FrauenHaus* die Infothek, sie war ihre einzige Mitarbeiterin und bekam für den Halbtagsjob ein lausiges Salär. Und im *FrauenHaus* hatte ich sie kennengelernt.

Hin und wieder mußte ich mir einfach einen Urlaub von der Männerwelt gönnen, und das *FrauenHaus* fand in mehrfacher Hinsicht mein Interesse: Es befand sich in Ostberlin, wohin ich nur selten und zumeist nur wegen einer Leichensache kam, es war von Frauen aus der autonomen Linken besetzt und eingerichtet worden, und es gab ein Café dort, das für Männer verboten war. Ich hatte unter Frauen sein wollen, also war ich nach Prenzlauer Berg gefahren, hatte dann allerdings lange vor dem Café herumgestanden, weil ich bezweifelte, daß ich zu den Punkerinnen und schwarzgewandeteten Straßenkämpferinnen überhaupt paßte. Susanna hatte mich durch das Fenster des Infoladens dort stehen gesehen, und sie hatte sich kurzerhand entschlossen, mir den Weg ins Café zu erleichtern und mich einzuladen. Wie ich mittlerweile wußte, war ich für sie eine Liebe auf den ersten Blick gewesen, gepaart mit einer gehörigen Portion Mitleid ob meiner Hilflosigkeit. Und nachdem ich einige Gläser Wein intus gehabt hatte, war auch ich verliebt gewesen; eine Liebe nach dem dritten Wein sozusagen.
Mein Zahnarzt bekämpfte die weitverbreitete Angst vor dem Bohrer durch eine Tafel in seinem Wartezimmer, deren Spruch ich mir auch im Alltagsleben immer wieder vor mein inneres Auge hielt: Nichts ist schlimmer als die Angst davor! So war es mir auch mit dem Frauencafé ergangen. Nachdem ich den Fuß über die Schwelle gesetzt hatte, war ich rasch heimisch geworden: Die Punkerinnen bissen nicht, die Straßenkämpferinnen warfen keine Molotowcocktails, die waren freundlich und freuten sich über jede neue Frau. Eine Hürde hatte ich allerdings noch nehmen müssen, die meines Berufes. Polizisten waren in den autonomen Kreisen nicht gerade beliebt, und von einer Kripotante stand immerhin zu befürchten, daß sie spitzeln wollte. Auch Susa hatte erst einmal geschluckt. Sie fand mich aber derart sexy, daß sie ihren Schock schnell überwand, schließlich waren nackte Kriminalbeamtinnen auch bloß Frauen. Als Chefin einer Mordkommission war ich eine ziemlich extravagante Partie, für Berlin stellte ich sogar ein Unikat dar, und wer geht nicht gern mit Unikaten ins Bett; daß sich Susanna vor ihrer Lesben-

gruppe *Coole Mädels* würde rechtfertigen müssen, war mir seinerzeit unbekannt. Jetzt hatten sich die Mädels an mich gewöhnt, und wenn sie mich *Die Bullin* nannten, meinten sie es nicht abwertend.

»Nun stell dir zehn Weiber vor, Typus gelangweilte Ehefrau«, verlangte Susa von mir. »Sie hatten ja bestimmt paar politische Erfolge aufzuweisen, ich mein, 'n neuer Kinderspielplatz für die Reihenhaussiedlung und solche Dinger. Aber was machen die schon groß? Außer sozialdemokratischem Kaffeekränzchen mit Verfassen von Petitionen? So richtig kämpfen tun die ja nicht, da läuft alles schön brav in legalen Bahnen ab. Denen sind die Augen rausgefallen, als ich ihnen unser Demo-Archiv gezeigt habe. Konnten die gar nicht fassen, das sich Frauen 'ne Haßkappe aufsetzen und Bullen versohlen. In Gießen macht man sowas nicht.«

»Vielleicht hat Gießen eine besonders nette Polizei«, schlug ich vor.

»Gott, Lena, jeder Bulle für sich genommen mag ja nett sein und 'n guter Familienvater, so wie die KZ-Aufseher im Privatleben auch menschenähnlich gewesen sein sollen. Aber gebündelte Bullen, nee, die kriegen bloß 'ne Schlagstockerektion hin. Vor allem diese Bürgerkriegstruppe, die bei den Demos rumhängt.«

»Und du denkst nicht, daß ihr diese Bürgerkriegstruppe manchmal ein bißchen provoziert?« stichelte ich. »Auch Polizisten wollen geliebt werden, und selbst mir würde ein ständiges *Bullen raus*! auf den Wecker fallen.«

»Wir laden sie nicht ein«, erklärte Susa und kuschelte sich an mich. Ihr Haar roch erregend nach Henna.

»Ich frag mich sowieso, was passieren würde, wenn sich kein Beamter bei euren Demos sehen ließe. Das gehört doch zum Szenario, oder? Würde doch keinen Spaß machen ohne Bullen.«

»Lena, Schätzchen, wir haben auch politische Ziele.« Susanna knabberte an meiner linken Brustwarze, ich sah eine kurze Nacht vor mir.

»Verstehe. Keine Just-for-fun-Demonstrationen, sondern hehrer politischer Kampf.«
»Fun gehört ins Bett«, behauptete Susa.
»Na, dann mal ab in den siebten Himmel mit uns zwei«, ordnete ich an.
»Oh ja«, Susannas Stimme war schon von der Lust belegt, »und schön lange oben bleiben. Man bricht sich so leicht was, wenn man aus dem siebten Himmel stürzt und auf den Boden der Tatsachen knallt.«
Also schoben wir Absturz und Aufprall möglichst weit hinaus.

Zweites Kapitel

1

Lüders pinnte das Foto eines jungen Mädchens neben die Aufnahmen unseres Skeletts; sehr viel Ähnlichkeit war nicht vorhanden.

»Harriet Stone«, kommentierte Lüders sein Tun. Er hatte ebenso dunkle Augenringe wie ich, aber aus anderen Gründen. »Geboren am fünfundzwanzigsten März neunzehnhundertsiebzig in Auckland, New Zealand. Aufgewachsen dortselbst. Studentin. Germanistik, Anglistik und Philosophie. Neunzehnhundertzweiundneunzig brach sie zu einer Tour durch die Alte Welt auf, vor allem durch den deutschsprachigen Raum, weil sie ihre Sprachkenntnisse erproben und verbessern wollte. Abreisedatum war der sechste Juni, ihr erstes Ziel London. Anhand von Ansichtskarten, die Harriet an ihre Eltern schrieb, anhand der Hotelanmeldungen und auch durch einige Zeugen konnten Interpol und die neuseeländische Polizei die ersten vierzehn Tage ihrer Reise rekonstruieren. Das Mädchen war in London, Paris, Brüssel, Genf und Zürich. Zürich ist die letzte bekannte Station. Wir wissen aber, daß Harriet von Zürich aus nach Frankfurt und von dort nach Berlin weiterreisen wollte. In Berlin war sie sogar mit einer Freundin verabredet, ebenfalls einer Neuseeländerin, die an der TU studiert. Irgend etwas Technisches. Ich hab sie für vierzehn Uhr zur Einvernahme bestellt.«

»Gute Arbeit, Lüders«, lobte ich. Und dieses Lob hatte er sich verdient. Peinlich berührt senkte Lüders den Kopf.

»Und diese Harriet soll nun unsere Leiche sein?« fragte Diethelm skeptisch. »Wie viele Mädchen verschwinden denn weltweit so im Schnitt?«

»In der zentralen Personenfahndungsdatei von Interpol Lyon sind siebenhundertneun ungelöste Vermißtenfälle registriert«, sagte Lüders. »Und ich spreche nur von dem Segment, das für uns von Interesse ist: weiblich und zwischen zwanzig und fünfunddreißig.«
»Na, schönen Dank.« Diethelm sah eine Lawine von Arbeit auf uns zurollen.
»Moment«, beruhigte ich ihn, »wir haben ein signifikantes Identifizierungsmerkmal.«
»Genau«, bestätigte Lüders, »Harriet Stone litt unter einer seltenen Knochenerkrankung, Myeloma, kurz IMF. Deshalb ihre Weltreise; sie wollte noch einmal unter die Füße nehmen, was sie später nur im Rollstuhl hätte besichtigen können. Ein bis zwei Jahre gaben ihr die Ärzte, dann wäre sie nicht mehr gehfähig gewesen.«
»Gehfähig ist sie ja auch nicht mehr«, meinte Petersen und klopfte auf die Fundortfotos.
»So ein hübsches Mädchen«, sagte Macho Wiesenburg versonnen. »Und so schwer krank.«
»Ja, das ist traurig«, sagte Patricia.
»Und unser Skelett«, Diethelm liebte den Boden der Tatsachen ebenso wie Lüders und ich, »unser Skelett weist also die Krankheitsmerkmale auf?«
»Ja.« Lüders nickte. »Das war aber bei der Erstbesichtigung der Leiche noch nicht auffällig. Erst im Tomographen und nachdem Doktor Roth und Doktor Basing sich den Knochenquerschnitt angeschaut haben.« Roth und Basing waren die Gerichtsmediziner der Kriminalpolizei, mit denen wir zumeist zusammenarbeiteten; sie fanden oft die winzigste Kleinigkeit und übersahen manchmal etwas Großes, weil sie Menschen und daher fehlbar waren wie wir alle. Auch ich trug ungelöste Fälle auf dem Buckel und fragte mich immer wieder, was ich übersehen haben könnte.
»Dann können wir die Tote also mit hoher Wahrscheinlichkeit als identifiziert ansehen«, folgerte Diethelm messerscharf.
»Und brauchen sie ihren Eltern im fernen Australien nicht vor-

zulegen«, gab Wiesenburg seinen Senf dazu. Seine unübertreffliche Blödheit hielt er offenbar für Ironie.
»Neuseeland«, korrigierte die aufmerksame Patricia.
»Ist doch fast dasselbe«, behauptete Wiesenburg, der im Geographie-Unterricht gefehlt oder geschlafen zu haben schien. Nur Jörg Röder hatte bisher noch nichts gesagt. Er war eben schüchtern und hielt uns für große Autoritäten auf dem Gebiet der Kriminalistik; erst allmählich würde ihm aufgehen, daß wir alle ganz normale Sachbearbeiter waren.
»Ich werde mit dieser Freundin sprechen«, beschloß ich als Obersachbearbeiterin. »Und dich, Lüders, möchte ich dabeihaben.«
»In Ordnung, Lena.«
»Ich setz' mich mit Frankfurt in Verbindung«, sagte Diethelm. »Wenn Harriet Stone tatsächlich von Zürich nach Frankfurt gefahren ist, sollen die Mainhattaner für uns Klinken putzen gehen. Trial and error, Jörg, das ist das Grundprinzip des Computers und der Kriminalistik.«
Röder nickte heftig. Er war auch ein wenig rot geworden.
»Die Frankfurter werden ihre Tippeltour schon erledigt haben«, vermutete ich. »Ohne Ergebnis. No results. Auch ein kriminalistisches Prinzip.«
»Eben nicht.« Die Reihe war wieder an Lüders. »Lyon hat die Suchmeldung ans BKA in Wiesbaden übermittelt, aber die haben sie verschusselt.«
»Nichts Neues«, meinte Petersen. »Bundeskriminalamt, da sitzen doch bloß Ärmelschoner rum.«
»Aber gut bezahlte«, sagte ich. »Und nun marsch, an die Arbeit.«

2

Die Freundin, die Harriet Stone in Berlin hatte besuchen wollen, hieß Jo Winterfeld. Ich hatte Jo immer für einen Männernamen gehalten, wurde nun aber eines Besseren belehrt. Jo Winterfeld war eine geborene Myers, hatte aber vor zwei Jahren einen Berliner geheiratet und sogar die deutsche Staatsbürgerschaft angenommen. Sie machte einen verschreckten Eindruck, als sie vor mir in dem Arbeitszimmer saß, das ich mir mit Lüders teilte. Es gab nur sehr wenige Menschen, die gern in unser Dienstgebäude in der Keithstraße und zur Mordkommission bestellt wurden; vor Morden hatten fast alle und mitunter sogar Mörder einen heiligen Respekt. Ich bot der Frau einen Kaffee an, um sie etwas aufzulockern, aber sie lehnte ab. Patricia, die das Protokoll führte, seufzte. Ihr tat die junge Frau natürlich leid. Mir auch.

»Danke, Frau Winterfeld«, sagte Lüders und reichte ihr den Personalausweis zurück.

»Wir hören Sie als Zeugin in der Sache Harriet Stone«, eröffnete ich unser Gespräch mit einer Floskel; jeder Vernommene hatte das Recht zu erfahren, warum wir ihn vorgeladen hatten. Jo Winterfeld nickte, schließlich hatte Lüders ihr den Grund am Telefon bereits mitgeteilt.

»Sie ist tot, nicht wahr?« wollte Jo wissen.

»Wir vermuten es«, erklärte ich.

»Sie war so ein guter Mensch«, behauptete Frau Winterfeld. »Das ist ja alles schon lange her, aber ich muß oft an sie denken.«

»Woher kennen sie sich denn?«

»Aus Auckland. Wissen Sie, das ist eine riesige Stadt, weil sie bloß aus kleinen Häusern besteht. Wir waren die Nachbarn der Familie Stone. Ich bin mit Harriet aufgewachsen. Als ich schon in Berlin war, hat sie mir oft geschrieben. Sie war ja sehr krank, da brauchte sie eine Vertraute.«

»Eine Vertraute in der Fremde?« erkundigte sich Lüders.

»Manchmal ist es leichter, sich einem Brief anzuvertrauen als einem Menschen, der einem gegenübersitzt.«
»Das kann ich gut verstehen«, meinte Patricia, die eigentlich während einer Befragung zu schweigen hatte. Ich sah ihr diesen Einwurf nach.
»Erzählen Sie uns vom Sommer neunzehnhundertzweiundneunzig«, bat ich.
»Ja. Also ich wußte ja schon lange, daß Harry ... ich hab sie immer Harry genannt ... daß Harry mich in Berlin besuchen wollte. Nur der Zeitpunkt stand noch nicht fest. Und dann kam plötzlich diese Karte aus London.« Jo Winterfeld gab sie mir.
I entered Europe, war zu lesen. *My first step is London. Yesterday I bought shoes. Jo, London is the capital of shoes. Tomorrow I shall fly to Paris. We shall see us next time. Lovely yours H.*
»Sie hat immer dieses superkorrekte Englisch geschrieben«, erklärte Jo. »Immer *shall* statt *will* in der ersten Person. Das fand sie vornehm. Oxford, wenn Sie verstehen.«
Ich verstand.
»Kamen weitere Karten?« wollte ich wissen.
»Eine noch. Aus Paris.«
Auch diese Karte durfte ich lesen. *Paris is majestätisch.* Diesmal hatte Harriet deutsch geschrieben, wenn auch nicht superkorrekt. *Gestern war ich zwei Stunden auf dem Eiffelturm. In der Nacht. Man kann sich gar nicht sattsehen. Ich verstehe nicht warum Menschen Kriege führen wenn sie so schöne Städte bauen können. Lovely yours H.*
»Das letzte Lebenszeichen?« fragte Lüders.
»Ja. Nur ihre Eltern haben später noch eine Karte erhalten. Und ich mach mir heute noch Vorwürfe. Wissen Sie, ich war damals schon mit Peter zusammen, mit meinem jetzigen Mann. Er hatte einen Urlaub an der See für uns gebucht, weil ... nun, ich war damals schwanger. Meine erste Schwangerschaft. Die hat mich ziemlich mitgenommen, und Peter bestand darauf, daß ich mich erhole. Er ist ein so rücksichtsvoller Mann.«
Auch mich hatte meine erste und mit Sicherheit letzte Schwangerschaft mitgenommen, aber einen rücksichtsvollen Mann,

der mir einen Urlaub spendierte, hatte ich nicht gehabt. David, mein damaliger Gatte, hatte überhaupt keine Vorstellung gehabt, was eine Schwangerschaft für eine Frau bedeutete; am meisten hatte mich jedoch gewurmt, daß er den noch ungeborenen Jim immer nur als sein Kind bezeichnet hatte. Sein Anteil am Zustandekommen unseres Sohnes beschränkte sich allerdings darauf, daß er ein paar Samenfäden auf eine meiner Eizellen abgeschossen hatte. Ich hatte Jim ausgetragen, und er war bereits im Mutterleib ein großes, kräftiges und selbstbewußtes Kind gewesen. Weil er mir so viele Qualen bereitet hatte, liebte ich ihn auch so sehr. David hatte ich nach der Entbindung nicht mehr geliebt.

»Sie sind also in den Urlaub gefahren?« vergewisserte ich mich.

»Nur für eine Woche. Ich wußte ja nicht genau, wann Harriet nach Berlin kommen würde, deshalb hab ich ihr einen Zettel an die Wohnungstür geklebt. Sie hätte uns in der Pension auf Amrum anrufen können, und wir wären sofort zurückgekehrt. Aber das hat sie nicht getan.« Jo schluchzte. »Wären wir in Berlin geblieben, ihr wäre bestimmt nichts … zugestoßen?«

»Quälen Sie sich nicht. Wir wissen doch noch gar nicht, was passiert ist. Vielleicht hat Ihre Freundin beim Tanzen oder in einer Gaststätte einen Mann kennengelernt, den späteren Mörder. Sie wollte doch etwas erleben in Europa, nicht wahr? Das hätte ihr auch widerfahren können, wenn sie bei Ihnen gewohnt hätte.« Mein Trost war schwach, aber Jo Winterfeld nickte eifrig.

»Verstehe ich das richtig?« hakte Lüders nach. »Es wäre also denkbar, daß Harriet nach Berlin gekommen ist und vor Ihrer verschlossenen Wohnungstür stand? Hatte sie noch andere Bekannte in Berlin? Eine Quartieralternative?«

»Nein«, sagte Jo überzeugt, »in Berlin kannte sie nur mich.«

»Und sie hat keine Nachricht hinterlassen?«

Jo Winterfeld schüttelte den Kopf.

»Der Zettel war aber fort«, sagte sie.

3

»Ich hab da was«, sagte Wiesenburg. Ich mochte ihn nicht besonders und am wenigsten seine Art, ohne anzuklopfen in mein Arbeitszimmer hereinzuschneien. Aber seinen Job erledigte er immerhin. »Harriet Stone ist tatsächlich von Frankfurt nach Berlin geflogen. Mit Lufthansa. Ich fange an, den deutschen Ordnungssinn zu lieben.«

»Wann?« fragte Lüders knapp.

»Am neunundzwanzigsten Juni.«

»Das paßt«, meinte Lüders. »Jo Winterfeld war zu diesem Zeitpunkt noch auf Amrum. Harriet könnte also zur Wohnung der Winterfelds gefahren sein und dort den Zettel gefunden haben. Zum Anrufen kam sie dann nicht mehr.«

»Weil sie getötet wurde, meinst du sicher.« Ich wiegte meinen Kopf skeptisch hin und her. »Wann ist Harriet in Berlin eingetroffen?« wollte ich von Wiesenburg wissen.

»Gegen elf.«

»Aha. Die Winterfelds lebten seinerzeit in Britz. Gut, Harriet kannte sich in Berlin nicht aus, geben wir ihr eine Stunde. Um zwölf herum wird sie vor der Wohnungstür gestanden haben. Sie hätte doch sofort Jo angerufen, meint ihr nicht?«

»Vielleicht wollte sie ihren Freunden noch ein paar Tage Urlaub gönnen«, schlug Lüders vor. »In allen anderen Städten ist sie schließlich auch allein zurechtgekommen.«

»Wir sollten trotzdem die Nachbarn unter die Lupe nehmen«, meinte Wiesenburg.

»Exakt. Vor allem die, die vor vier Jahren dort gewohnt haben.«

»Logisch«, sagte Wiesenburg und zog ab.

»Es werden auch Menschen am hellichten Tage ermordet«, gab Lüders zu bedenken.

»Danke für die Nachschulung.«

»Und mitunter werden auch Leichen bei Tageslicht durch die Stadt kutschiert und im Tegeler Forst vergraben.«

»Ja, ja«, sagte ich knapp. Ich mußte nachdenken.
Viel kam dabei nicht heraus. Eigentlich gar nichts.

4

Obwohl oder weil wir nach dem großen Sprung, den wir Lüders verdankten, nur einen winzigen Schritt in unserer Sache vorangekommen waren, hatte mich der Tag geschlaucht. Ich hatte eine wenig ergiebige Beratung bei unserem Inspektionsleiter Brinkmann über mich ergehen lassen müssen, der mich gern das beste Pferd in seinem Stall nannte, weil er mit einem weiblichen Kommissariatsleiter in der Öffentlichkeit gut dastand. Er meinte seine Bemerkung keineswegs anzüglich, aber dennoch ärgerte ich mich jedesmal über sie; ich fürchtete, daß in den Hirnen meiner Kollegen aus dem Pferd eine Stute wurde, die gedeckt werden mußte. Ich hatte etliche Telefonate erledigt und dem Nationalen Zentralbüro der Interpol in Wiesbaden ein Fax geschrieben, in dem ich die Kollegen über den Stand der Dinge unterrichtete und anfragte, welche Kleidungsstücke Harriet Stone vor vier Jahren mit sich geführt hatte; es war wenig wahrscheinlich, daß von ihren Kleidern jemals etwas auftauchte, aber sicher sein konnte man nie. Ein Oberkommissar Ziegler hatte mich angerufen und mir versprochen, sich mit Lyon in Verbindung zu setzen; manchmal hatten Dienstwege eine lange Leitung. Ich saß in der U-Bahn nach Wittenau und war rechtschaffen müde. Am liebsten hätte ich mich sofort ins Bett zurückgezogen, aber Jim hatte ein Anrecht auf meine Zuwendung und würde mich sicher noch ein paar Stunden quälen. Und dann waren Susa und ihre Geschichten dran. Eine Kriminalkommissarin, die den ersten Angriff auf einen neuen Mordfall leitete, sollte ihre Familie in die Wüste schicken.
Als ich meine Wohnungstür aufschloß, hatte ich eine Vision. Ein Hotelzimmer erschien vor meinem inneren Auge, ein

Hotelzimmer auf Kreta. Das Zimmer wurde fast komplett eingenommen von einem riesigen Bett.

Ans Bett würde lange nicht zu denken sein. Susanna war da und hatte Besuch. Es waren mehrere Frauen, die in der Küche lärmten. Jim steckte den Kopf aus der Tür zu seinem Zimmer.

»Mam«, wollte er wissen, »gibt's heute Pizza?«

»Nein, was noch Leckereres.« Ich streifte meine Schuhe ab und ließ sie achtlos stehen; um sie im Schuhschrank zu verstauen, fehlte mir die Kraft. »Stulle.«

»Schon wieder«, sagte Jim enttäuscht.

»Du kümmer dich um dein Multitasking«, verlangte ich. »Und wenn du mich nerven willst, mußt du heut zur Strafe barfuß ins Bett.«

»Bitte nicht.« Jim grinste mich an. »Dann müßte ich ja meine Füße waschen. Und es ist noch nicht Weihnachten.«

»Also sei ein braves Kind.« Ich küßte ihn auf die Nasenspitze und inspizierte die Küche.

Susa hatte drei Frauen mitgebracht, die ich auf Anhieb als Bewohnerinnen des *FrauenHauses* erkannte; sie gehörten allesamt zur Fraktion der Ledertrinen innerhalb der *Coolen Mädels*, und vermutlich hatte nur Jims zartes Alter verhindert, daß sie ihm sein Schwänzchen abgeschnitten hatten. Wobei da von Schwänzchen nicht mehr die Rede sein konnte; als seine Mutter wußte ich immerhin, daß sich Jim seit einiger Zeit selbst befriedigte, aber nicht einmal Susanna hatte ich darüber in Kenntnis gesetzt. Jims Sexualleben ging nur ihn und mich etwas an. Strenggenommen nicht einmal mich.

»Ach, da ist ja die Bullin«, wurde ich herzlich begrüßt. Frauenbewegte Frauen konnte ich an diesem Abend nicht gebrauchen. Frauenbewegte Frauen, die bereits ein paar Flaschen Rotwein niedergemacht hatten, noch weniger.

»Erster Kriminalhauptkommissar Lena Wertebach zur Stelle«, meldete ich. »Und gleich wieder weg.«

»Erste Hauptkommissarin«, verbesserte mich eines der Mädels.

»Mußt du noch arbeiten?« fragte Susa.

»Nein, jetzt seht ihr mich in der Rolle der Mutter.« Ich öffnete den Kühlschrank. »Mein Sohn will futtern.«

»Kann sich doch selbst was schmieren«, meinte Gesine, die einzige, die ich mit Namen kannte. Sie war einmal Susannas Geliebte gewesen. Allein deshalb war sie mir ein Dorn im Auge. Und das Stachelhalsband, das Susanna zur Feier des Tages angelegt hatte, war es auch.

»Das wird Jim auch tun«, sagte ich gereizt. »Ich pflege allerdings mit ihm gemeinsam zu Abend zu essen. Wir sind nämlich keine normale Familie, bei uns reden Mutter und Sohn noch miteinander. Ach ja, unser Abendbrot nehmen wir in der Küche ein. Könnt ihr eure nicht jugendfreie S/M-Party ins Wohnzimmer verlegen?«

»Kommt mit, Kinder«, verlangte Susa. »Lena liebt ihren Sohn abgöttisch. Man sollte von Affenliebe sprechen, und sie wird zur Furie, wenn man ...«

»Raus!« befahl ich. Für dummes Geschwätz war ich zu erschöpft.

Mit einer Pizza konnte ich Jim tatsächlich nicht verwöhnen, aber Susanna hatte immerhin, vermutlich für ihre blöden Weiber, Brot, Butter, Ananas und Käse eingekauft, so daß ich die von meinem Jungen ebenfalls begehrten überbackenen Toastscheiben zubereiten konnte. Jim fraß alles auf. Um mindestens zwei Dinge beneidete ich ihn: um die Portionen, die er ohne mit der Wimper zu zucken verdrückte, und darum, daß er zwölf Stunden schlafen konnte. Ich packte beides nicht mehr.

»Du bist geschafft, was?« Zumindest Jim fiel es auf.

»Ich kipp gleich aus den Latschen«, gab ich zu.

»Also Dad meint, daß ich mir America Online zulegen soll.« Jim war auch in seinem Denken zu Multitasking fähig. »Das soll sehr komfortabel sein.«

»Vielleicht denkst du auch daran, daß es Geld kostet«, sagte ich schwach.

»Kinder und ihre Bedürfnisse sind nun mal teuer«, meinte Jim voller Ironie.

»Weiß Gott. Und vor allem bei einer Erziehung, die sich an

ihren Bedürfnissen orientiert.« Auch ich hatte das Recht, mich hin und wieder über Susanna lustig zu machen. »Ich glaube allerdings, daß ich gelegentlich mal an mich denken sollte. An meine Bedürfnisse. Und mir ist es momentan ein Bedürfnis, dir mitzuteilen, daß ich sehr glücklich bin, dich kennengelernt zu haben.«

»Ich bin 'n echtes Goldkind, oder?« Jim hatte entschieden, daß jetzt der Zeitpunkt für den Austausch von Zärtlichkeiten gekommen war, also setzte er sich auf meinen Schoß und legte seinen Kopf an meine Schulter. Ich streichelte ihm den Nacken. »Und mal ganz ehrlich, ich würd dich nicht umtauschen wollen.«

»Da bin ich aber froh. Ich hab schon befürchtet, daß ich ins Regal zurück muß.«

»Na, ich mein, Mütter kriegt man ja umsonst.« Jim hielt mich fest, oder sich an mir. »Aber sie sind auch ziemlich anstrengend.«

»Söhne auch.«

»Und Susannas erst.«

»Manchmal schon«, gestand ich. »Aber sag mal, mein lovely Nachwuchs, da du als Sohn einer Schnüfflerin deine eigenen Schnüffeltalente hast … Weißt du, was diese Weiber wollen?«

»Irgend 'nen Scheiß von dir. Du sollst jemanden suchen.«

»Suchen? Wen?«

»No Kennung«, sagte Jim.

»Die mir einprogrammierte Suchfunktion beschränkt sich auf meinen Dienstalltag«, sagte ich. »Privat nehm ich keine Anzeigen entgegen.«

»Na, dann arbeite doch mit *Suchen/Ersetzen*«, riet mir mein Sohn. »Suchbegriff: *Blöde Weiber.* Ersetzen durch: *Rausschmiß.*«

»Deine Computerwelt ist ziemlich einfach strukturiert«, neckte ich ihn. »Was dir nicht paßt, kannst du mit ein paar Manipulationen eliminieren.«

»Und wenn ich erst im Internet bin«, sagte Jim, »dann geht die Sache voll ab. Ich kann mir die ganze Welt ins KZ holen …«

»Wohin?«
»Ins Kinderzimmer. Also da hol ich mir die ganze Welt rein, guck sie mir an, zerknülle sie und werf sie in 'n Papierkorb.«
»Jim Wertebach, der virtuelle Weltbeherrscher.« Ich küßte seinen Scheitel. »Das ist 'ne Traumrolle, was?«
»Ach, Mam, das verstehst du alles nicht«, meinte Jim mit gespielter Verzweiflung.
»Und ob ich das verstehe.« Ich schob ihn sacht von meinem Schoß, denn irgendwann würde ich mich um Susannas Besucher kümmern müssen, und ich wollte ein schnelles Ende mit Schrecken. »Du wirst langsam erwachsen. Und alle Mütter wünschen sich, daß ihre Bengels Kinder bleiben.«
»Aber Mam, dein Kind bleib ich doch sowieso«, tröstete mich Jim.
»Na, warte den Tag ab, an dem du zum erstenmal über Nacht wegbleibst. Vor dem hab ich fürchterliche Angst.«
»Du meinst, bei einem Mädchen?«
»Bei wem auch immer«, sagte ich und begab mich ins Wohnzimmer.

5

Susanna, Gesine und die beiden übrigen Frauen lümmelten auf meiner Couchgarnitur, die ich für teures Geld erworben hatte und die Susa ein Dorn im Auge war, weil sie sie protzig und bürgerlich fand; nichtsdestotrotz hielt sie gern ein Mittagsschläfchen auf den Polstern. Ich verlangte von niemandem, der mich liebte, daß sich seine Zuneigung auch auf meine Möbel richtete, aber etwas Achtung durfte ich wohl reklamieren; so wie die Frauen aussahen, würde es jedoch nicht mehr lange dauern, und ich hätte das erste Brandloch in Polstern oder Teppich. Ich mußte die Bagage also loswerden, bevor sie volltrunken war. Allein aus diesem Grund wollte ich mich freundlich und aufgeschlossen geben.

»Da bist du ja endlich«, sagte Susa, deren Kopf schief hing.
»Stellst du mir bitte deine Freundinnen vor?« fragte ich. »Außer Gesine kenne ich noch niemanden.«
»Also die Lange da neben dir, das ist Sibylle. Erst mit I, dann mit Y. Legt sie wahnsinnigen Wert drauf. Aber unsteh dich, es Sibülle auszusprechen.«
»Werd ich drauf achten«, versprach ich. Ich ahnte bereits, daß es mir als Nüchterner unter lauter Betrunkenen schwerfallen würde, einen kühlen Kopf zu bewahren.
»Und die, die immer an Gesine rumfummelt, heißt Anna-Maria«, fuhr Susa fort.
»Schöner Name«, murmelte ich.
»Aber nur den Namen darfst du schön finden«, meldete Susanna ihre Besitzansprüche an.
»Insoweit hab ich alles begriffen. Darf ich nun erfahren, was ich für euch tun kann?«
»Du mußt wen suchen«, sagte Gesine mit schwerer Zunge.
»Aha. Wen?«
»Ulli«, erklärte Susa.
»Ulrike«, präzisierte Anna-Maria.
Allmählich wurde ich schwach. Ich war drauf und dran, mir ein Weinglas aus dem Schrank zu holen, ließ es aber bleiben. Dabei konnte Wein ein gutes Kopfschmerzmittel sein, und mir drohte der Kopf zu zerplatzen; allerdings bestand die Konsequenz des Heilungsversuchs oft in erneutem Schmerz.
»Ich nehme mal an«, sagte ich, »daß Ulrike alias Ulli verschwunden ist.«
»Exakt«, sagte Gesine. Anna-Maria, offenbar die neue Freundin von Gesine, unternahm allerlei vergebliche Versuche, in ihre Geliebte hineinzukriechen. Sibylle rauchte schweigend. Die Asche an ihrer Zigarette nahm bedrohliche Ausmaße an. Aber Asche ließ sich wegsaugen, Brandlöcher nicht.
»Und was heißt das: verschwunden?« wollte ich wissen.
»Was soll das schon heißen?« Gesine schob Anna-Maria fort. »Sie ist eben weg.«
»Menschen verreisen mitunter«, gab ich zu bedenken.

»Wenn sie verreist wäre, hätte sie uns Bescheid gegeben. Nein, sie ist aus dem Haus gegangen und nicht zurückgekehrt. Vorgestern. Abends. Ulli ist unsere Vertreterin im Besetzerrat, der hat am Sonntag getagt. Wegen 'ner konzertierten Aktion für ein Haus in Friedrichshain, das geräumt werden soll. Ulli ist einfach 'ne Top-Kampagnenmanagerin. Die Kerle schnallen immer ab, wenn sie was in die Hand nimmt.«

»Ja, da kann ich euch einen einfachen Tip geben. Ich rate euch zu einer Vermißtenmeldung. Dafür müßt ihr nicht mal zur Vermißtenstelle gehen, die nimmt jeder Abschnitt entgegen.«

»Waren wir schon«, sagte Sibylle. Ich vernahm einen feindseligen Unterton.

»Na, also«, sagte ich optimistisch. »Dann läuft jetzt also die Personenfahndung.«

»Alles Kerle«, meinte Gesine.

»Wie, bitte?«

»Auf dieser Wache waren alles Kerle. Als die gehört haben, daß wir vom *FrauenHaus* sind ... Die tun doch nichts.«

»Natürlich tun die was«, erklärte ich, »weil sie was tun müssen, unabhängig von der Person. Aber ihr könnt nicht verlangen, daß die gesamte Berliner Polizei ...«

»Du wirst sie suchen«, befahl Gesine.

»Das kann ich nicht«, entgegnete ich wahrheitsgemäß. »Vermißte sind erst dann meine Sache, wenn der begründete Verdacht besteht, sie könnten getötet worden sein. Meine Kollegen von der Vermißtenstelle werden sich bedanken, wenn ich mich in ihre Arbeit einmische.«

»Deine Kollegen und ihre empfindlichen Männerseelen sind uns scheißegal«, schimpfte Susanna. Wie ich schon lange vorausgesehen hatte, fiel Sibylles brennende Zigarette zu Boden. Ich schoß sofort in die Höhe, um ein Unglück zu vermeiden.

»Bei der Vermißtenstelle arbeiten auch Frauen«, sagte ich, während ich mich nach dem Glimmstengel bückte.

»Du bist keine richtige Frau«, meinte Gesine entschieden. »Bist völlig aufgesogen von deiner Männerwelt. Weibliche Solidarität bedeutet dir nicht das geringste.«

»Mach mal halblang, Gesine«, verlangte ich, selbst auf das äußerste erregt. Meine Stimme zitterte vor Wut. »Ich habe mit Menschen zu tun, die ermordet worden sind, und da mache ich keinen Unterschied, ob es sich um Männlein oder Weiblein handelt. Wißt ihr, warum? Der Tod kennt den Unterschied nicht. Nur, damit ihr begreift, was ihr eigentlich von mir verlangt: Angenommen, ein fünfjähriges Mädchen wird getötet und ein fünfjähriger Junge. Nur, weil der Knabe einen Schwanz hat, soll ich mir für ihn weniger den Arsch aufreißen? Ihr tickt nicht richtig.«

»Dein Vergleich hinkt«, sagte Susa. Das stimmte zwar, aber das hatten Vergleiche nun mal an sich.

»Jedenfalls, kurzum, ich kann euch nicht helfen.« Mehr war nicht zu sagen, und ich verließ das Zimmer.

»Susanna, wie hältst du es mit dieser Trine bloß aus?« erkundigte sich Gesine.

»Die ist ja schon total korrumpiert«, meinte Anna-Maria.

»Bullin bleibt Bullin«, fällte Sibylle ein abschließendes Urteil. Ich warf die Küchentür hinter mir zu.

Noch eine Zeitlang rumorten die Frauen im Wohnzimmer, dann wurde es still. Vor zwei Jahren hatte ich das Rauchen aufgegeben, aber in meiner augenblicklichen Verfassung hätte ich eine ganze Schachtel leerrauchen können. Ich schwankte. Ich hatte noch eine Flasche Weinbrand in einem meiner Küchenschränke, ein Geburtstagsgeschenk von Lüders. Ich brach die Flasche an. Als Susa in die Küche trat, hatte ich drei Gläser intus. Mir ging es nicht besser, aber die Kopfschmerzen waren weg. Im Flur hinter Susanna sah ich die anderen Frauen, die zum Aufbruch rüsteten.

»Das hätte ich nicht von dir gedacht«, sagte leise einer der beiden Menschen, die ich über alles liebte. Susa hatte Tränen in den Augen.

»Wenigstens du solltest Vernunft annehmen«, bat ich sie. »Du weißt doch, daß es bei der Polizei geregelte Kompetenzen gibt.«

»Betrink dich ruhig«, sagte Susa, »das kannst du gebrauchen. Ich ziehe wieder ins *FrauenHaus* zurück.«

»Was? Bist du verrückt?«
»Nein, völlig klar.« Das bezweifelte ich. »Wenn du dich eines Besseren besonnen hast, du weißt ja, wo du mich findest. Gib Jim einen Kuß von mir, obwohl er das nicht mag. Ciao, Lena.«
Fort war sie. Ich blieb wie erschlagen sitzen. Selbst wenn ich gewollt hätte, es war einfach unmöglich, mich anders zu besinnen. Susanna und ihre Frauen litten an einem kompletten Realitätsverlust. Aber sie waren ja auch Linke.
Ich hätte gern geweint. Aber ich konnte nicht. Statt dessen trank ich noch einen Schnaps.
»Na, Mam, Ehekrise?« Jim steckte bereits in seinem Schlafanzug, aber er schlief natürlich noch nicht, schließlich hatte er sich das Spektakel in unserem Wohnzimmer nicht entgehen lassen können.
»Und ob«, sagte ich.
»Eigentlich schade«, meinte er versonnen.
»Was ist schade?«
»Jetzt hab ich keinen mehr, den ich ärgern kann.«
»Mich hast du noch.«
»Aber Mam«, sagte Jim voller Entrüstung, »dich ärger ich doch nicht.«

6

Ich stürmte das Arbeitszimmer von Wiesenburg und Petersen. Die beiden saßen am Computer und versuchten sich an einem dieser unsäglichen Computerspiele. Mit der gleichen Hingabe wie Jim knallten sie monströse Gestalten ab. Daß diese Aliens einen Bunker beschützten, dessen Wände mit Hakenkreuzfahnen gespickt waren, übersah ich geflissentlich; ich hielt es zwar für möglich, daß Wiesenburg und Petersen Sympathien für das rechtsradikale Lager hegten, aber eine politische Debatte mochte ich nicht vom Zaun brechen. Wir hatten

Wichtigeres zu tun. Ich war zum Beispiel damit beschäftigt, meine Schnapsfahne zu verbergen.
»Du siehst nicht gut aus, Lena«, registrierte Wiesenburg sofort.
»Eher nach 'ner versumpften Nacht«, schloß sich Petersen an.
»Was hat eure Tour durch die Nachbarschaft von Jo Winterfeld ergeben?« wollte ich wissen.
»Wir sind davon ausgegangen«, begann Wiesenburg, »als ersten Schritt zur Eingrenzung des Personenkreises, daß in einem Falle, wo eine Frau ermordet wird, die keine Beziehungspersonen in Berlin hat ...«
»Mein Gott, wie umständlich.« Ich hatte bereits wieder Kopfweh.
»Also wir haben überlegt«, setzte Petersen fort, »daß ein Sexualverbrechen vorliegen könnte. Da haben wir also geguckt, ob vor vier Jahren in der Gegend einschlägig bekannte Typen wohnten. Mit positivem Ergebnis.«
»Dieses Berlin ist der reinste Sexualverbrechersumpf«, meinte Wiesenburg.
»Ihr habt den Kreis allerdings ziemlich klein gezogen«, kritisierte ich. »Es könnte ja auch ein Raubmord vorliegen. Wobei ... Da fällt mir etwas ein.« Ich raste wieder aus dem Zimmer.
»Ja, Frau Wertebach«, sagte Oberkommissar Ziegler vom Bundeskriminalamt, »darüber kann ich Sie mittlerweile genau informieren. Harriet Stone hat sich wenige Wochen vor ihrer Abreise eine Kreditkarte besorgt, eine *American Express*-Karte. Mir liegt seit gestern der gesamte Buchungsverkehr vor. Die letzte Zahlung hat sie für den Flug von Frankfurt nach Berlin vorgenommen. Später ist die Karte nie wieder benutzt worden. Gleiches gilt für die Travellercheques, ebenfalls *American Express*. Von den zehn Schecks sind drei eingelöst worden, der letzte über zweihundert Dollar in Paris. Harriet Stone hat nicht viel Bargeld verbraucht, weil sie zumeist mit Karte gezahlt hat.«
»Und weder die Karte noch die Schecks sind jemals wieder aufgetaucht?«
»Nein, niemals.«

»Der Mörder, wenn es nur einer war, der Mörder hat Harriet Stone die Unterarme gebrochen«, sagte ich, obwohl das mit dem Gegenstand unseres Gesprächs scheinbar wenig zu tun hatte. »Ich frage mich, weshalb?«

Ziegler verstand mich sofort.

»Sie hatten erwogen, daß er sie gefoltert haben könnte? Um an die PIN-Nummer der Kreditkarte heranzukommen?«

»Ja«, bekannte ich.

»Es gab keine PIN-Nummer. Mit der Karte konnte man nicht an einen Geldautomaten.«

»Das muß er nicht unbedingt gewußt haben«, meinte ich.

»Vielleicht ist ihr Mörder aber auch pervers«, schlug Ziegler vor.

»Und Sie meinen, daß er vier Jahre lang abstinent sein kann? In der Regel ist es doch so, daß diese Typen, wenn sie einmal die Hemmschwelle überwunden haben, immer wieder aktiv werden.«

»Er kann verstorben sein. Oder fortgezogen. In irgendeinen fernen Winkel der Welt. Vielleicht treibt er gerade auf Honululu sein Unwesen.«

»Das müßte doch herauszufinden sein«, sagte ich. »Ein Mann, der Frauen die Arme bricht und die Zähne herausreißt.«

»Pfui, Teufel«, sagte Ziegler. »Aber Sie haben recht, das ist herauszufinden. Geben Sie mir nur ein bißchen Zeit.«

7

»Extra stark«, sagte Patricia und stellte mir einen Kaffee auf den Schreibtisch. Ich hatte nicht darum gebeten, aber die mitleidige Seele hatte natürlich bemerkt, wie dreckig es mir ging.

»Was ist mit dir?« wollte sie wissen.

»Kriminalbeamte sollten kein Privatleben haben«, sagte ich.

»Aber Lena.« Patricia streichelte meine Hände. »Alle Men-

schen haben ein Privatleben. Sogar der Bundeskanzler. Hast du Probleme mit Jim?«
»Nur die üblichen. Sein Vater zahlt mal wieder nicht. Aber daran bin ich ja gewöhnt.«
»Was mit deiner Freundin?«
Ich nickte. Und erstattete Bericht. Patricia hatte die rettende Idee. »Es kostet dich doch nichts, dich mit der Vermißtenstelle ins Benehmen zu setzen«, meinte sie. »Wir haben mit einer Frau zu tun, die ebenfalls lange vermißt war. Da läßt sich doch bestimmt ein Vorwand finden.«
»Davon, daß ich eine Auskunft erhalte, taucht diese Ulrike aber nicht wieder auf.«
»Aber du kannst deiner Freundin beweisen, daß du dich um die Sache kümmerst.« Patricia hatte recht. Nur darum ging es schließlich. Ich wollte, daß Susanna zu mir zurückkehrte.
»In dieser Sache kommen wir überhaupt nicht voran«, erklärte mir Kriminalrat Bergander, der Chef der Vermißtenstelle. »Ich versteh diese Autonomen nicht. Zuerst erstatten sie eine Anzeige, aber dann reden sie nicht mit uns. Wo soll ich ansetzen? Mehr als die üblichen Fahndungsmaßnahmen sind unter solchen Umständen nicht möglich.«
»Vielleicht sollten Sie eine Frau auf den Fall ansetzen«, riet ich ihm.
»Stellen Sie sich vor, als ich merkte, wie der Hase läuft, hab ich das sogar getan. Es ist nichts dabei herausgekommen. Die Ladies aus dem *FrauenHaus* haben bloß erklärt, daß sie ihre eigenen Methoden und Quellen haben.« Damit war wohl ich gemeint.
»Die wollen doch nicht etwa Detektiv spielen?« Selbst das traute ich mittlerweile Susa und ihren entfesselten Schwestern zu.
»Was weiß ich. Vielleicht engagieren sie einen. Mir soll's ja recht sein, ich hab genug am Hals. Ich fürchte aber, daß die Frauen einen Detektiv nicht bezahlen können.«
Diese Befürchtung Berganders teilte ich. Auch Susanna hatte mir immer wieder erklärt, daß die Kultur der Autonomen die

Armut ist. Daß ich über ein vergleichsweise gutes Einkommen verfügte, hatte sie allerdings nicht gestört; wenn man von seiner Freundin zum Abendessen in eine Luxusbude eingeladen wurde, vergaß man schon mal seine gute autonome Kinderstube. Mittlerweile war ich davon überzeugt, daß man die Revolution nicht mit einem massiven Polizeiaufgebot verhindern mußte, sondern daß ein Lachsfilet auf Lauchbett ausreichen würde. Man mußte es bloß an der Kasse des Sozialamtes kredenzen. Schnell schob ich meine reaktionären Gedanken fort.

»Haben Sie ein Foto von dieser Ulrike?« fragte ich.

»Ja, dank meines Riechers«, entgegnete Bergander nicht ohne Stolz. »Beim ED haben sie 'ne ganze Sammlung.«

Das überraschte mich nicht. Wer wie die *Coolen Mädels* ständig den Aufstand probte, war natürlich ein guter Kunde des Erkennungsdienstes oder eine gute Kundin. Ich hatte Susa hin und wieder gewarnt, und das nicht ganz ohne egoistische Motive; natürlich war der Staatsschutz an den FrauenHaus-Besetzerinnen dran, und es war nur eine Frage der Zeit, bis die Politischen auch auf mich stießen. Irgendwann würde mir eine Disziplinarkommission die Frage stellen, wie ich meine Wohlverhaltenspflicht gegenüber dem Staat zu erfüllen gedächte, die mir als Polizeibeamtin auferlegt war. Und der Staat war mein Arbeitgeber, ob ich ihn nun liebte oder nicht. Liebe und Wohlverhaltenspflicht waren eben mitunter schwer unter einen Hut zu bringen.

»Kann ich ein Foto bekommen?« fragte ich Bergander.

»Warum nicht?« Er zuckte die Schultern.

8

»Oh, das ist gut.« Lüders schaute sich das Foto von Ulrike an, das auf meinem Schreibtisch lag. Ich hatte es eine Zeitlang betrachtet und dabei festgestellt, daß die junge Frau mit ihrem hennagefärbten Haar eine entfernte Ähnlichkeit mit Susanna hatte. Nur mit Mühe konnte ich die Tränen niederringen. »Endlich ein aktuelles ... aber Moment mal. Das ist ja ein ED-Foto.«

»Natürlich ist das ein ED-Foto«, sagte ich. »Was erzählst du für merkwürdige Sachen.«

»Ich dachte nur ... na, weil das Bild von Harriet Stone, das wir von Interpol bekommen haben, schon ziemlich alt ist ... ich dachte, du hättest die aktuellste Aufnahme besorgt.«

»Das ist nicht Harriet Stone«, erklärte ich ihm.

»Sondern?«

»Unwichtig.« Ich verstaute das Bild in meinem Schreibtisch.

»Hast du Geheimnisse vor mir?« Lüders setzte sich. Natürlich hatte ich Geheimnisse vor ihm. Jeder Mensch hatte seine Geheimnisse.

»Dienstliche jedenfalls nicht.«

»Zeig mir das Bild doch noch einmal«, bat Lüders. Ich tat ihm den Gefallen. »Und das ist nicht Harriet?«

»Nein, hundertprozentig nicht.«

»Na, wenn du es sagst ...« Lüders erhob sich wieder.

»Eine Verschwörung gegen mich ist nicht zufällig im Gange?« erkundigte ich mich. »Mit dem Ziel, mich in den Wahnsinn zu treiben?«

»Von meiner Seite jedenfalls nicht«, sagte Lüders. »Ich mag dich viel zu sehr.«

Das hatte ich bisher nicht bemerkt. Oder ich hatte es verdrängt. Daß mir mein Stellvertreter eine Art von Liebeserklärung gemacht hatte, erschütterte mich noch mehr. Lüders wußte natürlich, daß ich für ihn unerreichbar war. Aber auch ich liebte eine derzeit für mich unerreichbare Person. Lüders' vorsichtige Offerte war mir nicht einmal unangenehm. Ich schätzte Menschen, die Unerreichbares begehrten, weit mehr als Trampeltiere wie Wiesenburg. Und ich sehnte mich nach Jim. Stundenlang hätte er mich über seine Probleme mit dem Multitasking aufklären können. Computer stürzten ab, Menschen ebenfalls. Aber Menschen empfanden Schmerz dabei.

9

Kurz nachdem ich meine Wohnung betreten hatte, machte mein Herz einen Riesensprung. In der Diele stand ein Paar Springerstiefel, und da Jim Turnschuhe zu tragen pflegte, konnten sie nur einer Person gehören: Susa. Ich rannte ins Wohnzimmer. Das Wohnzimmer war leer. Ich schaute in der Küche nach. Niemand war dort. Ich rüttelte an der Klotür, die verschlossen war.

»Mam?« rief Jim. »Hast du Durchfall?«

»Nein, entschuldige.« Mein Herz hüpfte immer noch, nun allerdings sprang es sozusagen rückwärts. »Was sind das für Stiefel im Flur?«

»Von Rudi«, erklärte mein Sohn.

»Und wer ist Rudi?«

»Kumpel. Wir spielen grad *Doom II.*«

»Seit wann ziehen deine Kumpels die Schuhe aus?« Ich war enttäuscht, maßlos enttäuscht. Aber Jim wollte ich es nicht spüren lassen, schließlich war er nicht schuld daran.

»Rudi schon. Der ist so erzogen.«

»Ein wohlerzogener Springerstiefelträger? Wie heißt denn dieses Märchen?«

»Genau so.« Jim betätigte die Spülung. Eine halbe Stunde würde ich das Klo nicht benutzen können. »Der wohlerzogene Springerstiefelträger.«

»Guten Tag, Frau Wertebach!« Ein Junge mit zersausten schwarzen Haaren, dunkelbraunen Augen und einem roten Tuch um den Hals war in Jims Tür erschienen und nickte mir zu.

»Guten Tag, Rudi.« Ich gab ihm die Hand. Auch ich war wohlerzogen. Und da ich es geschafft hatte, kurz vor Ladenschluß im Supermarkt Teig, Käse und Paprika zu erwerben, würde es sogar Pizza geben. Für zwei Jungs. Ich hatte keinen Appetit.

Mein Leben spielte sich zwischen Tatorten, Leichenschauhäusern, Vernehmungszimmern und dieser Reinickendorfer Woh-

nung ab, und mitunter empfand ich es als Wohltat, mich in meine Küche zurückziehen zu können, um mich einer vergleichsweise banalen Tätigkeit wie dem Zwiebelschneiden hingeben zu können. Beim Zwiebelschneiden durfte man hemmungslos weinen, ohne dafür mitleidige Blicke zu ernten. Ich nutzte die Gelegenheit. Ich nutzte sie so weidlich aus, daß ich einen Zwiebelkuchen hätte bereiten können, allerdings wußte ich nicht, wie man das machte.
»Bleibt dein Freund zum Essen?« rief ich in den Flur, nachdem ich mich beruhigt hatte.
»Machen Sie sich keine Umstände«, rief Rudi zurück. Darum hätte er mich nicht mehr bitten müssen, Umstände hatte ich mir bereits gemacht.
»Ran an die Pizza«, befahl ich. Jim lief herbei wie ein geölter Blitz, Rudi folgte gemächlich; er hatte eben Stil. Von der gigantischen Pizza, die ich hergestellt hatte, verschlang er dann aber doch die Hälfte. Niemand fragte mich, warum ich nicht mitaß. Wenn es um *Doom II* und das Fressen ging, gab es weder Moral noch eine Mutter namens Lena Wertebach. Ich tröstete mich mit einem Weinbrand über den Undank, der der Welt Lohn ist. In der Diele läutete das Telefon. Lüders war dran.
»Lena?« fragte er. Ich bestätigte meine Anwesenheit. »Tut mir leid, ich hab wohl vorhin etwas Mißverständliches gesagt.« Ich hatte den Eindruck, daß Lüders angetrunken war.
»Nein, etwas Freundliches«, widersprach ich. »Sympathien zwischen Kollegen sind weder anrüchig noch verboten.«
»Danke. Aber etwas anderes. Dieses Foto läßt mir keine Ruhe.«
»Gut, um deines Seelenfriedens willen: Die Frau heißt Ulrike Schell. Sie gehört zu einer Gruppe von Hausbesetzerinnen in Ostberlin und ist seit zwei Tagen verschwunden.«
»Und was hat das mit Harriet Stone zu tun?«
»Nichts.«
»Lena, du holst dir doch keine Bilder vom ED, wenn das nicht eine Bedeutung hat.«

»Wenn du's wissen willst, es ist eine Privatangelegenheit.«
»Du willst doch nicht dienstliches Material für private Zwecke einsetzen?« Lüders klang sehr besorgt. »Setz dich bloß nicht in die Nesseln.«
»Ich fürchte, ich sitz längst drin.«
»Weil du mit einer Frau zusammen bist?«
Ich fuhr zusammen. Außer Patricia wußte niemand im Kommissariat, daß die Kommissariatsleiterin eine Lesbe war, und ich war bislang davon ausgegangen, daß mich alle für eine alleinerziehende Mutter hielten. Da ich meine Hand für Patricia ins Feuer legen würde, oder zumindest in die Nähe eines Feuers, mußte Lüders eine andere Quelle haben. Er war nicht dumm, vielleicht hatte er bloß eine Ahnung. Oder über mir braute sich bereits ein Unwetter zusammen.
»Wie kommst du darauf?« wollte ich wissen.
»Keine Sorge, Lena, mir macht das nichts aus. Und ich schweige wie ein Grab. Ich hab euch bloß per Zufall gesehen. Vor einigen Wochen, im Schloßpark Charlottenburg. Dich, Jim und eine Frau. Ihr habt euch geküßt.«
»Immer kann man es sowieso nicht geheimhalten«, meinte ich unbestimmt.
»Diese Ulrike …«, nahm Lüders seinen Faden wieder auf.
»Was hast du nur mit ihr?«
»Hast du das Foto zufällig bei dir?«
»In meiner Handtasche«, sagte ich.
»Bitte, hol es.« Das tat ich. »Und schau es dir genau an. Das Haar. Welche Farbe?«
»Rotbraun.«
»Ja. Und dann, ist es nicht ein wenig breit? Nein, kein Vollmondgesicht. Nur ein wenig breit. Mit ganz leicht vorstehenden Wangenknochen. Erinnert dich das an jemanden?«
»Nein«, sagte ich. Das entsprach nicht ganz der Wahrheit, denn entfernt hatte Ulrike Schell Ähnlichkeit mit Susanna; vor allem natürlich wegen der Haarfarbe, die bei Susa nicht echt war.
»Denk an das Bild von Harriet Stone«, verlangte Lüders.

»Lüders, du bist überreizt. Da konstruiert man gelegentlich Zusammenhänge, die völlig absurd sind.«
»Sie wird vermißt, sagst du? Diese Ulrike?«
»Lüders«, ordnete ich an, »geh ins Bett.«

Drittes Kapitel

1

Wir hörten einen langen, sehr langen Schrei, der nur mit Mühe als der Schrei eines menschlichen Wesens zu identifizieren war. Der Schrei brach ab, eine Zeitlang war nur ein Wimmern zu vernehmen, dann begann das Wesen erneut aus voller Kehle zu brüllen. Es war eine Frau. Staatsanwalt Doktor Thalbach drückte die Stoptaste. Er war sehr blaß.

»Ich erspare Ihnen die Fortsetzung«, sagte er. »Nur das Ende sollten Sie hören.« Thalbach spulte vor.

»Herzliche Grüße von Harriet«, sagte ein Mann. Dann rauschte es nur noch.

»Was ist das?« wollte Lüders wissen.

»Eine Zuschrift«, erklärte Thalbach. »Alle Zeitungen, die das Mithilfeersuchen im Fall Harriet Stone veröffentlicht haben, bekamen ein solches Band.«

»Ich hab's mir schon vorgenommen«, sagte Schmidt. »Das Fabrikationsdatum aller Kassetten liegt nicht länger als ein halbes Jahr zurück.«

»Das heißt«, begann ich, führte den Gedanken aber nicht fort.

»Genau das. Die Frau, die sich da vor Schmerz ihre Seele aus dem Leib schreit, ist nicht Harriet.«

»Verdammt, Lüders.« Ich krallte mich an seinem Arm fest.

»Zwei Dumme, ein Gedanke?« erkundigte er sich.

»Ein Kluger, eine Dumme«, gab ich zerknirscht zurück.

2

»Also ein Serientäter.« Es war Wiesenburg, der das Schweigen brach. Seit einigen Minuten hatten wir vor unserer Pinnwand gestanden und die Fotos von Harriet Stone und Ulrike Schell miteinander verglichen. Mittlerweile waren wir soweit, daß wir sie fast für identisch hielten. Aber das stimmte einfach nicht.

»Der vier Jahre pausiert?« Ich wiegte skeptisch meinen Kopf.

»Ich hab da eine Idee«, meldete sich der schüchterne Jörg zu Wort. Wir alle starrten ihn an; so etwas war noch nie vorgekommen. »Na, vielleicht ist es ja auch keine.« Sofort zog die Schnecke ihre Fühler ein.

»Raus damit«, forderte ich ihn auf.

»Dieser Typ«, sagte Röder, »also der Killer ... wie soll ich sagen ...«

»Egal.« Ich winkte ab.

»Kann es nicht sein ... Wir haben das Skelett von Harriet Stone entdeckt. Das war vielleicht sein erstes Opfer. Und durch unsere Entdeckung wurde er animiert, wieder zuzuschlagen.«

»Gar nicht so dumm«, ließ sich Diethelm vernehmen. »Auf Öffentlichkeit scheint er ja erpicht zu sein.«

»Man müßte den Kerl also im Sado-Maso-Milieu suchen«, empfahl Petersen. Er hatte offenbar einiges darüber gelesen, allerdings nicht viel Nützliches.

»Nein«, meinte Röder. Von unserem Lob beflügelt, lief er zur Hochform auf. »Solche Leute verkehren in keinen Milieus.«

»So kategorisch würde ich das zwar nicht formulieren«, sagte ich, »aber es ist zumindest sehr wahrscheinlich.«

»Vielleicht nimmt das Arschloch auch irgendwelche Splatter-Videos auf«, vermutete Petersen. Er hatte wirklich eine Ader für die Brutalo-Szene.

»Was?« fragte Patricia.

»Videos, bei deren Produktion Menschen zu Tode gefoltert werden«, erklärte Wiesenburg. Ich bekam allmählich den Eindruck, daß er gemeinsam mit seinem Bodybuilderfreund ein Splatter-Studio unterhielt.

»Vorzugsweise Kinder«, sagte Diethelm.

»Um Gottes willen.« Patricia schüttelte entsetzt den Kopf.

»Nur eine Hysterie«, beschwichtigte Lüders, »von der Boulevardpresse geschürt. Nach einer Untersuchung des BKA gibt es solche Videos nicht auf dem deutschen Markt. Auf dem illegalen Pornomarkt, mein ich natürlich.«

»Das BKA hat schon so manches Untersuchungsergebnis vorgelegt, das nicht den Tatsachen entsprach«, behauptete Petersen. »Die sind einfach zu weit weg von der Praxis.«

»Apropos BKA.« Ich ging ans Telefon. Vielleicht gab es bei Oberkommissar Ziegler im Nationalen Zentralbüro von Interpol etwas Neues.

»Oh, je, Frau Wertebach, ich möchte nicht in Ihrer Haut stekken«, sagte der Mann, der nach Petersens Einschätzung viel zu weit weg war von der Praxis. »Solche Täter sind ja in der Regel eine widerwärtige Angelegenheit. Aber ich hab da etwas für Sie. Vor zehn Jahren in Chile.«

»Vor zehn Jahren?«

»Ja, tut mir leid, es liegt leider so lange zurück.«

»Na, ich bin Kummer gewöhnt.«

»Glaub ich auf Anhieb.« Ziegler raschelte mit Papieren. »Die Sache ist insgesamt schwierig. Sie wissen ja, seinerzeit herrschte in Chile eine Militärdiktatur, das Verschwinden und Foltern von Leuten war an der Tagesordnung. Insofern war die erste Vermutung der Familie von Rosa Maria Hernandez aus Antofagasta, ihre Tochter könnte vom Geheimdienst entführt worden sein. Sie haben aber trotzdem Anzeige erstattet, und die chilenische Kripo hat die Sache gründlich untersucht. Es war kein politisches, sondern ein gewöhnliches Verbrechen. Wahrscheinlich ein Sexualmord. Die Sache ist nie geklärt worden, obwohl die spätere, demokratische Staatsanwaltschaft sie noch einmal aufgerollt hat. Fest steht, daß Señora Hernandez am zweiten Februar neunzehnhundertsechsundachtzig verschwand. Sechsundzwanzig Tage später wurde ihr Kopf an der

Pazifikküste gefunden. Die Polizei hat tagelang die Umgebung durchsucht, bis sie auch auf den Körper stieß. Die Frau war gefoltert worden. Und man hatte ihr die Zähne herausgerissen.«

»In Chile«, sagte ich resigniert. »Antofagasta. Ich muß also bloß einen Berliner suchen, der vor zehn Jahren dort gewesen ist.«

»Oder einen Chilenen, der jetzt in Berlin lebt«, meinte Ziegler. »Oder gar jemanden, der keine Identität besitzt.«

»Wie meinen Sie das?«

»Es war Kalter Krieg, Frau Wertebach. Niemand liebte die Militärdiktatur, aber sie galt als Bollwerk gegen den Kommunismus. Wieviele Geheimdienstler mögen wohl seinerzeit in Chile gewesen sein? Amerikanische sowieso. Vielleicht auch deutsche. Wie wollen Sie den einen finden, dem in Antofagasta die Sicherungen durchgeknallt sind? Diese Leute besitzen so viele Namen, daß sie eigentlich keinen haben.«

»Es könnte aber auch ein Tourist gewesen sein.« Zu rasch wollte ich doch nicht aufgeben.

»Auch das«, bestätigte Ziegler. »Aber es ist nun einmal sehr lange her. Trotzdem viel Glück.«

3

Da die Menschheit in ihrer Geschichte nicht nur viel Unheil, sondern auch einiges Segensreiche wie den Bildfunk hervorgebracht hatte, war das Bild von Rosa Maria Hernandez nach wenigen Minuten in unserer Dienststelle, und ich pinnte es neben die Fotos von Harriet Stone und Ulrike Schell an unsere Wand. Es war keine besonders gute Aufnahme, sondern eines von den Paßfotos, auf denen die Porträtierten meist gezwungen in die Kamera lächelten und starr wirkten, aber die charakteristischen Merkmale fielen dennoch ins Auge. Rosa Hernandez war dunkelhaarig, wie man es von einer Südamerikanerin erwarten durfte, und sie hatte das gleiche breite Gesicht mit den leicht hervortretenden Wangenknochen wie die beiden anderen Frauen. Und wie Susa, aber das fiel nur mir auf und hatte nichts zu bedeuten. Daß zwischen der Tötung von Harriet und Rosa und dem Verschwinden der Ulrike Schell überhaupt ein Zusammenhang bestand, war noch nicht bewiesen. Bestand er, hatte der Mörder eine Vorliebe für einen bestimmten Typ von Frau, und in diesem Falle traf Wiesenburgs Vermutung zu: Es handelte sich um einen Serientäter. Er hatte vor zehn Jahren im Ausland zugeschlagen, vor vier Jahren in Berlin und gerade wieder. Die Abstände zwischen seinen Taten würden immer kürzer werden. Erst sechs Jahre, dann vier. Sein nächstes Opfer würde er vielleicht in zwei Jahren suchen. Oder morgen.

»Ich möchte, daß im Fall Ulrike Schell verstärkte Fahndungsmaßnahmen eingeleitet werden«, ordnete ich an.

»Wird erledigt«, sagte Lüders.

»Wiesenburg«, wandte ich mich an meinen Lieblingsfeind, »du erkundest das Umfeld von Frau Schell. Kontakte, Gewohnheiten, das Übliche. Aber vermeide den Direktkontakt zum *FrauenHaus*. Also keine Befragungen der Bewohnerinnen und dergleichen.«

»Heißt das Aktenstudium?« erkundigte sich mein Kollege, der lieber ein- und zugriff.

»Das heißt es. Der Staatsschutz hat einiges über sie, da fängst du an. Und nimm Kontakt zum Verfassungsschutz auf.«

»Zu den befreundeten Diensten«, meinte Wiesenburg lapidar.

»Wenn du mit denen befreundet bist, dann auch zu denen. Petersen?«

»Ja, Lena?«

»Du bleibst an den Leuten dran, die vor vier Jahren in der Umgebung von Harriet Stones Freundin Jo Winterfeld gelebt haben. Was für Leute ich meine, ist dir klar. Check sie alle auf Herz und Nieren. Und mach den Kreis in topografischer Hinsicht ziemlich groß. Also nicht bloß die drei Nachbarhäuser oder so.

Kümmer dich um das, was man landläufig Kiez nennt. Schwerpunkt: Typen, die vor zehn Jahren in Chile waren.«

»Diethelm?« Der Angesprochene nickte. »Auch für dich hat Chile oberste Priorität. Ich weiß nicht, wie du das hinkriegst, aber ich brauch eine Liste aller Deutschen, die neunzehnhundertsechsundachtzig in Chile gewesen sind.«

»Das ist eine Lebensaufgabe«, sagte er.

»Ich weiß. Und du mußt sie in ... in einem ...« Im Kopfrechnen war ich nicht besonders gut, aber ich hatte mir auch eine äußerst schwere Aufgabe gestellt. »Wieviel Prozent der durchschnittlichen Lebenszeit von siebzig Jahren ist eine Woche?« Alle überlegten. Patricia hatte das Ergebnis zuerst.

»Ungefähr drei Zehntausendstel«, sagte sie.

»Also in drei Zehntausendstel deiner Lebenszeit mußt du die Sache packen«, erklärte ich. »Mir ist klar, 'ne Woche reicht nie und nimmer. Aber fang erst einmal mit den Berlinern an.«

»Wunder ereignen sich stets innerhalb von Augenblicken«, meinte Diethelm.

»Ich danke dir«, sagte ich und meinte es ernst. Ich wußte, daß ich mich auf unseren Aktenhalter würde verlassen können.

»Und du, Lüders, du schaust dir quasi das Gegenteil an: Chilenen, die in den letzten zehn Jahren nach Deutschland gezogen sind. Auch hier geht es vor allem um Berlin, aber auch den Speckgürtel dürfen wir nicht vernachlässigen. Na, was soll ich dir viel erklären, du weißt ja Bescheid.«

»Klar, Chefin«, bestätigte Lüders und lächelte. Ich lächelte zurück. Lüders mochte ich wirklich.

»Und ich?« fragte Jörg Röder bescheiden.

»Wir unterhalten uns, wenn die Kollegen in der Spur sind.« Also starteten sie.

»Jörg, Sie hatten vorhin einen interessanten Einfall«, sagte ich zu Röder. Er war der einzige in meinem Kommissariat, den ich siezte, aber weil er noch so jung war, sprach ich ihn mit dem Vornamen an. Mir war klar, daß er viel darum geben würde, mich Lena nennen zu dürfen, aber dieses Privileg mußte er sich noch erarbeiten. Außer uns war noch Patricia im Raum.

»Ich hab noch einen«, gestand Jörg und errötete.
»Den möchte ich hören«, sagte ich.
»Wirklich?«
»Aber ja. Jeder Einfall ist es wert, daß er angehört wird. Eine Idee zu verschweigen, nur weil man ihr mißtraut, ist sträflich.«
»Ich hab mir folgendes überlegt«, begann Röder und legte eine Pause ein, noch immer unsicher, ob ich ihn wirklich ernst nehmen würde. Mit einer Handbewegung schickte ich Patricia aus dem Besprechungszimmer. »Also gut«, fuhr Röder fort. »Ich sag mal, was ich denke. Das gilt aber nur, wenn die drei Sachen wirklich was miteinander zu tun haben.«
»Das ist bisher die Grundlage unserer Arbeit«, ermunterte ich ihn, »die Annahme eines Zusammenhangs und der dazugehörige Zweifel.«
Jörg Röder nickte stürmisch. Mit so viel Einverständnis hatte er offenbar nicht gerechnet. »Der Täter oder die Täterin …«
»Täterin?« Daran, daß eine Frau Rosa und Harriet auf dem Gewissen haben konnte, hatte ich noch nicht gedacht.
»Ich hab gelernt, daß man am Beginn einer Untersuchung nichts ausschließen darf«, rechtfertigte sich Jörg Röder.
»Sicher. Natürlich gibt es in der Kriminalgeschichte auch Frauen, die sich als Serienmörderinnen betätigten. Aber aus Habgier, nie aus sexuellen Motiven.«
»Klar, dieses Band wurde von einem Mann besprochen«, sagte Röder, »also können wir natürlich von einem männlichen Täter ausgehen. Aber dieser Typ ist doch komisch; er will zwar Öffentlichkeit, aber eher eine Art anonymer Öffentlichkeit, wenn Sie verstehen, was ich meine. Also wenn er Sadist ist, und das setzen wir mal voraus, besucht er nie irgendwelche Zirkel oder so, denn dazu ist er zu feige. Da würd er sich ja aus dem Fenster lehnen, nicht wahr? Aber falls er wirklich zwei Frauen umgebracht hat und jetzt vielleicht sogar die dritte, da liegt doch ziemlich viel Zeit dazwischen, oder? Und ich hab mich gefragt, was hat er eigentlich in den Jahren gemacht, als er keine Frauen killte. Bloß onaniert?«

»Sprich weiter«, verlangte ich atemlos.
»Annoncen«, sagte Röder.
»Annoncen?«
»Chiffrierte Annoncen«, spann Röder seinen Gedanken fort.
»Eine Art anonymer Öffentlichkeit?« Allmählich begriff ich.
»Sie sagen es, Frau Wertebach.« Jörg hatte noch immer rote Wangen, nun aber vor Euphorie und weil ich ihn verstand. »Ich weiß es nur von den Stadtmagazinen, da existiert so eine Rubrik *Harte Welle* für Sadisten und Masochisten. Aber es soll auch noch spezielle Publikationen geben.«
»Und Sie überlegen nun, ob unser Mann dort inseriert? Um die Zeit zwischen seinen Morden zu überbrücken? Ich halte die Überlegungen zwar nicht für gänzlich abwegig, aber doch für weit hergeholt. Denn es stellt sich die Frage, warum er die Frauen nicht tötet, die sich auf seine Annoncen hin melden.«
»Woher wissen wir, daß er es nicht tut?«
»Wir haben keinen vergleichbaren Fall.«
»Okay.« So schnell gab der schüchterne Röder nicht auf, und ich mußte zugeben, daß mich seine Hartnäckigkeit überraschte. »Vielleicht reicht es ihm ja, wenn seine Inserate erscheinen, und er antwortet auf Zuschriften nicht.«
»Möglich. Aber es wird uns nicht weiterhelfen.«
»Oder«, fuhr Jörg unbeirrbar fort, »er tötet die Frauen nicht, die sich melden, weil sie ihm keinen Widerstand entgegensetzen. Er aber will nur Frauen quälen, die es nicht wollen.« Röder war von seiner Idee geradezu besessen. »Weil nur dann die Folter eine richtige Folter ist.«
»Ebenfalls denkbar«, gab ich zu. »Nur, was willst du jetzt tun? Alle Anzeigen vergleichen? Nach welchen Kriterien? Und selbst wenn du auf eine Spur kämst, für die Inserenten gilt der Datenschutz. Niemand wird ihre persönlichen Angaben preisgeben.«
»Und wenn Doktor Thalbach oder ein Richter ...?«
»Kein Staatsanwalt und kein Richter werden sich über die unveräußerlichen Persönlichkeitsrechte hinwegsetzen«, erklärte ich.

»War ja auch bloß 'n Gedanke«, meinte Jörg resigniert.
»Den du getrost verfolgen kannst«, sagte ich, »aber höchstens zwei Tage lang. Meinetwegen Tage und Nächte. Vom Ergebnis her werde ich entscheiden.«
»Was entscheiden?«
Ich zuckte die Schultern.
»Trotzdem vielen Dank.«
»Bedank dich nicht, sondern fang an«, verlangte ich.

4

Jim kam mir entgegen, und das war etwas Ungewöhnliches: Als Mann im Haus glaubte er schließlich das Recht zu haben, darauf zu bestehen, daß seine Weiber um eine Audienz bei ihm nachsuchten, um mütterliche Gefühle oder dergleichen loszuwerden. Bei ihm duldete ich, was ich um der politischen Korrektheit willen hätte ablehnen müssen, aber er war mein Sohn, und wir waren auf Gedeih und Verderb miteinander verbunden; insgeheim war ich sogar froh darüber, daß Jim Wertebach kein verklemmter Blödmann, sondern ein selbstbewußtes Arschloch war. Mein Sohn als windelspülender Weichling, der ständig Bücher über die weibliche Seele studierte, damit er Verständnis erlernte, das war eine Horrorvorstellung. Der zwölfjährige Typ, der nach einer zwiebelübersäten Pizza hemmungslos furzte, gefiel mir eigentlich ganz gut. Obwohl seine Fürze erbarmungslos stanken. Für diese häretischen Gedanken wäre ich von Susanna und ihren Genossinnen sofort standrechtlich erschossen worden, aber ihnen hatte das Schicksal nicht die Pflicht auferlegt, einen Sohn lieben zu müssen.
»Hallo, Mam«, begrüßte mich Jim.
»Hi, Pizzafresser.« Ein bißchen jugendlichen Jargon hatte ich durchaus drauf, auch wenn er vermutlich aus dem letzten Jahrzehnt stammte.

»Deine Kommunistin ist wieder da«, meinte Jim.
»Susa?« Ich war in dem Alter, in dem bei den Frauen die Osteoporose begann, aber das Infarktrisiko vergleichweise gering war; Ausnahmen bestätigten wie immer die Regel. Ich würde wohl eine Ausnahme werden.
»Genau die. Sie macht grad Überschwemmung.«
»Was?«
»Na, sie spielt die Heulsusa. Erst hat sie mich von oben bis unten abgeschlabbert, und nun sitzt sie im Wohnzimmer und weint.«
»Du bist 'n echtes Ekelpaket«, schalt ich meinen Sohn.
»Na, sei froh. Mußt du nicht ständig *Jesus to a child* blöken; zu Ekelpaketen kommt der sowieso nicht.«
»Doch, kommt er.« Ich strich Jim sanft über seinen Haarschopf. »Um die Nägel vorbeizubringen, mit denen ich dich an 'ne Pizza nageln kann.«
»Aber mit 'm Bauch«, verlangte Jim, »dann kann man was abknabbern. Wenigstens den Rand.«
Er war ein Kind, das ein Mann werden würde. Wieder mußte er das letzte Wort haben. Ich billigte es ihm zu. Er hatte bei mir sowieso einen unbegrenzten Dispositionskredit für Frechheit und letzte Worte.
»Lena?« rief Susanna aus dem Wohnzimmer.
»Ich komme sofort«, versprach ich ihr. Und hielt mein Versprechen ein.

5

»Ich bin bestimmt bescheuert«, legte Susa ein Bekenntnis ab, »aber ich hab's ohne euch nicht ausgehalten. Ohne euch, wohlgemerkt. Sogar dein beschissener Sohn hat mir gefehlt.«
»Er ist nicht beschissen«, verteidigte ich Jim.
»Entschuldige.« Susanna bedeutete mir mit einer Handbewe-

gung, daß ich mich neben sie setzen sollte. Das ließ ich mir nicht zweimal sagen. »Tut mir wirklich leid, ich wollte dich nicht verletzen, aber ich steh momentan zwischen allen Fronten.«

»Das wird sich ändern«, sagte ich, selbst erstaunt über meine amtliche Kälte.

»Ändern? Wieso?« fragte Susa erschrocken.

»Ich hab mir die Sache mit Ulli auf den Tisch gezogen.«

»Das hast du getan?« Susanna sprang auf und fiel mir um den Hals. »Ich wußte, daß du mich nicht im Stich läßt. Jetzt kann ich meinen Freundinnen wieder in die Augen schauen.«

»Ich befürchte, daß es keinen Anlaß zur Freude gibt«, sagte ich und fuhr Susa übers hennagefärbte Haar.

»Mein Gott, Lena«, flüsterte Susa. »Ist sie etwa ...?«

»Das weiß ich nicht. Aber sie ähnelt vom Typ her zwei Frauen, die ermordet worden sind.«

»Und ich hab Ähnlichkeit mit ihr«, stellte meine Liebste fest.

»Komm, Susa.« Ich faßte sie beim Arm und setzte mich mit ihr auf meine Couch. Susanna war blaß, eine Träne lief ihr über die Wange. »Wir tappen noch im Dunkeln. Womöglich löst sich alles ganz anders auf.«

»Ach, Lena«, seufzte Susanna und küßte meine Stirn, »jedenfalls bin ich wieder da.«

»Und mein Leiden hat ein Ende.«

»War's so schlimm?«

»Falls du es noch nicht bemerkt haben solltest«, sagte ich und nahm ihr Gesicht in die Hände, um ihr in die Augen schauen zu können, »ich liebe dich.«

»Oh, das weiß ich. Und ich liebe dich ... euch auch. Es ist komisch, ich halte Familie für ein bürgerliches Relikt, aber eigentlich ist es schön, eine zu haben. Und ohne deinen Lümmel wär's nur halb so schön. Der hält einen wenigstens auf Trab.«

»Das hast du schön gesagt.« Ich beugte mich zu Susa vor und küßte sie auf den Mund. Susa öffnete die Lippen, damit meine Zunge hindurchschlüpfen konnte. Wir küßten uns lange und heftig. Unter ihrem Sweatshirt suchten meine Hände nach ihren Brüsten. Susa hatte kleine, feste Brüste, und der poetische Vergleich mit Äpfeln traf bei ihr zu. Susannas Nippel waren steif. Ich umkreiste sie mit dem Finger, tippte sie behutsam an. Susa knirschte mit den Zähnen; das war ein sicheres Zeichen dafür, daß sie erregt war, und es belustigte mich stets von neuem, weil es so ungewöhnlich war.

»Bleiben wir hier?« fragte sie mit einer weichen, ein wenig belegten Stimme.

»Wir wollen doch unserem kleinen Voyeur keinen Stoff bieten«, sagte ich.

»Also Schlafzimmer?«

»Natürlich. Geh schon rüber. Ich schau nur kurz nach Jim.«

»Ja, klar.« Susa war sauer. »Jim vorne, Jim hinten, Jim oben und Jim unten. So kann er ja nicht selbständig werden.« Daß Susanna auf meinen Sohn eifersüchtig war, war mir neu.

»Für meine Begriffe ist er zu selbständig«, erklärte ich.

»Ich weiß nicht, ob ich nachher noch Lust hab«, meinte Susa.

»Aber ich weiß es«, sagte ich.

Jim lag bereits im Bett, aber natürlich schlief er noch nicht. Das war ein Phänomen bei Kindern: Wenn unsereiner todmüde war, sehnte er sich nach nichts anderem als nach dem Schlaf, war ein Kind todmüde, wollte es erst recht nicht schlafen gehen. Mein Sohn hatte seine Leselampe eingeschaltet und betrachtete ausgiebig einen kleinen, grauen Kasten.

»Was ist das«, erkundigte ich mich, »'ne Blackbox?«

»Aber Mam«, Jim fand wieder einmal sein Vorurteil über die technische Blödheit der Weiber bestätigt, »Mam, das ist ein Modem.«

»Guten Abend, Modem«, begrüßte ich es. Das Modem schwieg arrogant.

»Für's Internet«, sagte Jim stolz. »Die Software hab ich auch schon von der Telekom.«

»Und von deinem Vater, nehm ich an.«

»Exakt.«

»Warst also wieder mal bei ihm?« fragte ich und ärgerte mich augenblicklich, daß die Frage wie ein Vorwurf geklungen hatte.

»Mam, du hast gesagt, daß ich ihn besuchen darf, wann ich will. Daß du diesen ganzen Kram mit Besuchszeiten und so albern findest.«
»Er ist dein Vater, Jim. Ich kann doch deinen Vater nicht für dich rationieren.«
Jim zuckte die Schultern.
»Machen aber die meisten geschiedenen Mütter«, meinte er.
»Bin ich wie die meisten Mütter?«
»Nee«, sagte Jim, »du bist einmalig.« Ich nickte zufrieden. »Weißt du auch, warum? Weil dein Sohn einmalig ist. Klar färbt das auf die Mutter ab.«
»Aha«, sagte ich bloß. »Und warum, Eure Einmaligkeit, surfst du noch nicht durchs Internet? Denn du mußt wissen, ein Modem ist kein Kuscheltier fürs Bett.«
Jim schwieg beleidigt. Mir war klar, daß ich einen sehr wunden Punkt in seiner leicht verletzbaren Seele getroffen hatte. Als gute Mam hatte ich natürlich ein Pflaster dabei.
»Some problems, Sir?« fragte ich; so konnte ich auf eine eher unkonventionelle Weise seine Englischvokabeln abfragen.
»Many problems, Ma'am«, entgegnete Jim, der dieses Spiel liebte. »I don't know ... wie ... wie heißt *Wie*?«
»Sir, how can you forget this important word?« Mit meiner übertriebenen Entrüstung hätte ich jedes Vorspiel an einer Schauspielschule verpatzt.
»Klar. Ich mein, also ... I see, Mylady. How mean *wie*.« »Means. Du vergißt immer, daß man in der dritten Person Einzahl ...«
»Schon gut, Mam. Okay, okay. Also: My problem is that I don't know how I can ... I can install my software. War die Grammatik richtig?«
»Von englischer Grammatik hab ich fast Null Ahnung«, bekannte ich. »Aber 'ne andere Frage: Steht denn nicht auf der Diskette drauf, wie man sie installiert.«
»Es ist eine CD«, erklärte Jim voller Stolz.
»Seit wann hast du ein CD-Laufwerk?« wollte ich wissen.
»Das hat doch jeder.« Jim machte eine wegwerfende Handbewegung.

»Du willst doch unter *Windows* installieren, oder?« erkundigte ich mich.
»Ja«, bestätigte Jim.
»Also im Programm-Manager? Unter *Datei* und *Ausführen*? Mit welchem Befehl?«
»Wie? Was?« Wenn Jim nicht barfuß gewesen wäre, er wäre nun von den Socken.
»Na, wer ist denn der Computerspezialist in der Familie?«
»Was meinst du mit Befehl? Kannst du's mir nicht vorführen?« Jim zeigte auf seinen PC.
»Du sollst schlafen«, sagte ich.
»Bitte, Mam.«
»Ich wollte mich eigentlich auch noch um Susa kümmern.«
»Bitte, bitte.« Das genügte. Ich wurde weich.
Jim trat mir den heiligen Stuhl an seinem Schreibtisch ab und tat etwas, was ich seit langem vermißte: Er setzte sich auf meinen Schoß. Sein PC lud das Betriebssystem. Da er nicht der schnellste war, nutzte ich die Gelegenheit, um Jim fest an mich zu drücken. Er leistete keinen Widerstand, schließlich wollte er etwas von mir. Wir starteten *Windows*, und nach einiger Zeit erschien der Programm-Manager.
»Okay«, sagte, »ich klick also im Menü *Datei* an und dann *Ausführen*. Was siehst du jetzt?«
»Das weiß ich doch«, sagte Jim. »Die Befehlszeile.«
»Dein CD-Laufwerk ist D, nehm ich an?«
»Y jedenfalls nicht.« Jim fühlte sich belehrt, und darauf reagierte er sauer.
»Also gib mal ein: *D Doppelpunkt Backslash Setup*.«
»Mam, klar.« Jim schlug sich vor die Stirn. »Völlig logisch. Ich war bloß zu aufgeregt wegen Internet und so. Natürlich wär ich auch selbst drauf gekommen. Also daß ich statt *Install* hätte *Setup* eingeben müssen.«
Das Installationsprogramm war geladen, Jim mußte nun einige Entscheidungen treffen. Sehr wählerisch war er nicht, er betätigte immer nur die *Enter*-Taste.
»Mam?« fragte er nach einiger Zeit.

»Ja?«
»Woher weißt du das alles?«
»Die Polizei ist seit einiger Zeit auch computerisiert«, sagte ich. »Und da meine männlichen Kollegen allesamt denken, daß Computer für Frauen zu hoch sind, hab ich heimlich gelernt.«
»Bist eben doch einmalig«, meinte Jim.
»Exakt«, zitierte ich ihn. »Und ich gebe dir höchstens 'ne Stunde, dann liegst du in den Federn.«
»Versprochen, Mam.«
»Du lügst, ohne rot zu werden«, sagte ich, gab ihm einen Gutenachtkuß und zog mich zurück. Susanna war bereits eingeschlafen.

6

Es regnete so stark, daß man von Sturzbächen sprechen konnte, und obwohl ich die Scheibenwischer auf ihre Maximalgeschwindigkeit eingestellt hatte, ahnte ich die Entfernung zum vor mir fahrenden Wagen erst, wenn dessen Bremslichter aufleuchteten. Bislang war ich noch nicht aufgefahren.
Noch vor dem Frühstück hatte es mich kalt erwischt. Susanna schlief wie ein Murmeltier, und ich hatte gerade damit begonnen, Toast zu rösten und Jims Cornflakes mit Milch zu verrühren, Jim war um mich herumgeschlichen wie eine hungrige Katze und hatte, als ich ihm wegen seiner dicken Augenringe inquisitorische Fragen stellte, das Geständnis abgelegt, geschlagene vier Stunden im Internet verbracht zu haben, ich hatte ihn auf die Telekomrechnung hingewiesen, und in diesem Augenblick hatte das Telefon geklingelt. Weil das Telefon geklingelt hatte, fuhr ich nun durch den Regen. Mein Ziel war eine Halbinsel namens Schwanenwerder.
Weder der heftige Regen störte mich noch mein überstürzter

Aufbruch, mir tat nur leid, daß Jim allein frühstücken mußte. Er brauchte unsere gemeinsamen Mahlzeiten vor und nach seinem anstrengenden Tag am Gymnasium, und ich brauchte sie auch, weil wir beim Essen nicht nur Mutter und Sohn waren, sondern Freunde, die sich auf die alltägliche Scheiße vorbereiteten oder sie vergaßen. Heute würde Jim ohne meine Solidaritätsbekundungen zur Schule gehen müssen, ich fuhr ohne seinen Segen zu einer Leiche. Ich war wütend: Da Susanna nie vor Mittag aufstand, konnte sie mich bei Jim nicht ersetzen. Deswegen begriff ich auch die Verfassungsschutzberichte nicht, die vor der Gefahr aus dem linksautonomen Spektrum warnten; die Linksautonomen würden die Revolution, die sie anzuzetteln gedachten, sowieso verschlafen.

»Guten Morgen, Lena«, begrüßte mich Lüders und gab mir die Hand. Ich schlug ein. Der Ort, an dem wir uns trafen, war die Station der Wasserschutzpolizei auf Schwanenwerder.

»Hierher!« rief Schmidt und winkte mir zu.

»Was erwartet mich?« fragte ich Lüders.

»Ein weiblicher Torso.«

»Also ein Rumpf«, vergewisserte ich mich. »Keine Arme, keine Beine, kein Kopf?«

»Ja.«

So war es auch. Schmidt präsentierte mir die Überreste der Frau auf einer hellen Plane, und ich warf nur einen kurzen Blick darauf. Wer auch immer den nackten Körper dieser Frau jemals gesehen hatte, er würde ihn nicht wiedererkennen; der Torso hatte einige Zeit im Wasser gelegen und war schwammig geworden.

»Wo ist ... wo ist das da gefunden worden?« wollte ich von Lüders wissen.

»Von einer Streife der WSP. Gut hundert Meter flußaufwärts. Am rechten Ufer, von hier aus gesehen.«

»Und warum ist sie geborgen worden?« wollte ich wissen. »Normalerweise weiß jeder Polizeischüler, daß man eine Leiche an ihrem Fundort beläßt.«

»Wegen der Strömung«, erklärte Lüders. »Der Torso hätte sich

jeden Augenblick vom Ufer lösen und weitertreiben können.«
»Gut, akzeptiert.« Ich wandte mich wieder an Schmidt. »Irgendwelche Besonderheiten?«
»Und ob. Man kann ja schwerlich von Achselhöhlen sprechen, weil, die gibt's nicht mehr. Aber dort, wo sie einst gewesen sind, hab ich Brandspuren gefunden. Verbrennungen dritten Grades nach Aussage des Arztes. Und dann natürlich diese Blinddarmnarbe.« Schmidt zeigte sie mir.
Ich nickte bloß. Mir stand jetzt ein äußerst schwieriges Telefonat bevor, und ich wählte vom Wagen aus meine eigene Nummer an. Zwölfmal mußte ich mein Telefon klingeln lassen, bis Susa endlich ranging. »Bei Wertebach«, meldete sie sich.
»Lena«, sagte ich.
»Ach, Lena, du hast mich geweckt.«
»Ich rufe nicht zum Spaß an«, erklärte ich streng, »sondern um dir eine delikate Frage zu stellen. Hast du Ulli jemals nackt gesehen?«
»Sag mal, was soll'n das?«
»Hast du oder hast du nicht?«
»Lena«, Susanna wurde allmählich munter, »denkst du vielleicht, ich geh fremd?«
»Hast du oder hast du nicht?« wiederholte ich meine Frage.
»Ja, einmal. Aber nicht im Bett. Wir hatten so 'ne Aktion. Mit Körperbemalung und so. Da waren wir eben alle nackt.«
»Hat Ulli eine Blinddarmnarbe?«
»Woher weißt du das?« erkundigte sich Susa, nunmehr hellwach.
»Danke«, sagte ich und legte auf.
»Wie ich's geahnt habe«, meinte Lüders.
»Du besitzt doch eine große Autorität«, schmeichelte ich ihm.
»Aber Lena.«
»Kümmer dich bitte darum, daß sie sofort obduziert wird«, bat ich ihn. Das Personalpronomen ging mir noch immer schwer über die Lippen.

7

»Es ist eine sehr gute Aufnahme«, meinte Hauptkommissar Timm, der für uns die Stimmanalyse durchgeführt hatte, und streichelte seinen Computer. »Ich kann euch sogar was über die Person sagen, die da geschrien hat.«

»Was denn?« fragte ich genervt; ich kannte Timm und wußte, daß er sich gern jedes Wort aus der Nase ziehen ließ.

»Sie hat eine Bronchitis«, sagte Timm. »Oder eine Kehlkopfentzündung. Oder sie ist eine sehr starke Raucherin.«

»Und der Mann?« fragte ich.

»Der? Ja, der.« Timm kratzte sich am Kinn. »Er kommt aus Hamburg oder der unmittelbaren Umgebung von Hamburg. Und hat ein paar Jährchen im Ausland gelebt.«

»Woher wissen Sie das?«

»Also Kinder«, sagte KHK Timm gedehnt; er war kein Norddeutscher, aber er teilte mit ihnen das Bedächtige oder, weniger freundlich ausgedrückt, die Lahmarschigkeit, »ihr habt bei mir 'ne Untersuchung in Auftrag gegeben, und nun zweifelt ihr an meiner Kompetenz. Das ist nicht fair.«

»Schon gut, schon gut«, gab ich mich geschlagen. »Hamburg und Umgebung, ich hab's registriert. Aber wieso Ausland?«

»Er hat sich ein paar Eigenheiten angenommen, deswegen tippe ich auf einen langen Auslandsaufenthalt. Zum Beispiel, wie er das R behandelt. *Gruß von Harriet Stone.* Er rollt es in einer sehr bezeichnenden Weise.«

»Angloamerikanischer Sprachraum?« fragte ich.

»Nein. Spanisch. Aber nicht das amtliche Spanisch, das vom Kastilischen kommt. Kein Hochspanisch. Eher eine abgeschliffene, dialektgeprägte Form.«

»Südamerika?« Zu meinem Beruf gehörten auch Jagdinstinkte, die nach Susannas Auffassung zu einer Frau nicht paßten. Im Moment allerdings saß ich auf dem Hochstand und hatte die Waffe bereits auf das Reh gerichtet. Timm zuckte die Schultern.

»Vielleicht Südamerika«, meinte er. »Oder eine spanische Provinzstadt. Irgendein Nest, weit weg von den Metropolen. Spanien pur, wenn Sie verstehen. Die sprechen anders als die Dolmetscher in Brüssel oder Straßburg.«
»Was wissen Sie noch von dem Mann?« Jetzt war ich ganz Jägerin, gleichgültig, ob die Jagd nun eine männliche Domäne war oder nicht. Wie die Männer in den grünen Röcken hatte ich nur ein Ziel: das Wild zu erlegen. Das war mit Sicherheit unbeschreiblich unweiblich, aber immerhin mein Job.
»Viel«, behauptete Timm in seiner zwar langsamen, aber doch unbescheidenen Art. »Er ist in seiner Erziehung darauf getrimmt worden, ein möglichst korrektes Hochdeutsch zu sprechen. Er hat sich immer bemüht, diese Anforderung zu erfüllen, weil er ein kompletter Anpasser ist. Und genau aus diesem Grund hat er versagt. Er paßt sich der Sprachumgebung an, in der er lebt. Jetzt ist er in Berlin.«
»Und das hören Sie alles aus zwei Sätzen heraus?« Ich war noch immer skeptisch.
»Er hat ein außerordentlich gutes Aufnahmegerät benutzt«, sagte Timm, »und High-Quality-Kassetten.«
»Vielleicht«, dachte ich laut, »ist die gute Qualität Teil seines Konzepts. Seiner Botschaft.«
»Tut mir leid«, sagte Timm, »das ist Ihr Job. Ich bin nur für die Stimmen da.«
Der Mohr hatte seine Schuldigkeit getan, er brachte mich zur Tür und hielt sie mir auf. Bevor ich ihm die Hand reichen konnte, schlug er plötzlich gegen den Türrahmen. Einen solchen Ausbruch von Leidenschaft hatte ich ihm nicht zugetraut.
»Sie haben recht«, sagte Timm. »Ich hatte immer den Eindruck, daß seine Stimme auch ein wenig inszeniert war. Er will, daß Sie ihn finden. Aber den Zeitpunkt bestimmt er. Nach zehn, nach zwanzig, nach hundert toten Frauen. Denn diese Morde sind sein Text.«

8

Ich schaute mir eine Lunge an. Schmidt assistierte mir. Die Lunge gehörte zu dem Torso aus der Havel.

»Extrem starke Raucherin«, erläuterte Doktor Roth.

»Und dem Alkohol war sie auch nicht abhold«, meinte Doktor Basing.

»Interessant ist Objekt drei«, sagte Schmidt und hob mit der Pinzette ein Taschentuch an.

»Was ist das?« wollte ich wissen.

»Ein Taschentuch«, sagte Roth.

»Benzingetränkt«, sagte Basing.

»Wir haben es in ihrem Mastdarm gefunden.« Roth klemmte ein Röntgenbild auf den Leuchttisch. »Es ist Spekulation, aber womöglich sollte es angezündet werden. Der Täter hat es allerdings zu weit in den After geschoben.«

»Bereitet ein benzingetränktes Tuch im Mastdarm Schmerzen?« fragte ich.

»Womöglich«, sagte Basing. »Aber das ist nicht die Frage. Wenn Benzin in die Blutbahn gelangt, wirkt es als Gift. In den KZ haben die Nazis es gespritzt. Über den Darm würde es aber auch vom Körper aufgenommen werden.«

»Die Todesursache?«

»Können wir Ihnen nicht mit Sicherheit sagen«, erklärte Roth.

»Aber die Frau ist doch gefoltert worden?«

»Und wie«, bestätigte Basing.

9

»Mam?« rief Jim aus seinem Zimmer.

»Lena?« wollte Susa wissen. Dabei hatte außer den beiden nur eine Person Zugang zu unserer Wohnung, und das war ich.

»Nein«, sagte ich laut und streifte die Pumps von meinen Füßen, »hier ist die Weihnachtsfrau.«
Jim war als erster bei mir.
»Was hast du mitgebracht?«
»Informationen«, sagte ich.
»Ach, die kann man doch nicht essen.« Mein Freßsack war enttäuscht. Susa schob ihn zur Seite.
»Über Ulli?« erkundigte sie sich.
»Die Informationen sind für keinen von euch bestimmt«, entschied ich mit kriminalpolizeilicher Strenge. »Und da ich heut im Gegensatz zu euch Faulenzern gearbeitet habe, macht ihr das Abendessen.«
»Nö«, protestierte Jim. »Ich war nicht faul.«
»Bitte schön«, sagte ich, zog mein Portemonnaie aus der Jackentasche und zählte meine Barschaft. »Ich kann ja auch beim Italiener essen gehen. Auf euch bin ich nicht angewiesen.«
Das ließen sich Susa und Jim nicht zweimal sagen und rannten um die Wette in die Küche; jeder wollte beweisen, daß er oder sie für mein Wohlbefinden unerläßlich war. Ich streckte mich auf meiner Wohnzimmercouch aus und studierte träge den Stuck. Die Eifersucht war gar nicht so schlecht, solange man aus ihr seinen Profit ziehen konnte.
Lange hielt meine Freude nicht an. In der Diele klingelte das Telefon, was mich keinesfalls aus der Horizontalen trieb, schließlich hatte die Erste Kriminalhauptkommissarin Lena Wertebach ihre Dienstboten; als Jim mir meldete, Lüders sei am Apparat, mußte ich mich doch persönlich bemühen.
»Tut mir leid, Lena, daß ich deinen wohlverdienten Feierabend stören muß«, sagte Lüders. »Wir haben den Kopf und auch einen Arm.«
»Wo?«
»BAB zwei, Richtung Magdeburg. Raststelle Ziesar. Ein Fernfahrer hat es gefunden. In einer Mülltüte.«
»Wer ist vor Ort?«
»Wiesenburg und Petersen«, sagte Lüders, »unser unzertrennliches Duo.«

»Okay«, entschied ich, »ich schau mir das alles auf den Fotos an. Wann können die ... nun ja, die sterblichen Überreste in der Gerichtsmedizin sein?«

»Keine Ahnung, wie lange die Potsdamer zur Spurensicherung brauchen. Aber wir wissen schon, daß es sich um Ulrike Schell handelt. Wiesenburg und Petersen haben sie identifiziert.«

»Scheiße«, sagte ich.

»Abendbrot«, rief Susa aus der Küche.

»Danke, Lüders. Wir sehen uns morgen.«

»Tschüs, Chefin«, entgegnete Lüders und legte auf.

Ich steckte nur meinen Kopf in die Küche.

»Die Bratkartoffeln hab ich gemacht«, sagte Jim.

»Und ich das Rührei mit Schnittlauch und den Spinat«, setzte sich Susa ins rechte Licht.

»Danke.« Ich winkte ab. »Mir ist der Appetit vergangen.«

»Was ist passiert?« Susa riß die Augen auf.

»Können wir ins *FrauenHaus* fahren?«

»Jetzt?«

»Ja. Ich möcht mir Ullis Zimmer ansehen.«

»Also ist ihr etwas zugestoßen?« wollte meine Liebste wissen.

»Im Wagen«, sagte ich. Susa nickte.

»Und das schöne Essen?« fragte Jim.

»Ist nur für dich.«

»Oh, geil, Mam.« Jim strahlte.

10

Susanna weinte während der ganzen Fahrt, und dann heulten auch noch Gesine, Anna-Marie und Sibylle; die hartgesottenen Frauen zeigten ihren weichen Kern. Ich heulte nicht, denn ich hatte keinen Grund dafür, Ulli war für mich eine Fremde. Bald würde ich mit ihr vertrauter sein als viele von denen, die

sie zu kennen glaubten; ich wurde mit Menschen oft erst dann näher bekannt, wenn sie tot waren.
Da Eigentum korrumpiert, war Ulrikes kleines Zimmer im Seitenflügel des *FrauenHauses* nur spartanisch eingerichtet; es gab eine Matratze, auf der sie geschlafen hatte, einen häßlichen Resopaltisch mit einem Stuhl davor, eine Truhe mit Ulrikes Kleidern und eine Reiseschreibmaschine auf dem Fensterbrett. Neben der Maschine lagen mehrere beschriebene Blätter; sie enthielten, wie ich erstaunt feststelle, Gedichte und kurze Geschichten. Ich steckte mir die Blätter ein.
»Das kannst du nicht machen«, erklärte Susanna entrüstet.
»Und ob ich das kann«, gab ich verärgert zurück. »Ich weiß nicht, ob ihr es immer noch nicht begriffen habt, aber der Kindergarten ist geschlossen und die Spielecke für Lesbenbefreiung und antiimperialistischen Aktionismus auch. Wir befinden uns hier mitten in der blutigen Realität, und ich führe eine polizeiliche Maßnahme durch. Hab ich mich einigermaßen deutlich ausgedrückt?«
»Scheiße, wenn Bullen auch noch zynisch werden«, meinte Sibylle.
»Buletten«, sagte ich. »Wenn schon, dann bin ich eine Bulette. Und nun haltet den Schnabel und antwortet erst, wenn ihr gefragt werdet.«
Gesine, Sibylle, Anna-Maria und Susanna hielten sich an meinen Befehl. Ich durchstöberte die Zeitschriftenhaufen unter dem Fenster, die zumeist Breviere der Frauen- und Lesbenbewegung enthielten, aber auch autonome Kampfblätter wie das *Antifa Jugendinfo* der Edelweiß-Piraten, das Antifa-Nachrichten-Doku *Was geht ab*? und eine Publikation mit dem schönen Namen *Fight Back/Skunk*, in denen ich ein wenig blätterte, bis ich das Gefühl hatte, von Faschisten geradezu umstellt zu sein und übermorgen mit dem Klingeln der Gestapo an meiner Tür rechnen zu müssen. Wobei, als erfolgreiche Kriminalkommissarin würde mich die Gestapo womöglich übernehmen, wie sie es mit etlichen Kripobeamten der Weimarer Republik getan hatte, als Lesbe sicher nicht.

Ein paar besonders sorgfältig geordnete Magazine mit dem Titel *Männer&Gewalt* fesselten meine Aufmerksamkeit, weil im Impressum Ulrike Schell als Herausgeberin und *v.i.S.d.P* genannt wurde, als verantwortlich im Sinne des Pressegesetzes. Das Magazin erschien in der *FrauenHaus e.V Verlagsgenossenschaft »Weiber machen Wind«*, sicherte sich selbst eine diskontinuierliche Erscheinungsweise zu und befaßte sich mit dem, was der Titel verkündete. Ulrike verfaßte die Editorials. In ihrem letzten hatte sie angekündigt, die Namen von Männern öffentlich zu machen, die sich an minderjährigen Mädchen vergriffen. Das war zwar ein ausgezeichnetes Mordmotiv, aber weder Harriet Stone noch Rosa Maria Hernandez waren Minderjährige gewesen, Ulrike Schell auch nicht. Ich winkte die *Coolen Mädels* zu mir heran.

»Das kennt ihr sicher«, sagte ich und deutete auf den Artikel.

»Klar«, bestätigte Gesine.

»Wenn das nicht bloß heiße Luft ist, muß Ulli doch Material zusammengetragen haben. Wo sind ihre Unterlagen?«

»Keine Ahnung«, behauptete Sibylle.

»Wenn ich den Mord an Ulrike nicht aufkläre«, sagte ich, cooler als alle *Coolen Mädels* zusammengenommen, »dann reißt mir keiner den Kopf ab. Das passiert eben, und das Verfahren wird eingestellt. Ich mein«, sagte ich und zuckte die Schultern, »wenn ihr nicht wollt, daß der Mörder bestraft wird ...«

»Doch, doch«, versicherte Gesine.

»Also wo ist das Material?«

»Versteckt«, sagte Anna-Maria.

»Wißt ihr, was schade ist? Daß es keine Maschine gibt, mit der man den Leuten die Wörter aus der Nase ziehen kann.«

»Keinen von uns hat sie darüber informiert«, sagte Sibylle.

»Ach, nein? Mädels, muß ich erst 'ne Razzia veranstalten? Wo Sachen zutage kommen, für die sich der Staatsschutz brennend interessiert? Aber bitte, wenn ihr wollt. Könnt ja als Antwort 'ne schöne Demo machen.« Mir reichte dieses Geziere allmählich. Den Mord an Ulrike Schell sollte ich natürlich im D-Zugtempo aufklären, aber sagen wollte mir keiner was.

»Das eben war zuviel«, rief Susa und lief hinaus.
»Du hast sie verletzt«, kommentierte Anna-Maria vorwurfsvoll. »Deine Freundin.«
»Mag sein«, sagte ich. »Ulli ist auch verletzt worden, nicht nur in der Seele. Sie wurde gefoltert, getötet und zerstückelt. Ich kann euch was über benzingetränkte Lappen im After erzählen, über Brandwunden in der Achselhöhle.«
»Okay«, entschied Gesine, die das Sagen hatte, »wir kooperieren. Zeitweilig.«
Also wurde mir Daphne vorgestellt.

11

Daphne gehörte zu der aus politischer Korrektheit geduldeten Minorität im *FrauenHaus*, die mit Männern schlief, und obendrein hatte sie eine männliche Vergangenheit; zumindest was ihren Körper betraf. Vor einigen Jahren hatten Juristen und Ärzte versucht, sie durch eine Personenstandsänderung, Hormongaben und chirurgische Manipulationen endgültig zu verweiblichen, aber sowohl ihrem Kinn als auch ihren Beinen war anzusehen, daß sie sich hin und wieder rasieren mußte, um das unvollkommene Ergebnis der Geschlechtsumwandlung zu vertuschen. Daphne ertränkte ihren Frust darüber, daß perfekte Weiblichkeit nur von der Natur geschaffen werden konnte, im süßen Sherry. Durch meinen Job wußte ich, daß viele enttäuschte Transsexuelle lieber zum Strick, zur Rasierklinge oder zu einer Überdosis an Barbituraten griffen. Unter den armen Schweinen oder Sauen waren sie wirklich die ärmsten.
Nach Daphnes Wohnmilieu zu urteilen, war der Sherry geklaut. Ich nahm trotzdem einen. Daphne war in der Redaktion von *Männer&Gewalt* immerhin Ulrikes Vertraute gewesen.
»Ulli war an heißen Stories dran«, erklärte Daphne, die auf ihren Stöckelschuhen nervös durch die Zelle trippelte, in der

sie zu leben versuchte. Die Schuhe sahen teuer und ebenfalls nach einem kriminellen Delikt aus. »Sie hat den Code der Kinderficker geknackt. Schauen Sie«, Daphne liebte Höflichkeitsfloskeln und siezte mich, »schauen Sie, Frau Hauptkommissarin, diese Typen haben auch ihre Sklavensprache. Man erkennt sie oft nur an ihren Chiffres. Darf ich?«

»Was?«

»Beispiele vorlesen?«

»Ich bitte darum, Frau ...«

»Oh, Daphne reicht.« Sie lächelte verschämt. »Ich bin ja nichts Besonderes. Nicht so wie Sie.«

Daphne holte unter ihrer Matratze ein paar eng beschriebene Seiten hervor und glättete sie auf ihren Oberschenkeln, die auffallend kräftig waren. Der Platz unter der Matratze war das denkbar schlechteste Versteck; jeder halbwegs gewiefte Dieb würde zuerst dort nachschauen.

»Ich würde lieber selber lesen, Daphne«, bat ich.

»Oh, wenn Sie es wünschen.« Sie händigte mir die Papiere aus und griff zum Sherry. Auch ich bekam noch einen.

Bär mit dichtem Fell hat an seiner Brust viel Platz für zarte Geschöpfe. Bin liebevoll, wenn ihr artig seid. Kann aber auch sehr, sehr streng sein. Lolita8–10@aol.com.

»Das ist ja eine Internet-Adresse«, stellte ich fest und dachte an Jim.

»Ja, das läuft darüber«, sagte Daphne. »Aber Internet? Ich versteh ja nichs davon, aber ich glaub, das heißt nicht Internet, sondern America Online.«

»Ja, natürlich, Sie haben recht. Und was bedeutet die Chiffre?« wollte ich wissen.

»Der Typ sucht acht- bis zehnjährige Mädchen, um sie zu ficken und zu schlagen«, erklärte Daphne.

»Aber Mädchen werden so eine Offerte nie beantworten«, sagte ich.

»Nein, natürlich nicht. Mädchen haben ja sowieso Probleme mit Computern. Ulli hat mir mal erklärt, wie das zusammenhängt. Also wenn 'ne Familie überhaupt einen Computer hat, dann ist er die Domäne des Vaters und der Söhne. Ab und zu haben die mal 'ne kulante Minute, und dann lassen sie auch das Mädel ran. Aber nur, um sich über sie lustig zu machen. Sie erklären ihr 'n bißchen was, und dann muß sie im kalten Wasser losschwimmen. Klar, daß sie andauernd Fehler macht. Die Kerle amüsieren sich köstlich. Obwohl sie auch ständig Fehler machen. Aber die besprechen sie nur unter sich.«

Ich mußte schon wieder an Jim denken und verstand jetzt, warum es ihm so ungeheuer peinlich gewesen war, daß ich ihm die Installation seiner Online-Software erklären konnte. Wahrscheinlich hatte ich mir mit meinem Wissen die Qualifikation eines Mannweibs erworben, denn natürlich würde mein Sohn mit seiner Supermutter angeben. Eine Mam, die Software installieren konnte, mußte in den Augen von männlichen Teenagern ein halber Mann sein.

»Ich möchte das jetzt begreifen«, sagte ich und massierte mir die Schläfen. »Acht- bis zehnjährige Mädchen schicken unserem Bären keine Antwort. Wer dann?«

»Also, erst mal muß man sagen, daß es so was auch für Jungs gibt. Und achtjährige Jungs bewegen sich auch noch nicht im Internet.«

»Okay«, sagte ich. »Wer antwortet?«

»Na, ist doch klar. Die Typen, die solche Mädels oder Jungs im Angebot haben. Zum Beispiel die Eltern.«

12

Ich hatte Daphne zu einem Wein in das Frauencafé eingeladen, und einem solchen Angebot konnte sie nicht widerstehen. Um sie noch weiter aus der Reserve zu locken, aber auch, weil ich mittlerweile ernsthaft besorgt war, erzählte ich ihr von Jim und seiner kindlichen Leidenschaft für die Datenautobahnen.

»Sie haben einen Sohn?« fragte Daphne irritiert. »Susanna hat doch behauptet, daß Sie auf Frauen stehen?«

»Er entstammt einer Phase meines Lebens, in der ich über mich zwar alles wußte, es aber nicht eingestehen konnte«, erklärte ich. »Weil er dieser Phase entsprungen ist, bedaure ich nichts.«

»Ja, ja, die Mutterliebe«, meinte Daphne versonnen und trank ihr Weinglas in einem Zuge leer. Sie war betrunken. »Haben Sie ein Bild von ihm?« Auch im Suff blieben die Umgangsformen das einzig Bewahrenswerte.

»Nun duz mich doch endlich«, verlangte ich.

»Niemals«, sagte Daphne. »Sie sind eine Autorität, und es ist immer falsch, mit Autoritäten vertraulich zu werden. Das *FrauenHaus* ist eine autonome Einrichtung, und ich fühl mich hier auch wohl. Aber wer die Autoritäten untergräbt, stürzt alles ins Chaos. Und im Chaos überlebt jemand wie ich nicht.«

»Ihr Überleben ist auch in einer geordneten Sozietät eine schwierige Angelegenheit«, mutmaßte ich.

»Das wissen Sie doch, Frau Hauptkommissarin.« Daphne liebte meinen Dienstgrad. Ich nahm mittlerweile an, daß sie eine masochistische Ader hatte. »Wir sind die Abgründe dieser Welt, Sie verwalten sie. Sie wissen mehr über uns als wir selber. Darf ich Ihren Sohn sehen?«

Als liebevolle Mutter hatte ich natürlich immer ein Foto meines Sohnes dabei. Daß es ausgerechnet in meinem Dienstausweis steckte, war mir ein wenig peinlich. Daphne schaute es sich an.

»Hübscher Bengel«, meinte Daphne verträumt. »Wie alle Söhne der Mutter ähnlich.«

»Danke«, sagte ich. Die Frage, ob auch Daphne ihrer Mutter glich, verkniff ich mir aus ermittlungstaktischen Gründen. »Sie versprechen mir doch in die Hand, daß Sie meinen Sohn nicht anmailen werden?«

»Sie haben mich mißverstanden«, sagte Daphne und gab der Frau hinter dem Tresen ein Zeichen. »Ich habe die Schönheit Ihres Sohnes registriert. Es erwachsen daraus keinerlei Konsequenzen.«

»Zu Ullis heißer Story zurück«, machte ich einen harten

Schnitt. »Es ging dabei also um Kindersex via Internet. Oder America Online. Wie auch immer.«

»Auch«, sagte Daphne. Die Tresenfrau brachte ihr einen Wein und mir ein Bier.

»Was heißt: Auch?«

»Sie wissen sicher, warum sich das *FrauenHaus* so komisch schreibt?« wollte Daphne wissen. Das Erstaunliche an ihr war, daß sie trotz ihrer Trunkenheit klar reden konnte.

»Weil es sich von den Frauenhäusern unterscheidet, die sexuell mißbrauchte oder unter männlicher Gewalt leidende Frauen für ein paar Tage aufnehmen und versorgen«, betete ich vor, was ich von Susa gelernt hatte.

»Genau«, bestätigte Daphne. »Aber wir haben hier auch die Notaufnahme für mißbrauchte Mädchen. Und die Idee für ihre Recherche kam Ulli, als vor ungefähr zwei, drei Monaten ein Kid bei ihr Hilfe suchte.«

»Ein Kid? Weiblich, oder?«

»Was denn sonst?« Unter dem Einfluß des Alkohols begann Daphne, aggressiv zu werden. Ich legte zum Beweis meiner Sympathie eine Hand auf ihren rechten Unterarm.

»Entschuldigen Sie.« Daphne zog ihren Arm zurück. »Ab und zu läßt man sich von seinen Gefühlen verleiten, über das Ziel hinauszuschießen. Ihrer schwierigen Aufgabe gegenüber ist das ein unangemessenes Verhalten. Bitte verzeihen Sie mir.«

»Ist verziehen«, sagte ich. »Was war mit diesem Mädchen?«

»Solange es sich erinnern konnte, mußte es mit Vater und Mutter schlafen. Die haben ständig an ihr rumgemacht. Und wenn sie nicht wollte, wurde sie mit einer Peitsche geschlagen.«

»Die Mutter auch?« Ich war, was das Quälen und Töten von Menschen betraf, einigermaßen abgehärtet. Mit Peitschen hantierende Mütter waren mir dennoch neu. Ich wollte sofort zu Jim, um ihn in den Arm zu nehmen.

»Warum nicht?«

»Wie sah das Mädchen aus?« fragte ich.

»Ich hab sie ja nur flüchtig gesehen«, sagte Daphne. »Sie hatte eine Glatze.«

»Eine Glatze?«
Daphne nickte.
»Sonst noch was?« wollte ich wissen.
»Wie 'n Eskimo.« Daphne brauchte nicht mehr viel bis zum Zusammenbruch.
»Eskimo?«
»Na, diese ... ach, Gott, nee!« Ihr Kopf fiel hinunter auf ihre Brust, die ein Ergebnis der Hormontherapie war.
»Was?« brüllte ich.
»Diese Wangenknochen.« Daphne stürzte vom Stuhl. Ich ging zum Tresen, um zu bezahlen.
»Du mußt hier nicht rumschreien«, sagte die Kassiererin.
»Kümmert euch lieber um Daphne«, sagte ich. »Und eine Quittung, bitte.«
»So 'n Scheiß kannste vergessen, Spitzel.«
»Na, dann nicht. Ich komm sowieso wieder. Auf Staatskosten.«
»Mach das, Schätzchen. Wenn du unbedingt 'n Ding in die Fresse haben willst.«
Ich ging zu meinem Wagen. Die Weiber aus dem *FrauenHaus* hatten sicherlich eine Menge Power, aber sie überschätzten sich gewaltig. Falls ich wollte, würde eine Polizeihundertschaft ihr Haus auf den Kopf stellen. Ich war Staat, war die Macht. Diese Macht wollte ich nicht bemühen. Ich wollte bloß akzeptiert werden.
Daheim kroch ich zu Jim ins Bett. Seit Jahren hatte ich es nicht getan.
»Mam?« fragte er im Halbschlaf.
»Wer sonst?« Ich klammerte mich an ihn.
»Geht's dir denn so beschissen?«
»Noch viel beschissener«, bekannte ich.
»Ach, Mam.« Jim drehte sich um und knackte weg.

Viertes Kapitel

1

Die Schmerzensschreie hatten wir schon gehört. Den Nachsatz nicht.
»Lötlampe in der Achselhöhle«, erklärte der Mann, den wir noch nicht kannten.
»Oh, Gott«, stöhnte Diethelm.
»Daher die Brandwunden«, meinte Schmidt.
»Da werden sogar linke Votzen wahnsinnig«, sagte der Mann.
»Muß ich das wirklich abtippen?« Patricia war grau wie der Wandanstrich. Das Band lief weiter. Der Mann hatte noch einmal eine Minute Geschrei und Wimmern eingeschnitten.
»Halt!« rief ich. Lüders drückte sofort die Stopptaste.
»Ein Stück zurück«, bat ich ihn.
»Willst du dir das wirklich noch mal anhören?« Lüders griff nach meinem Arm.
»Zurück!« befahl ich. Die Frau, vielleicht Ulrike Schell, mußte wieder schreien und wimmern. »Hört ihr nichts?«
»Doch«, sagte Petersen. »Da fährt ein Zug im Hintergrund.«
»Noch einmal«, verlangte ich. »Und lauter.« Obwohl das kaum zu ertragen war.
»Keine S-Bahn«, stellte Lüders fest.
»Nein«, bestätigte ich, »eher eine Fernbahn.«
»Ein Güterzug«, meinte Petersen überzeugt.
»Laß das Geräusch begutachten«, bat ich Schmidt.
»Schon unterwegs.«
Ich hatte mit Basing telefoniert, und nun wußten wir, daß Ulrike Schell erwürgt worden war. Auch ihre Arme wiesen Folterspuren auf; mit einer Rasierklinge oder einem Skalpell hatte der Mörder viele parallele Schnitte in ihre Unterarme gemacht,

und die Knochen waren mehrfach gebrochen. Ulrike hatte ebensolche Schmerzen erleiden müssen wie die Hexen im Mittelalter, wenn man ihnen Geständnisse abpressen wollte. Nur lebendig verbrannt hatte man sie nicht.
»Dieser Mann ist gemeingefährlich«, stellte Diethelm fest. Ich nickte nur.
»Was mag in ihm vorgehen?« rätselte Lüders.
»Das wüßte ich auch gern«, sagte ich. »Aus irgendeinem Grund scheint er Frauen mit dunklen, rötlich schimmernden Haaren und vorstehenden Wangenknochen abgrundtief zu hassen.«
»Vielleicht sah seine Mutter so aus«, schlug Wiesenburg vor.
»Du liest zu viele Groschenromane«, entgegnete ich.
»Aber irgendein Trauma muß es doch geben«, sagte Lüders nachdenklich.
»Sicher«, meinte ich, »aber ich befürchte, das werden wir erst erfahren, wenn wir ihn haben.«
»Hoffentlich bald«, sagte Patricia.

2

Ich spazierte von der Keithstraße zum Wittenbergplatz und zurück, um ungestört nachdenken zu können, und das ging beim Dahintrotten am besten. Viel hatten unsere Ermittlungen bisher noch nicht ergeben, aber das war auch kein Wunder bei einem Mörder, der zu seinen Opfern erst dann in Beziehung trat, wenn sie bereits seine Opfer waren. Der Schlüssel zu allem schien mir in Chile zu liegen, wo er zum erstenmal zugeschlagen hatte; sein bevorzugter Frauentypus hatte ja im weitesten Sinne indigene Züge. Ich wußte, daß es in Österreich und den USA eine Forschungsrichtung in der Kriminologie gab, die in Deutschland noch wenig entwickelt war, die Opferkunde oder Victimologie. Ein Victimologe würde uns womöglich wei-

terhelfen können, aber ich kannte keinen. Vielleicht konnte mir Ziegler vom BKA einen Rat geben.
Auch das Mädchen, das von Ulrike Hilfe gegen ihren brutalen Vater erbeten hatte, ließ mir keine Ruhe. Ich erwog, es mit einer Zeitungsmeldung suchen zu lassen, schließlich waren glatzköpfige Mädchen rar, aber ich verwarf den Gedanken, denn noch war mir diese Spur zu vage.
Ich mußte mich in Geduld üben, aber gerade bei einem wahnsinnigen Serientäter war Geduld am schwersten aufzubringen, da es nicht mehr nur darum ging, ein Verbrechen aufzuklären, sondern weitere zu verhindern, und das möglichst rasch. Der Mörder war unberechenbar. Bereits in diesem Moment konnte sich erneut eine Frau in seiner Gewalt befinden.
Am Wittenbergplatz stand ich eine Zeitlang vor einem Zeitungskiosk und überlegte, ob ich nicht wieder mit dem Rauchen anfangen sollte; früher hatte ich mich in meiner Not immer an einer Zigarette festhalten können. Dann fiel mein Blick auf einen Aufsteller der *B.Z. Irrer foltert und zerlegt Frauen*, titelte das Blatt. Jetzt begann auch noch die Presse verrücktzuspielen, aber damit hatte ich rechnen müssen, schließlich hatte der Mörder seine Kassetten an verschiedene Redaktionen geschickt. Noch ein Opfer, und Berlin würde in Hysterie verfallen. Ich kaufte mir die Zeitung und kehrte um. In der Dienststelle ging ich zu Lüders.
»Na, Lena?« fragte er betrübt, »nimmt dich alles sehr mit, was?«
»Hier.« Ich warf ihm die Zeitung auf den Tisch. Lüders faßte sie mit spitzen Fingern an und ließ sie im Papierkorb verschwinden.
»Du kannst alle Berliner Zeitungen durchgehen«, meinte er, »das ist jetzt das Thema. Jemand, der Foltersitzungen mit Frauen abhält, deren Schreie aufnimmt und dann die Tonbänder versendet, das ist ein gefundenes Fressen für die Journaille.«
»Komisch, daß sich der Pressefritze vom Polizeipräsidium noch nicht gemeldet hat«, wunderte ich mich.

»Doch, hat er. Die Journalisten löchern ihn natürlich. Ich hab mich sofort mit Doktor Thalbach verständigt, und der wiederum hat den Präsidenten angerufen. Es wird eine Nachrichtensperre verhängt.«

»Was würd ich bloß ohne dich machen«, seufzte ich.

»Gut, daß du hier bist.« Lüders senkte verlegen den Blick und wühlte in seinem Schreibtisch. Was er ans Tageslicht beförderte, war eine Mappe. Er schlug sie auf. »Also ich muß dir sagen, es ist gar nicht so leicht, Deutsche ausfindig zu machen, die vor zehn Jahren in Chile gelebt haben. Das könnten die Chilenen besser, aber du weißt ja, das Außenministerium ist selten kooperativ. Und Interpol Santiago schweigt sich aus.«

»Ist dieses Antofagasta eine große Stadt?«

»Scheint so.« Lüders zuckte die Schultern.

»Aber halb Deutschland wird sich vor zehn Jahren nicht dort aufgehalten haben«, meinte ich.

»Es wäre gut, wenn man mit der Kripo vor Ort Kontakt aufnehmen könnte«, dachte Lüders laut. »Aber erstens ist das nicht der Dienstweg, und zweitens kann ich kein Spanisch.«

»Den Dienstweg können wir mal beiseite lassen«, ermunterte ich ihn. »Und dann denk ich doch, daß es auch in einer chilenischen Großstadt ein paar Bullen gibt, die das Englische beherrschen.«

»Dann brauchte ich bloß noch die Telefonnummer«, sagte Lüders.

»Ja. Woher wir die kriegen, weiß ich auch nicht. Das heißt ... ob man vielleicht über das Internet an internationale Rufnummern herankommt?«

»Keine Ahnung. Sag mal, Lena, du erstaunst mich immer wieder: Bist du zu Hause etwa online?«

»Als moderne Frau?« Ich lächelte. »Also ich kümmer mich drum.«

3

»Was soll in Staatsschutzakten schon drinstehen?« Wiesenburg machte eine wegwerfende Handbewegung. »Ich meine, in den paar Seiten, die ich einsehen durfte; die Kumpels dort machen ja ein Gewese um ihren Kram, als würden sie die größten Staatsgeheimnisse hüten. Also, Ulrike Schell hat dieses *FrauenHaus* in Prenzlauer Berg besetzt. Prima Neuigkeit, was? Sie hat an mehreren Demonstrationen teilgenommen, die meisten waren genehmigt, aber man weiß ja nie. Einmal hat sie einen Böller gezündet. Das Verfahren wegen versuchter schwerer Körperverletzung läuft noch, weil sie den Böller angeblich auf 'n paar grüne Mäuse geworfen hat. Die reinste Schwerkriminelle, unsere Ulrike. Und für so was beschäftigt der Staatsschutz nun V-Leute und so weiter.«

»Wie du schon sagtest, die werden noch mehr haben«, vermutete ich. »Natürlich halten sie damit hinterm Berg, um ihre Quellen nicht zu gefährden. Du hättest etwas charmanter sein müssen.«

»Zu einem verknöcherten Hauptkommissar mit Mundgeruch? Vielen Dank.«

Ich wechselte das Zimmer. Jörg Röder beschäftigte sich immer noch mit den Annoncen in den Stadtmagazinen und in einschlägigeren Organen, und er machte das mit viel Ausdauer und Sorgfalt, obwohl ich es für sinnlos hielt: Unser Mann annoncierte nicht. Alles, was ihm interessant erschien, hatte Jörg mit einem roten Faserstift markiert.

»Das Schlimme ist«, bekannte er, »daß ich nicht genau weiß, wonach ich suche. Also nimm nur mal dieses Inserat: *Du wirst schreien, weil du schreien willst! M, 43, sucht W schwarzhaarig, für Hardcore. Fesseln, Peitsche, Stock. Chiffre und so weiter.* Der Typ scheint eine Art Dauerauftrag beim *zitty* laufen zu haben, denn das Ding ist in den letzten zehn Ausgaben erschienen.«

»Ich weiß nicht, Jörg, ich weiß es wirklich nicht. S / M ist doch derzeit modern, so 'ne Art Gesellschaftsspiel für den gelang-

weilten Mittelstand. Und unser Mann spielt nicht.« Ich schaute Röder gerade in die Augen. »Tust du mir einen Gefallen?« wollte ich wissen.
»Gern.«
»Wie sind deine Erfahrungen mit Frauen?«
»Was? Wie?« Jörg wurde knallrot. »Ich hab eine feste Freundin.«
»Ich habe beschlossen, deine Jugendlichkeit schamlos auszubeuten«, legte ich meine Karten offen auf den Tisch.
»Was soll ich tun?« Jörg hauchte geradezu.
»Hast du das interne Telefonverzeichnis griffbereit?«
Jörg nickte und zog es aus einem Ablagekorb.
»Wieviel Frauen führt es beim Staatsschutz auf?«
»Ich sehe fünf«, entgegnete Jörg.
»Gut. Die rufst du alle unter einem Vorwand an. Mit denen, an deren Stimme du erkennst, daß sie nicht mehr zu den jüngeren Semestern zählen, verabredest du einen Termin, weil du eine bestimmte Auskunft zum *FrauenHaus* brauchst. Das ist der einfache Teil der Aufgabe, der schwierige beginnt dann erst. Tritt als schüchterner und unerfahrener Beamter auf, der nicht weiß, wie er eine Anweisung seiner Chefin erfüllen soll; das dürfte dir ja nicht schwerfallen. Du mußt so unbeholfen wirken, wie es nur irgend geht. Weck in den Frauen mütterliche Gefühle. Und kitzel ihre Eitelkeit. Wenn sie dir irgendeinen Brocken hinwerfen, mußt du vor Bewunderung erstarren. Ich will die gesamten Akten zum *FrauenHaus* und zu Ulrike Schell haben. Alles, hörst du?«
»Ich weiß nicht, ob ich das packe«, sagte Röder leise.
»Du mußt«, sagte ich.
»Aber in den Akten steht der Mörder doch bestimmt nicht drin.«
»Nein, das nicht. Aber der Staatsschutz hat das Haus und seine Bewohnerinnen auf dem Kieker, und ich weiß nicht, wie nah die Kollegen dran sind. Wenn man den Freundinnen von Ulrike glaubt, sind sie von Spitzeln geradezu umstellt, aber du kennst ja die Paranoia der Autonomen. Vielleicht ist allerdings doch

was an der Sache? Und die Kollegen haben etwas beobachtet, das uns nützt.«
»Ich werd mir Mühe geben«, versprach Jörg Röder.
»Danke.« Ich klopfte ihm leicht auf die Schulter. »Und sag Lena zu mir«, bat ich ihn. Sein Gesicht glühte vor Aufregung und Stolz.

4

KHK Schmidt hatte es sich im Sessel von EKHK Wertebach bequem gemacht und blätterte, kritisch beäugt von KHK Lüders, in den Autonomenbrevieren auf meinem Schreibtisch. Wir drei waren die Ranghöchsten im Kommissariat, allesamt Hauptkommissare, und ich war als Erster Hauptkommissar der primus inter pares. Obwohl, gleichgestellt waren wir eigentlich nicht. Ich war der Chef. Die Chefin, um es political correct zu sagen. Oder politically correct; mit den englischen Abverbien hatte ich schon immer meine Schwierigkeiten gehabt, aber für die interessierten sich ohnehin bloß die Lehrer.
»Unsere Experten haben voll zugeschlagen«, meinte Schmidt und machte keine Anstalten, meinen Platz zu räumen. Ich setzte mich aufs Fensterbrett. »Sie haben die Hintergrundgeräusche aus dem Band herauskopiert und verstärkt. Der Zug, der durchs Bild rollt, wenn ich mal so sagen darf, der besteht aus Tankwagen.«
»Das ist gut«, sagte ich.
»Wieso? Was ist an Tankwagen gut?«
»Na, ich denke, die Bahn wird nicht jeden Tag Hunderte von Tankzügen auf die Reise schicken«, erläuterte ich. »Man müßte also beim Bahndispatcher nachfragen, wann und wo in der fraglichen Zeit solche Züge zum Einsatz gekommen sind.«
»Das ist nicht schwer«, meinte Lüders zuversichtlich.
»Bei der Bahn?« Schmidt schüttelte den Kopf über unsere Nai-

vität. »Da geht es doch zu wie bei allen früheren Staatsunternehmen mit großem Wasserkopf; die kennen sich selbst nicht.«
»Kennst du dich denn?« wollte Lüders wissen.
»Nö.« Schmidt schwang sich aus meinem Sessel. »Aber ich bin auch kein Unternehmen.«
Lüders hatte bereits das Telefonbuch in der Hand.
»Na, hier haben wir's ja. Deutsche Bahn AG.« Er studierte die Einträge. Ziemlich lange, wie ich fand. »Tja«, meinte er nach einer Weile, »was ist denn so 'n Tankwagenzug? Ladungsverkehr? Sonderverkehr? Kombinierter Ladungsverkehr?«
»Gütertransport«, behauptete ich.
»Haben sie nicht.«
»Dann ruf doch die Zentrale an«, riet ich ihm.
»Auch wahr.« Lüders tippte die Nummer ein. Mir knurrte der Magen, und ich beschloß, ihn mit einem Brathähnchen zu stopfen.
Als ich nach einer halben Stunde wiederkehrte, war Lüders immer noch beim Telefonieren. Ihm standen Schweißtropfen auf der Stirn, und die Ader an seiner Schläfe war geschwollen.
»Aber Sie müssen doch wissen ...«, begann er seinen Sermon.
Ich sah, daß Lüders bis zum Feierabend mit einer Arbeit versorgt war.

5

Jim lag bäuchlings auf der Wohnzimmercouch und schaute sich einen Comic im Fernsehen an. Das Machwerk, dem seine unbedingte Liebe galt, war mir bekannt: Es hieß *Beavis and Butt-Head* und war auf eine intelligente Weise geistlos und primitiv. Weil ich mir einbildete, es würde Jims Englischkenntnisse schulen, schluckte ich meine Einwände hinunter.
»Mam, das ist voll kraß«, meinte Jim und kratzte sich am Sack.

Auch das bewies mir, daß er bald ein Mann sein würde. »Die totale Absage an alles. Sogar an die Notwendigkeit zu pissen.«

»Aber nicht ans Multitasking«, neckte ich ihn.

»Dir geht's wieder besser, was?«

»Wenn ich meinen voll krassen Sohn sehe, geht's mir immer total geil«, erklärte ich.

»Geil? Aber Mam, sag das bloß nicht so laut.«

»Soll ich's dir lieber zärtlich ins Ohr raunen?«

»Noch schlimmer«, meinte Jim und wandte mir endlich seine ungeteilte Aufmerksamkeit zu. Beavis und Butt-Head röchelten.

»Was ist daran noch schlimmer?« wollte ich wissen.

»Wir hatten heute so 'ne komische Frau in der Sozialkundestunde«, berichtete mein Sohn, »von so 'nem Verein. Irgendwas mit Wasser. Ach ja, *Wildwasser.* Die hat uns was über sexuellen Kindesmißbrauch erzählt und so 'ne Sachen. Muß ja ziemlich schlimm sein. Ich mein, was die so erzählt hat, da geht ja wohl fast jeder deutsche Vater mit seinen Kindern ins Bett. Also egal, ob's nun 'n Mädel ist oder 'n Junge. Du, da kriegt man ja richtig Angst. Ich mein bloß, wenn Dad mich mal in den Arm nimmt, soll ich ihm dann wirklich gleich in die Eier treten?«

»Ich halte das nicht für unbedingt notwendig«, sagte ich. »Vermutlich würde ihn das ein wenig irritieren. Und er würde dir seine Liebe streichen. Ich denk mal, daß du auf sie nicht gern verzichtest. Die Frage ist nur: Was hat das mit mir zu tun?«

»Ja, paß mal auf. Also mein Kumpel Rudi und ich, wir sitzen ja in einer Bank. Das heißt, wir haben in einer Bank gesessen. Ehrlich gesagt, wir konnten die Tussi nicht ganz ernst nehmen. Ich mein, Rudi hat einen Vater, mit dem er echt gut klarkommt, und der wollte ihm noch nie an den Schwanz gehen. Und Dad ... Ich will bloß sagen, das war alles 'n bißchen schwachsinnig, was die da abgelassen hat. Na, und da haben Rudi und ich beschlossen, die Tante zu fragen, ob's auch Mütter gibt, die an ihren Söhnen rumspielen.«

»Die gibt es«, sagte ich als Abonnentin einer kriminalpolizeilichen Fachzeitschrift.

»Hat die aber abgestritten, diese Wasserkuh. Sind nur Männer, hat die behauptet. Und wie wir auf diese dumme Frage kämen. Dabei sagt man doch, es gibt keine dummen Fragen, nur dumme Antworten.«

»Wie die Wasserkuh bewiesen hat.«

»Unsere Sozialkundelehrerin hat uns dann jedenfalls getrennt. Wegen Provokation im Unterricht. Ich glaub, ich werd auch autonom wie Susa.«

»Soll ich bei der nächsten Elternsprechstunde ein Faß aufmachen?« erkundigte ich mich.

»Oh, ja, das wär kraß. Und eins muß ich dir noch sagen: Ich erlaube dir, mich auch weiterhin liebzuhaben. Obwohl das wahnsinnig gefährlich ist.«

»Das ist sehr großzügig von Ihnen, Sir«, gestand ich ein. »Ich möchte mich bei Ihnen für die außergewöhnliche Ehre, als Mutter meinen Sohn lieben zu dürfen, auf angemessene Weise revanchieren. Ich hab nämlich einen Ermittlungsauftrag für Sie, Mister Holmes.«

»Was für 'n Ding?«

»Schlicht gesagt: Ich möchte, daß du mir bei meiner Arbeit hilfst.«

»Ehrlich?« Beavis und Butt-Head rülpsten, quakten und röchelten noch immer. Jim hatte sie vollkommen vergessen.

»Es kommt der Wahrheit jedenfalls näher als das Versprechen eines gewissen Zwölfjährigen, nicht die ganze Nacht durchs Internet zu surfen. Aber genau das sollst du für mich tun.«

»Sofort oder gleich?«

»Wann ist es denn billiger?«

6

Billig, so lautete mein baldiger Schluß, schien das Ganze nie zu sein, nur mehr oder minder teuer. Jim startete das Programm und klickte ein Button mit einer Weltkugel und der

Zeile *Internet* an, dann ratterte und fiepte sein Modem einige Zeit vor sich hin. Mehr als die zerknirschte Antwort *Anmeldung an Gateway fehlgeschlagen* brachte es nicht zuwege. Jim ließ sich nicht verdrießen und wiederholte die Prozedur; er wiederholte sie einmal, zweimal, dreimal, das Ergebnis änderte sich nicht. Ich war mir nicht sicher, ob auch die fehlgeschlagenen Anmeldungen bereits mein Geld verschlangen, aber da man auch für die Mißerfolge ins Telefonnetz mußte, war es nur wahrscheinlich.

»Diese beschissene Telekom«, schimpfte mein Sohn. »Das Netz ist überlastet. Klar, mittlerweile tummelt sich jeder Idiot im Net.«

»Das ist die Kehrseite der Demokratie«, belehrte ich ihn. »Jeder Idiot darf sich tummeln.«

»Genau das ist ja die Scheiße«, meinte Jim. »Ich bin dafür, daß die Demokratie nur für Menschen ab einem bestimmten Intelligenzquotienten gilt.« Zum Glück war Susanna nicht in der Nähe; sie hätte Jim sofort mit einer Maofibel und einem Che-Guevara-Poster durchgewalkt.

»Ich nehme an, daß dein IQ den Maßstab bildet?« erkundigte ich mich und schaute meinem Sohn kritisch in die blauen Augen, die er von seinem Vater geerbt hatte; der Gesichtsschnitt und die Nase waren allerdings von mir.

»So ungefähr«, bestätigte er.

»Und daß Weiber auch nicht unbedingt demokratiefähig sind? Kurzum, daß die Demokratie eigentlich nur was für überdurchschnittlich begabte, männliche zwölfjährige Kinder ...«

»Jugendliche«, verbesserte mich Jim.

»Teenager«, empfahl ich einen Kompromiß. »Also nur für solche Teenager bestimmt sein sollte?«

»Teenies an die Macht«, sagte Jim. Ich warf einen raschen Blick auf das Display: *Anmeldung an Gateway fehlgeschlagen.*

»Und müssen diese Teenies weiß sein?«

»Wieso weiß? Ich bin nicht weiß, ich bin rosahäutig.«

»Vor allem bist du ein rassistischer und chauvinistischer Quatschkopf«, erzog ich ihn zu Toleranz und Menschenliebe.

Aber das war bei einem elitären Jungmann wie ihm vergebliche Liebesmüh.
»Ich weiß, ich weiß.« Jim winkte ab. »Neger sind schon deshalb bessere Menschen, weil sie schwarz sind. Die machen ständig Bürgerkrieg, foltern die Kinder und Frauen der gegnerischen Stämme und hacken ihnen den Kopf ab, aber das machen sie ja nur wegen der Weltbank.«
»Du bist wohl nicht ganz dicht.« Jetzt platzte mir doch der Kragen; solche Redensarten hatten weder in meiner Guten Stube noch im Zimmer meines Sohnes etwas zu suchen. Ich wußte, daß Jim mit seinem Geschwafel Susa provozieren wollte, und da sie nicht da war, traf es mich als ihre Stellvertreterin, aber ich machte mir dennoch Sorgen: Vielleicht enthielten seine Bemerkungen nicht nur Ironie, sondern auch ein Fünkchen Ernst. Da mir nichts Besseres einfiel, nahm ich an, sein dämlicher Vater hätte ihm diesen Schwachsinn eingeredet. Ich setzte zu einer Protestkundgebung an, aber mir fehlten die Worte: Es war leider nicht nur Schwachsinn.
»Geschafft«, jubelte Jim.
»Was?«
»Wir sind drin«, erklärte mein Junge. »Hier, das ist die *Telekom Homepage*. Nun ruf ich das Surfbrett auf.«
»Aber mach nicht solche Wellen«, bat ich ihn, »sonst ertrinkst du noch beim Surfen.«
Jim kicherte. Mit einer gewissen Faszination betrachtete ich die Souveränität, mit der mein Sohn über die Datenautobahn raste, nachdem er eine Dreiviertelstunde auf der Einfädelungsspur gewartet hatte.
»Soll ich im *CIA World Fact Book* nachschlagen?« wollte mein Datenhai wissen. Seine Augen glänzten. Hoffentlich fand er bald eine Freundin, damit auch noch ein paar menschliche Dinge seine Begeisterung erregten; obwohl es mir im tiefsten Herzen eigentlich zu früh war, wenn er jetzt schon mehr über Mädchen erfahren würde als die Tatsache ihrer Existenz. In dieser Hinsicht war es ganz gut, daß er so klug war und fast allen seinen Mitschülern überlegen, denn seine Arroganz ließ

ihn vor dem vermeintlich dummen Geschlecht zurückscheuen. Andererseits hinwiederum konnte es ihm nicht schaden, wenn er seine Gefühle nicht nur zwischen Mutter und PC aufteilte. Ein zwölfjähriger Sohn war wirklich ein kompliziertes Ding.

»Wieso eigentlich CIA?« fragte ich.

»Kennst du nicht? Der amerikanische Geheimdienst. Ich glaub, der gibt diese Datensammlung raus. Über jedes Land der Erde. Wie heißt diese Stadt noch mal?«

»Antofagasta.«

»Und wo liegt das?«

»In Chile.«

»Na, dann gucken wir mal bei Chile nach. Erst muß ich aber den Index aufrufen.«

Also rief Jim den Index auf, um bei Chile nachgucken zu können. Der Index ließ auf sich warten; ich hätte eine politische Diskussion über die Akzeptanz gegenüber fremden Rassen vom Zaun brechen und sie zu einem für alle Seiten befriedigenden Ende führen können, sogar das Ausarbeiten einer gemeinsamen Erklärung wäre noch möglich gewesen, aber irgendwann war der Index tatsächlich da. Und nach weiteren Minuten sogar Chile. Wahrscheinlich würde ich mir demnächst einen einträglichen Nebenjob suchen müssen. Wir schauten uns Chile an.

Noch nie in meinem Leben hatte ich so viel über Chile erfahren wie beim Studieren der Seiten aus dem *World Fact Book* des amerikanischen Geheimdienstes. Im Juli 1995 hatten dort vierzehn Millionen einhunderteinundsechzigtausendzweihundertsechzehn Menschen gelebt. Neunundzwanzig Prozent von ihnen waren zwischen null und vierzehn Jahre alt, sechs Prozent waren zwar arbeitslos, aber seit 1810 unabhängig von der spanischen Kolonialmacht. Spanisch sprachen sie trotzdem. Wenn die Chilenen wollten, konnten sie siebentausendsiebenhundertsechsundsechzig Kilometer mit der Eisenbahn fahren, um sich ihre Bodenschätze wie Kupfer, Zinn oder Edelsteine anzuschauen. Sie konnten aber auch mit siebenhundertachtundsechzigtausend Telefonen herumtelefonieren, sich von einhunderteinunddreißig Radiostationen berieseln lassen oder ihre Pesos gegen US-Dollars tauschen. Wenn ihnen das langweilig wurde, konnten sie überprüfen, ob ihre Erdgasleitungen wirklich dreihundertzwanzig Kilometer lang waren. Und vierundneunzig Prozent von ihnen konnten sich in der Zeitung informieren, wie es dem chilenischen *Antartic Territory* so ging.

»Geil, oder?« fragte Jim. Ich bestätigte ihm, daß mich die Informationen der CIA sexuell erregten. »Soll ich's speichern und ausdrucken?«

»Bitte.«

Antofagasta kam auch zweimal vor. Eine der dreizehn chilenischen Regionen hieß so, und man brauchte nicht viel Phantasie, um sich vorzustellen, daß die gleichnamige Stadt der Verwaltungssitz war. Außerdem besaß Antofagasta einen Hafen.

Das war alles.

»Enttäuscht?« wollte Jim wissen. Ich brummte bloß. »Wir können auch noch was anderes versuchen. Paß auf, ich geb hier in der Befehlszeile was ein, damit wir ins *Citynet* kommen. Ich bin da schon ziemlich viel rumgereist. New York, Singapur, Paris und paar andere Nester.«

Seine geschickten Finger hasteten über die Tastatur. Ich schaute gebannt auf die Adressen-Befehlszeile, in der die Hieroglyphen *http:/www.city.net/antofagasta.htm* erschienen. Von mir aus hätte er auch *Bahnhof* eingeben können. Einen Bahnhof hätte er womöglich gefunden. Antofagasta existierte nicht.

»Wir können es auch mit *DINO* versuchen«, schlug Jim vor. Wenn Dinosaurier etwas über Antofagasta in ihrem genetischen Material überliefert hatten, war es mir recht.

»Was ist das?« Daß ich bei meinem Sohn die Schulbank drückte, störte mich nicht, so blieb meine Begriffstutzigkeit wenigstens in der Familie.

»Deutsches InterNet Organisationssystem«, klärte mich Jim auf. »Die deutschsprachigen Internet-Seiten.«

»Wenn du meinst.« Ich hatte nur noch wenig Hoffnung.

»So«, Jim war um mich und seinen PC bemüht wie um eine Kranke und die Maschinerie zu ihrer Heilung, »hier kann man nämlich einen Suchbegriff eingeben. Also Antofagasta. Und dann: *Search.*«

DINO suchte wie verrückt. *DINO* kapitulierte. Ich schaute auf die Uhr. Es war halb zwölf.

»Wo bloß Susanna bleibt«, fragte ich in den Raum.

»Das könnte alles viel schneller gehen«, meinte Jim, dem Susanna am Arsch vorbeiging. »Ich brauch bloß 'n professionelles Modem.«

7

»Und?« fragte ich Lüders. »Was haben deine Recherchen in *DINO*, *WWW* und allen möglichen *Fact Books* ergeben?«

»Wie, bitte?« Lüders hatte dicke Augenringe, also war das Problem mit dem Gymnasiumbesuch seines Sohnes und den Schuldzuweisungen in seiner Familie noch nicht geklärt. Aber ein leiser Triumph schimmerte immerhin aus dem Abgrund der Verzweiflung empor.

»Du bist nicht gesurft?«

»In meinem Alter? Nee, das ist was für die drahtigen jungen Männer. Und überhaupt: Hast du schlecht geschlafen?«

»Geht so«, sagte ich. Susanna war die ganze Nacht nicht heimgekommen. Meine Angst, daß sie sich irgendwann wegen ideologischer Differenzen mit mir wieder an Gesines Brust werfen würde, hatte mir den Schlaf verdorben.

»Wir brauchen unbedingt einen Dolmetscher«, erklärte Lüders.

»Haben wir doch«, meinte ich. »Aber Moment! Hast du etwa ...?«

»Über die Fernauskunft. War gar nicht so schwierig. Aber der Kollege von der Kripo in Antofagasta, der Englisch spricht, beschäftigt sich mit Taschendiebstahl an Touristen. Der war zwar happy über einen Anruf aus Deutschland und wollte wissen, wie es Hitler geht, aber helfen konnte er mir nicht.«

»Und wie geht's Hitler?«

»Darüber hab ich keine Informationen«, sagte Lüders. Ein Lächeln brachte er immerhin noch fertig.

»Ich mein«, behauptete ich, »neunzig Prozent unserer Kollegen stehen trotz unseres gut ausgebauten Eisenbahn- und Straßennetzes mit der deutschen Sprache auf Kriegsfuß. Aber es muß doch unter den mehr als dreißigtausend Berliner Polizisten einen geben, der Spanisch kann.«

»Du redest zwar etwas wirr«, meinte Lüders, und das war nicht falsch, »aber wenn, dann vielleicht bei Drogen.«

»Rufst du mal an?«

»Ich rufe.« Lüders tat es.

Bei Drogen waren zwei Kollegen des Spanischen mächtig. Jedenfalls behauptete es ihr Chef.

8

Keiner verstand den anderen. Der Kollege vom Rauschgiftreferat ließ einen Sermon ab, der ausgesprochen spanisch klang, aber die Gegenseite hatte damit offenbar einige Schwierigkeiten. Mich beeindruckten Vokabeln wie *mas problemas* oder *diez años* zutiefst, aber es kam keine rechte Kommunikation zustande. Bevor der Rauschmittelheini das halbe Steueraufkommen Berlins verquatschte, mischte ich mich ein.

»Vielleicht kann ja der Mann vom Taschendiebstahl für uns übersetzen«, schlug ich vor. »Mein Englisch ist relativ gut. Hoff ich zumindest.«

»Wenn Sie meinen.« Der Drogenmensch war zwar in seiner männlichen Ehre gekränkt, aber da er dies nicht zugeben konnte, stellte er zumindest die Verbindung her. Das war immerhin etwas wert, also bedankte ich mich artig. Er reagierte nicht und verließ unser Büro ohne Abschied. Zum Glück war er ein Mann und daher feige: Er würde also nicht Hand an sich legen, sondern nur in die nächste Kneipe gehen und so viel saufen, bis ihn seine Überzeugung, perfekt Spanisch zu sprechen, überwältigte. Nur seine Frau tat mir leid. Als Spanier würde er sie von vorn, von hinten, von oben und von unten rammeln wollen, also für seine Gattin endlich das Wunder vollbringen, das seit einigen Jahren ausstand; er würde ein paar große Sätze über Liebe und Leidenschaft lallen und dann besoffen einpennen. Ich kannte das alles von David. Mein Ehemaliger hatte ein sensibler, zärtlicher und leidenschaftlicher Ehemann sein wollen, aber er hatte es immer nur zu einem Kaninchen gebracht, daß gebannt auf die Schlange starrte. Wenn er mit mir schlief, hatte er sich viel Mühe gegeben, obwohl ihm reines Abspritzen genügt hätte; aber er hatte was über Frauen gelesen. Deswegen war alles schiefgegangen. Aber das wäre es sowieso.

»Hallo«, meldete sich der Mann von der Kriminalpolizei in Antofagasta, »you are from Germany? I have spoken with your colleague, Mister Luders. We know your problem, Madam.«

»My name is Wertebach«, sagte ich. »Lena Wertebach.«

»Okay, Señora … Excuse me, it's a difficult name.«

»Lena«, sagte ich. »Lena is enough.«

»Okay, Lena. Thank you for your trust.« Mein Vertrauen war umsonst. »Excuse me, my name is Gutiérrez. We've understood your problems, Señora«, Verständnis hatten Señor Gutiérrez und seine Kollegen immerhin, »you're searching for Germans living in Antofagasta ten years ago. But it is difficult.«

»Why?« wollte ich wissen.

»You know our special history«, setzte Gutiérrez voraus, und ich kannte sie dank der CIA vielleicht besser, als er annahm, »you know something about the power of Pinochet and the military. We are members of the Investigations Police. I've been a member since 1980. We have to fight against all kinds of crime, and we get our instructions from the government. From a democratic government or from a non-democratic. It's a fact.«

Bevor seine Rechtfertigungsarie dazu führte, daß die Haushaltssperre des Berliner Senats noch die Jahrtausendwende überdauerte, unterbrach ich ihn lieber. Mir war das alles sehr unangenehm, denn auch ich war Polizistin und arbeitete im Auftrag der Exekutive. Señor Gutiérrez war Kriminalbeamter unter einer Militärdiktatur gewesen. Ich lehnte Diktaturen ab; allerdings hatte ich auch keinen anderen Beruf gelernt und war für den Widerstandskampf gegen Diktaturen nicht ausgebildet. Ich hatte genau kapiert, was Gutiérrez meinte, deswegen fiel ich ihm ja ins Wort: um nicht an mir selbst zweifeln zu müssen. Vielleicht hätte auch ich unter einer Militärdiktatur meine Kripoarbeit fortgesetzt. Nicht unbedingt für mich. Aber für Jim.

»Excuse me, Sir«, sagte ich ausgesprochen höflich, »please, tell me something about your difficulties.«

»You've asked our authority about a special group of Germans«, sagte Gutiérrez. »But our documents are incomplete.«

»Why?«

»Power has changed«, entgegnete mein Gesprächspartner. Ich sah ihn nicht, aber ich war davon überzeugt, daß er die Schultern zuckte. Komischerweise glaubte ich zugleich, daß er mir wirklich helfen wollte. Er war ein Bulle und kein Schwein.

»Six names as a first step?« erkundigte sich Gutiérrez.

»Thank you very much«, sagte ich und fügte noch ein Lob hinzu. »Your work is very professional.«

»Okay. Please, write down: Johannes Schneider, Agnes Wiggert, Dorothea and Alejandro González, Kurt Beyer and Leonce Büchner.«

»Wie?« fragte ich.

»Excuse me?« Deutsch verstand mein chilenischer Kollege natürlich nicht.

»Excuse me«, schließlich war es an mir, mich zu entschuldigen, »two questions.« Ich wollte die Sache gelassen angehen. »Why is Señor Alejandro González a German?«

»Because he has married Dorothea Klein«, erklärte Gutiérrez. »In Frankfort on Main.« Das war plausibel.
»The second question«, sagte ich. Das war die Frage, die mich vor allem bewegte. »Who is Leonce Büchner?«
»I don't know«, behauptete Gutiérrez.
»Leonce and Lena?« fragte ich.
»I don't know«, wiederholte der Kriminalbeamte aus Antofagasta. Mein Telefonat hatte den Stadtstaat Berlin längst ruiniert.
»Thank you«, sagte ich noch einmal.
»It doesn't matter«, meinte Gutiérrez. Er mußte ja auch nicht bezahlen.
»Was ist denn mit *Leonce und Lena*?« wollte Lüders wissen.
»That's the question«, entgegnete ich und rief den Infoladen im *FrauenHaus* an. Gesine ging an den Apparat.
»Tut mir ehrlich leid, Lena«, sagte sie, »aber was meinst du, warum ich den Laden schmeiße? Wir warten hier alle auf Susa. Eh, sag mal, ist was passiert?«
Allen tat alles leid, alle entschuldigten sich. Ob mit Susanna etwas passiert war, wußte ich nicht. Ich hatte nur eine Gewißheit: meine Angst.

9

»Voll geil«, sagte Jörg Röder; vielleicht sollte ich ihn heiraten, damit mein Sohn einen adäquaten Gesprächspartner hatte.
»Ich hab's geknackt.«
»Etwas oder jemanden?« fragte ich. Die Antwort war mir relativ gleichgültig.
»Ihre Aufgabe. Ach, so: Deine Aufgabe.«
»Du hast die Akten?« Wäre meine Sorge um Susa nicht gewesen, ich hätte einen Freudensprung gemacht.
»Ja. Und ich durfte sie mir für eine Stunde mitnehmen. Ich

mein, aus dem abgeschirmten Bereich im Polizeipräsidium, in dem der Staatsschutz den Staat schützt. Da hab ich natürlich kopiert, was man in einer Stunde kopieren kann.«

»Hoffentlich schadet das deiner Karriere nicht«, wünschte ich ihm.

»Aber Lena!« In Röders Augen stand das blanke Entsetzen.

»Keine Sorge«, betonte ich, »falls es Ärger geben sollte, übernehm ich die Verantwortung. Laß mal sehen.«

»Alles?«

»Natürlich«, bestätigte ich.

»Es ist bloß ...« Jörg druckste herum. »Da steht auch was Peinliches drin.«

»Ich vermute, fast alles ist peinlich für die Polizei.«

»Du kommst auch vor.« Endlich war es heraus. Und ich war tatsächlich unangenehm berührt. »Im Zusammenhang mit der Quelle *Maja* wirst du genannt. Also erwähnt.«

»Ich kenn keine Quelle *Maja*«, sagte ich überzeugt.

»Logisch, ist ja ein Deckname. Das Dumme ist aber ... Lena, ich glaub, du wirst gleich sehr enttäuscht sein. *Maja* ist nämlich ... Also sie hat die Leute aus dem *FrauenHaus* denunziert. Daß die einen Buttersäureanschlag auf das Abgeordnetenhaus planen. Mit Bekennerschreiben. Also nicht aufs ganze Abgeordnetenhaus, sondern auf die Fraktionsräume von CDU und SPD. Wegen dem Tiergartentunnel. Für solche Prestigeobjekte ist genug Geld da, meinen die Frauen, aber bei den soziokulturellen Projekten wird immer mehr gekürzt.«

»Ich sehe immer noch keinen Zusammenhang zu mir«, sagte ich.

»Willst du es wirklich wissen?«

»Und ob.«

»Dann lies diese Aktennotiz.« Jörg schlug die Akte auf einer bestimmten Seite auf und schob sie zu mir über den Tisch.

Ich las die Aktennotiz. Ein Kriminalrat Delbrück hatte sie verfaßt.

Um die Quelle zur Zusammenarbeit zu veranlassen, wurde ein gewisser Druck auf sie ausgeübt. Ihr wurde vorgehalten, daß Zweifel an der Verfassungstreue ihrer Lebensgefährtin, EKHK Wertebach vom Ref. Delikte am Menschen, aufkommen könnten wg. ihrer Nähe zum linksradikal-autonomen Milieu. Eine Kooperation mit uns könne auch eine Schutzwirkung gegenüber Kolln. Wertebach haben. Trotz ihrer Zusage schätze ich die Quelle als unzuverlässig ein; ihre Angaben sollten immer bei anderen V-Leuten gegengeprüft werden.

Das haute mich um. Vor meinen Kollegen markierte ich die starke Frau, um mich gegen sie durchsetzen zu können, aber nun zerbrach meine harte Schale, und ich begann, ausgerechnet vor unserem Nesthäkchen loszuheulen. Dabei wäre ein Wutausbruch angebracht gewesen; die Schweine vom Staatsschutz hatten Susannas Liebe zu mir ausgenutzt, um sie für Spitzeldienste zu gewinnen. Und nun war Susa auch noch erpreßbar geworden, denn ein Tip an ihre Freundinnen würde sie ruinieren. Ich begriff Susanna nicht: Vor allem war mir schleierhaft, warum sie mich nicht ins Vertrauen gezogen hatte. Ich hätte ihr den dummen und riskanten Nebenjob ausgeredet, aber vermutlich wollte sie mir Sorgen und Aufregung ersparen. Sorgen und Aufregung hatte ich nun doppelt und dreifach.
»Tut mir leid, Lena«, sagte Röder, »ich wollt's dir eigentlich ersparen.«
»Nein«, ich schüttelte heftig den Kopf und wischte mir übers nasse Gesicht, »es ist besser so.«
»Ich wußte nicht ... Das scheint keiner zu wissen ...« Wieder redete Jörg um den heißen Brei herum.
»Was? Daß ich lesbisch bin?« Ich hatte mich wieder gefaßt. »Patricia weiß es. Lüders auch. Und offenbar die gesamte Staatssicherheit.«
»Staatsschutz«, korrigierte Jörg.
»Wo ist der Unterschied?« Jetzt präsentierte ich Röder meine linksradikal-autonome Seite. »Beides Spitzeldienste mit Polizeibefugnissen.«

»Aber in einer Demokratie«, wandte Jörg ein.
»Was verstehst du unter Demokratie? Volksherrschaft? Oder die Diktatur politischer Parteien?«
»Ach, Lena, du bist sauer«, stellte Röder fest.
»Keimen auch bei dir Zweifel an meiner Verfassungstreue?« wollte ich wissen.
»Das Grundgesetz«, plauderte Jörg aus dem Nähkästchen, »haben wir auf der Schule andauernd durchgenommen. Klingt sehr vernünftig.«
»Vernünftig, mein Lieber«, dozierte ich, »vernünftig klang auch die Verfassung der DDR.«

10

Zurückgekehrt in mein Büro, haderte ich noch eine Weile mit dem Schicksal, aber das Material, das Jörg mit seinem jungenhaften Charme aufgetrieben hatte, versöhnte mich wieder mit der bösen Welt. Der Hinweis zum Buttersäureanschlag, den die Quelle *Maja* irgendeinem machistischen Kriminalrat gegeben hatte, war für den Staatsschutz ein willkommenes Fressen gewesen, und Delbrück hatte einem Richter vom Kammergericht die Zustimmung abgeluchst, die Telefone des *FrauenHauses* abhören zu dürfen. Allzuviel wurde dem Steuerzahler damit nicht zugemutet, denn im *FrauenHaus* gab es nur drei Telefone, eins im Infoladen, eins im Café und eins in der Redaktion von *Männer&Gewalt*. Ich kam mir schäbig vor, als ich Susas Telefongespräche in niedergeschriebener Form las; einmal gestand sie einer mir unbekannten Frau namens Rita, daß sie eigentlich große Titten nicht besonders erotisch fände, und das war eine Anspielung auf mein hervorstechendstes sekundäres Geschlechtsmerkmal. Sie palaverte über Politik, Aktionen und Weiber, schwätzte ausgedehnt und zog über ihre Freundinnen her, und ich wünschte mir, daß sie bei mir daheim ebenso oft lachen würde wie am Telefon. Hin und wieder mußte sie einer engagierten Journalistin eine Auskunft geben, die das *Frauen-Haus* oder deren Revolutionsarchive betraf. Und einmal war ich der Gegenstand des Gesprächs.

Az 960112/4467–0
Delikt: Nötigung von Verfassungsorganen, § 105 StGB (Vorbereitung)
Telefonüberwachung FrauenHaus
verantw.: KR Delbrück
Durchführung: KOK Müller, KK Berg
Protokoll: KK Berg
Datum: 14. 02. 1996
Zeit: 16.42 bis 16.45 Uhr
Rufnummern der Teilnehmer: 2826531./.2827234
Teilnehmer: Susanna Krings (T1) ./. Ricarda Bach (T2)

T1: *Infoladen FrauenHaus.*
T2: *Hallo, Susa. Hier ist Rica.*
T1: *Mensch, Rica. Dich gibt's noch?*
T2: *Aber wie! Eine richtige Unkrautin vergeht nicht. (Lachen) Aber sag mal, was muß ich von dir hören? Du hast dich in 'ne Bullin verliebt? Sine hat's mir gestern erzählt.*
T1: *Keine Neuigkeit. Ich bin mit der schon über 'n Vierteljahr zusammen.*
T2: *Und?*
T1: *Sie hat einen Sohn …*
T2: *Ich wollte eigentlich eher wissen, ob du glücklich bist.*
T1: *Bis über beide Ohren. Aber das Balg nervt mich. Eine freche Großschnauze, weiberfeindlich bis sonstwohin, aber außerdem 'n richtiges Muttersöhnchen. Also Lena ist wirklich prima … Von Erziehung versteht sie nicht die Bohne.*
T2: *Dann seid ihr ja 'ne kleine Familie, was? (Lachen)*
T1: *Kannste wissen.*
T2: *Wo ist deine Lena denn? Bei den Bullen, mein ich.*
T1: *Mordkommission.*

T2: *Ach, du Schreck.*
T1: *Sogar Chefin.*
T2: *Das ist okay, Frauen gehören an die Schalthebel. Und die Bullerei ist ja 'n männerdominierter Sauhaufen.*
T1: *Kann nicht sein. Wenn schon, dann ein Eberhaufen. (Lachen)*
T2: *Stimmt, stimmt. Ich hab mich eben nicht politisch korrekt ausgedrückt. Verzeih mir, Liebes. Aber mal unter uns Pastorentöchtern: Sine hat mich gestern stundenlang mit ihrem linken Kram überschüttet. Meint die das wirklich ernst?*
T1: *Glaub schon.*
T2: *Ich mein, es geht ihr nicht bloß um den Titel einer Kiezfürstin?*
T1: *Nee, Rica. Darum geht's ihr wohl auch. Aber die wird richtig heiß, wenn sie Politik machen kann. Ist nun mal ihr Leben.*
T2: *Das magst du wohl immer noch? Wenn sie heiß wird?*
T1: *Wir sind nach wie vor befreundet. Nur mit Sex ist nichts mehr. Da gehen wir beide unsere eigenen Wege.*
T2: *Na, gut, Susamäuschen, grüß die Kämpferinnen an der sichtbaren Front. Wenn ich Zeit habe, laß ich mich mal blicken. Aber ich hab wenig Zeit. Du ahnst ja gar nicht, wie anstrengend es ist, dicke Kohle zu baggern. Ciao.*
T1: *Ja, mach's gut.*

Kommentar: Bei der erwähnten Lena handelt es sich um EKHK Lena Wertebach, Referat Delikte am Menschen, Leiterin des 8. Kommissariats. KK Berg.

Die erwähnte Lena lehnte sich in ihrem Schreibtischsessel zurück. Daß Susanna meinen Sohn Jim in aller Öffentlichkeit als mißraten darstellte, wurmte mich sehr, und ich würde sie nicht einmal zur Rede stellen können; offiziell waren mir die Protokolle nicht bekannt. Lüders, der mich während meiner Lektüre hin und wieder beobachtet hatte, senkte rasch seinen Blick auf die seltsamen Listen, die er studierte. Ich tat so, als ob ich mich bloß recken müßte, und blätterte weiter in den Protokollen.
Es brauchte nicht lange, bis ich zu der Überzeugung gelangte,

daß es sich bei KOK Müller und KK Berg um seelenlose Bürokraten handelte, die alles mitstenografierten wie Maschinen; sogar ein Gespräch zwischen ihrem Chef und seiner Quelle *Maja* hatten sie aufgezeichnet. Und in seinem Ordnungswahn hatte KR Delbrück das Protokoll nicht entfernt; wahrscheinlich weil sein Aktenhalter die Akte bereits in vorauseilendem Gehorsam durchpaginiert hatte.

Az 960112/4467–0
Delikt: Nötigung von Verfassungsorganen, § 105 StGB (Vorbereitung)
Telefonüberwachung FrauenHaus
verantw.: KR Delbrück
Durchführung: KOK Müller, KK Berg
Protokoll: KOK Müller
Datum: 29. 02. 1996
Zeit: 17.10 bis 17.11 Uhr
Rufnummern der Teilnehmer: 2 82 65 31./. Hausanschluß PP
Teilnehmer: Susanna Krings (T1) ./. MA PP (T2)

T1: Infoladen FrauenHaus.
T2: Kann ich bitte Maja sprechen?
T1: Am Apparat.
T2: Ich interessiere mich für die Geschichte der Frauenbewegung in Berlin.
T1: Bis wann soll ich Ihnen das Material zusammenstellen?
T2: Bis übermorgen. Schicken Sie es mir zu?
T1: An die übliche Adresse?
T2: Ja, herzlichen Dank.

Kommentar: Nicht für die Ermittlungsakte. KOK Müller.

In die Ermittlungsakte war das Protokoll dennoch geraten. Ich ekelte mich. Ich ekelte mich vor den Kriminalbeamten Delbrück, Müller und Berg, ich ekelte mich vor mir selbst. Voyeure wie die Staatsschützer bekamen womöglich noch einen

Orgasmus bei ihrem schmutzigen Job. Ich bekam nur Brechreiz.
»Alles in Ordnung?« wollte Lüders wissen.
»Nein«, sagte ich wahrheitsgemäß und blätterte weiter. Nach ein paar Seiten wurde mir heiß und kalt.

Az 960112/4467–0
Delikt: Nötigung von Verfassungsorganen, § 105 StGB (Vorbereitung)
Telefonüberwachung FrauenHaus
verantw.: KR Delbrück; Durchführung: KOK Müller, KK Berg
Protokoll: KOK Müller
Datum: 08. 03. 1996
Zeit: 12.06 bis 12.08 Uhr
Rufnummern der Teilnehmer: 2 82 65 32 ./. nicht ermittelt
Teilnehmer: Ulrike Schell (T1) ./. nicht ermittelt

T2: Ja, bitte?
T1: Ich möchte Sie sprechen.
T2: Warum?
T1: Es geht um Ihre Tochter.
T2: Was? Wer sind Sie?
T1: Sie wissen Bescheid. Sie kehren doch den Schmutz nur unter den Teppich.
T2: Ich verstehe nicht. Ich habe keine Tochter.
T1: Oh doch.
T2: Nein.
T1: Ist es Ihnen lieber, wenn ich so lange vor Ihrer Tür warte …
T2: Auf Wiederhören!

Kommentar: Nicht relevant. KOK Müller.

»Lüders!« rief ich. Für KOK Müller mochte dieses Gespräch nicht relevant sein, für mich war es die erste heiße Spur. »Lüders!«
»Lena, was ist denn?« Lüders schaute mich mitfühlend an wie ein Arzt.

»Hier, lies das!« Ich schob ihm die Akte zu. »Bitte, frag mich nichts. Lies!«
Lüders tat es.
»Verdammt«, sagte er, nachdem ein paar Minuten verstrichen waren.
»Du verstehst, was ich meine?«
»Absolut.« Lüders schlug die Akte zu. »Aber nicht ermittelt, weil nicht relevant.«
»Wir müssen an die Bänder ran«, sagte ich.
»Keine Chance«, bremste mich mein Stellvertreter.
»Doch.« Ich war aufgesprungen und hatte mir meine Jacke übergestreift. Die Dokumente vom Staatsschutz verstaute ich in meinem Aktenkoffer mit Nummernschloß, den Susa zum Kotzen und den der Rucksackträger Jim lächerlich fand. Ich hielt ihn für praktisch. »Ich fahr zu Thalbach und lege ein Geständnis ab. Wegen illegaler Ermittlungsmethoden und Austricksen von Kollegen und so weiter. Er muß uns die Tonaufzeichnungen besorgen.«
»Willst du denn gar nicht wissen, was ich über die Tankwagenzüge der Deutschen Bahn rausgefunden hab?«
»Nein«, sagte ich. »Doch«, sagte ich. »Später.«

11

»Tut mir leid«, sagte Staatsanwalt Doktor Thalbach, »tut mir wirklich leid. Die Akten, die zur Debatte stehen, sind uns beiden de facto unbekannt. Wie kann ich da Bandmaterial anfordern, das ich nicht kenne?«
»Es muß doch einen Weg geben«, widersprach ich.
»Es gibt keinen. Es gibt nur Abwege. Sie befinden sich gerade auf einem. Aber ich kann schweigen wie ein Grab.«
»Danke«, sagte ich. »Ich weiß noch einen anderen Weg. Und der könnte der Ausweg sein.«

»Machen Sie keinen Fehler«, warnte mich Thalbach.
Ich machte einen.
»Frau Wertebach«, sagte der Richter, der die Telefonüberwachung angeordnet hatte, »für Ihr Verhalten finde ich nur ein Wort: skandalös. Aber, um ehrlich zu sein, ein bißchen Buttersäure im Abgeordnetenhaus kann nichts schaden; sozusagen stinkt dann endlich zum Himmel, was bisher nur symbolisch Geruch verbreitet hat. Ein Kapitalverbrechen wie in Ihrem Fall wiegt doch ein paar Zentner schwerer. Versprechen kann ich Ihnen nichts. Rufen Sie mich morgen an. Und vergessen Sie augenblicklich, daß es Richter gibt, die sich im Interesse des Rechts ein klein wenig rechtswidrig verhalten.«
Ich hatte doch keinen Fehler gemacht.

12

»Mam«, Jim kam mir aufgeregt entgegengelaufen, also hatte er wieder mein halbes Gehalt vertelefoniert, »Mam, ich hab was Geiles rausgefunden. Unter *Yahoo*. Da gibt's Chats ... Eigentlich darf ich dir das gar nicht sagen.«
»Ist Susa da?« Jims Begeisterung für die Welt der Daten war mir im Moment nur lästig.
»Nö«, sagte Jim. »Soll ich dir ...?‹
»Nein. Hat Susa wenigstens angerufen?«
»Bin ich dir denn total egal?« wollte Jim wissen. Er fischte nach einem Liebesbeweis, aber er würde keinen bekommen.
»Ich hab dich nach Susa gefragt«, schrie ich ihn an. Und bedauerte es sofort. Jim wich erschrocken vor mir zurück.
»Ich weiß nicht, wo sie ist«, stammelte er.
»Und es interessiert dich auch nicht.« Mein Vorwurf war ungerecht, aber ich konnte für ihn nicht immer nur die gute Mama sein, und jetzt war ich die besorgte Liebhaberin.
»Mam?« fragte Jim vorsichtig. »Soll ich dir Essen machen?«

»Das du dann komplett auffrißt? Nee, kein Bedarf.«
Ich zog meine Schuhe aus, ging ins Wohnzimmer und warf mich auf die Couch. Jim folgte mir.
»Du findest Susa zum Kotzen«, stellte ich fest. Es sollte nüchtern klingen, aber ich weinte schon wieder.
»Naja«, Jim zuckte die Schultern, »das kann ich ja nicht. Sie ist doch deine ... deine Freundin.«
»Sprich's ruhig aus: Sie ist meine Frau. Deine Mutter hat keinen Mann, deine Mutter hat eine Frau. Entschuldige, Jim, es ist bestimmt nicht leicht für dich, damit klarzukommen.«
»Wieso?« Jim setzte sich zu mir und nahm meine Rechte in seine Hände. Das tat mir unwahrscheinlich gut. »Ich bin der einzige Typ an der ganzen Penne, der zwei Mütter hat. Das ist super. Zuerst haben ja alle komisch geguckt, aber ich hab ihnen gesagt: Paßt auf, Normalos, ihr wollt immer Supertypen sein, aber daheim bei Mama und Papa ist es so wie überall, nämlich spießig und beschissen. Ich hab euer Problem nicht. Ich hab einen Dad, 'ne Mam und 'ne blöde Kuh. Die wollen mich alle erziehen und schaffen's nicht. Seitdem hab ich einen ziemlich guten Stand. Ich werd bestimmt Schulsprecher. Weißt du auch, warum? Wenn der Direx mich anzählt und meiner Mutter was petzen will, kann ich als einziger sagen: Welcher Mutter? Der einen oder der anderen? Und dann schnallt er ab, weil er doch modern ist. Damit kommt so 'n Typ absolut nicht klar.«
»Hast du Susanna eben 'ne blöde Kuh genannt?« fragte ich, anstatt meinen Sohn für sein Selbstbewußtsein zu loben.
»Ist sie doch«, meinte Jim. »Mensch, Mam, du liebst sie, und das ist okay. Aber die soll sich nicht in meine Sachen einmischen. Ich bin ich.«
»Zum Glück«, stellte ich fest und streichelte mit meiner freien Hand seinen Hals. »Mit einem pflegeleichten Sohn würd ich mich zu Tode langweilen.«
»Und dann kriegste zu deinem Sohn noch 'nen Schulsprecher dazu.« Jim grinste. Er war froh, daß ich mich wieder beruhigt hatte. »Was willst du mehr?«

Es gab schon noch einiges, was ich wollte, Susanna zum Beispiel. Wenn ihr etwas zugestoßen war, würde ich verrückt werden, aber überleben. Stieße Jim etwas zu, wäre ich tot. Er war das einzige Unersetzbare in meinem Leben.

Fünftes Kapitel

1

Susanna war auch in der letzten Nacht nicht nach Hause gekommen, und ich hatte kein Auge zugetan. Bereits um vier Uhr, als ich endgültig jede Hoffnung auf Schlaf aufgegeben hatte, war ich aufgestanden. Ich hatte mich an Jims Bett gesetzt, um ihn unter Einsatz meines Lebens gegen alle möglichen eingebildeten Schrecken verteidigen zu können; obwohl ich mich nicht geregt hatte, hatte Jim meine Anwesenheit gespürt, und als er begann, sich unruhig hin und her zu wälzen, hatte ich mich aus seinem Zimmer wieder zurückgezogen. Ich war zum nächsten Zigarettenautomaten gestiefelt, um mir eine Schachtel *Camel* zu ziehen, und hatte dann zwei Stunden lang das Telefon gehütet. Halb sieben hatte ich zum erstenmal im *FrauenHaus* angerufen, dann jede folgende Viertelstunde; natürlich war zu dieser frühen Stunde keine der Frauen wach oder auch nur bereit, sich von einem läutenden Telefon wecken zu lassen. Die erste Zigarette schmeckte ekelhaft. Als Jim zum Frühstück erschien, nahm er zwar den gefüllten Aschenbecher wahr, aber er enthielt sich jeden Kommentars. Ich sah schrecklich aus.

Auch Lüders sagte nichts. Ich hatte mit viel Schminke versucht, die Spuren der durchwachten Nacht zu tilgen, doch ein verquollenes Gesicht konnte man auch mit Make-up nicht vertuschen.

»Entschuldige, Lüders«, sagte ich zu ihm, »ich bin dir gestern über den Mund gefahren. Was hast du denn bei der Bahn über die Tankwagenzüge herausgefunden?«

»Nur etwas, das uns nichts nutzen wird. In der fraglichen Zeit hat es zweiundzwanzig solcher Transporte gegeben. Ich habe mir die Strecken angeschaut; nur auf der Karte allerdings. Man kann zusammenfassend sagen: Irgendwo in der Nähe von ungefähr der Hälfte des für den Güterverkehr geeigneten Gleisnetzes von Berlin müssen die Bandaufzeichnungen gemacht worden sein. Den Speckgürtel hab ich noch nicht berücksichtigt.«

»Immerhin warst du fleißig«, meinte ich, als ob das irgendeinen Einfluß auf unseren Fall hätte. Der bereitete mir an diesem Morgen ohnehin weniger Kopfzerbrechen als das Verschwinden von Susa, hinter dem entweder eine andere Frau steckte, oder meine Geliebte hatte das schlechte Gewissen wegen ihrer Dienste für den Staatsschutz übermannt, und sie war für immer untergetaucht. Beide Vorstellungen mißfielen mir natürlich, aber eine andere Frau wäre mir fast lieber gewesen; von der bekäme Susanna wenigstens Liebe.

»Ich war sogar noch fleißiger«, bekannte Lüders, allerdings ohne dafür ein Kompliment zu erwarten. »Diethelm hat sich um die Leute gekümmert, die dir dieser Chilene ... dieser Gutiérrez genannt hat. Johannes Schneider, Agnes Wiggert, Dorothea und Alejandro González, Kurt Beyer and Leonce Büchner.«

»Das ist gut.« Augenblicklich war ich wieder ganz bei unserem Ermittlungsverfahren und gespannt wie ein Flitzbogen.

»Drei Leute können wir unbesehen streichen. Agnes Wiggert ist zwei Monate nach ihrem Urlaub in Chile verstorben, die González leben seit sechs Jahren in Schweden. Bleiben Schneider, Beyer und Büchner. Und, du wirst dich gleich wundern, aber warte meine Erklärung ab: Ein Herr Ronny Wegert aus Köln. Die Kripo in Antofagasta bemüht sich wirklich und hat uns noch einen weiteren Namen gefaxt.«

»Ich nehm mal an, daß du auch über Schneider, Beyer, Büchner und den Neuen im Bilde bist?«

»Teils, teils. Dieser Wegert lebt in Hamburg, ist pädophil und sitzt seit zwei Jahren im Knast, weil er sich an kleinen Jungs vergangen hat, der kommt für uns also auch kaum in Frage. Schneider wohnt in Remagen, der wird kaum in Berlin sein Unwesen treiben. Beyer ist Berliner. Aus Spandau. Professor für

Lateinamerikawissenschaften, war seinerzeit dienstlich in Chile. Diethelm hat morgen einen Termin bei ihm, weil wir ihn nicht vorladen wollten. Leonce Büchner konnten wir noch nicht ermitteln.«

»Ehrlich gesagt, wundert mich das nicht«, sagte ich. »Der Name kam mir von Anfang an phantastisch vor. Kennst du Georg Büchner?«

»Aus der Schule. Aber es verbindet sich bei mir nichts mehr damit.«

»Es gibt ein Drama von ihm. Und das heißt absurderweise *Leonce und Lena.*«

»Lena?«

»Ja, verdammt. Lena. Und ...« Ich hielt inne. Ich war wegen meiner verlogen religiösen Erziehung bis ins Knochenmark Atheistin, aber plötzlich glaubte ich, daß der Teufel die Hand im Spiele hatte. »Lüders, mein Gott! Lüders, Susanna ist weg. Meine Freundin.«

»Weg? Was heißt das?«

»Ich vermisse sie seit zwei Tagen.«

Lüders sprang auf und rannte aufgeregt hin und her.

»Das ist das Zeichen«, sagte er. »Das Zeichen, auf das wir gewartet haben.«

»Wir? Also ich nicht. Und welches Zeichen überhaupt?«

»Als das erste Tonband auftauchte ... Ich hatte nur so ein Gefühl.« Lüders blieb am Fenster stehen und trommelte nervös auf das Fensterbrett. »Harriet Stone wurde vor vier Jahren gefoltert und getötet, die Sache in Antofagasta liegt zehn Jahre zurück. Du selbst hast dich über die langen Zeitabstände gewundert und daher zuerst nicht daran gedacht, daß es sich um einen Serienmörder handeln könnte. Aber überleg mal etwas anderes. Der Mann verfügt über starke Barrieren, oder er hat Möglichkeiten, seine perverse Ader anderswo auszutoben. Er will töten, aber er zögert die Verwirklichung seiner Wünsche möglichst lange hinaus. Jahrelang, das schafft er. Harriet Stone war verscharrt, war eine immer vagere Erinnerung. Dann kommen wir und buddeln den Leichnam wieder aus. Die Sache geht durch die Presse. Wir haben den Wahnsinn, der in seiner Seele eingekapselt war, wieder aufgerührt. Und nun schreibt er uns einen Brief.«

»Einen Brief? Lüders, ich versteh nur Bahnhof. Oder hast du dich auch mit Wahnsinn infiziert?«

»Warum die Tonbänder?« setzte Lüders seine Überlegungen fort. »Das sind doch Botschaften, oder? Durch unseren Leichenfund im Tegeler Forst haben wir ihn inspiriert. Seine Tochter war ihm nicht mehr genug; immer vorausgesetzt, daß die Fakten so zusammenhängen wie die Akte eines Dramas. Ulrike hat ihn nach Lage der Dinge attackiert. Da hat er begonnen, seine Biografie zu schreiben. Ulrike Schell ist das Vorwort.«

»Wenn ich deinem Gedankengang überhaupt folgen kann«, wandte ich ein, »dann hat er mit ihr höchstens eine Zeugin beseitigt.«

»Aber mit den Mitteln seiner mörderischen Poesie«, behauptete Lüders. Er war wirklich durchgeknallt, und ich hätte ihm einen freien Tag geben sollen.

»Das sind doch alles Hirngespinste«, sagte ich.

»Lustmörder, die mit ihren Taten etwas mitteilen wollen, sind gar nicht so selten«, verteidigte sich Lüders.

»Die töten, um mit ihren Morden Briefe oder Biografien zu schreiben. Für die Polizei.« Ich schüttelte den Kopf.

»Du hast recht.« Lüders nahm wieder Platz. »An die Polizei richtet er seine Schreiben nicht.«

»Sondern?«

»An dich.«

2

»Eines begreif ich nicht an deiner Theorie«, sagte ich und rührte in meiner Tasse. Ich hatte Lüders in ein Café am Wittenbergplatz eingeladen, damit wir ungestört von Anrufen oder

Besuchern seinen Faden weiterspinnen konnten. »Ein Verrückter mit übergroßem Mitteilungsdrang richtet seine Nachrichten erst einmal an die Presse. Gut, das tut unser Irrer auch. Aber warum an mich? Ich denke, der Regierende Bürgermeister, zumindest aber der Innensenator oder der Polizeipräsident wären ihm angemessene Adressaten. Wenn er wirklich den Knall hat, den wir ihm wohl zubilligen müssen.«

»Das sind alles Männer«, sagte Lüders bloß.

»Diese Domänen lassen sie sich eben nicht gern aus der Hand nehmen«, bestätigte ich. »Aber weiter im Text. Dieser Typ kann mich doch gar nicht kennen. Ich trete nicht im Fernsehen auf, und die Zeitungen erfahren, wenn überhaupt, gerade mal, welches Kommissariat die Ermittlungen aufgenommen hat. Ich bin also weiß Gott keine Person des öffentlichen Interesses.«

»Du hast etwas vergessen.« Lüders schaute mich einen Augenblick abschätzend an, traf dann seine Entscheidung und orderte für uns beide einen Cognac. »Vor zwei Jahren. Denk an diese Weihnachtsumfrage der *Berliner Zeitung: Was wünschen Sie sich für das neue Jahr*? Da hast auch du ein Statement abgegeben. Jeder, der es wissen will, kann in Erfahrung bringen, daß die Achte Mordkommission von einer gewissen Lena Wertebach geleitet wird. Trotz der Nachrichtensperre.«

»Aber indigen seh ich nun wirklich nicht aus«, meinte ich, noch immer nicht überzeugt.

»Du lebst ja auch noch.« Lüders lächelte.

»Fragt sich bloß, wie. Jedenfalls zur Zeit. Außerdem genieße ich ja das Privileg, bösen Menschen, die mir an die Wäsche wollen, ein Loch in den Kopf schießen zu können. Ich muß nur die Gelegenheit haben, rasch in die Keithstraße zu fahren.«

»Weil deine *Walther* gemütlich im Panzerschrank ruht?«

Der Cognac brannte mir in der Kehle und wärmte mir den Magen. Schon seit geraumer Zeit hatte ich meine Rechte in der Jakkentasche versenkt und mit der Zigarettenschachtel gespielt, jetzt legte ich sie endlich auf den Tisch. Lüders kommentierte es mit einem Stirnrunzeln.

»Vielleicht sollte ich das arme Ding von seinem Schattendasein erlösen«, meinte ich und brannte mir eine Zigarette an.
»Mag sein.« Mein Stellvertreter zuckte die Schultern. »Auf jeden Fall sollten wir zwei Dinge tun. Deine Susanna zur Fahndung ausschreiben und dieses Mädchen auch. Du weißt schon, die sich Ulrike Schell anvertraut hat wegen ihres Vaters.«
»Auch zur Pressefahndung?«
»Unbedingt«, sagte Lüders voller Überzeugung.

3

Kurz nach Mittag rief mich der Richter vom Kammergericht an, der mir zugesagt hatte, das gewisse Band der Telefonüberwachung zu beschaffen; er hatte Wort gehalten. Wir hatten bis zum kommenden Morgen Zeit, um bei Timm von der Polizeitechnischen Untersuchungsabteilung einen Sprachvergleich machen zu lassen, und der Hauptkommissar beschwerte sich über all die Eilaufträge, die ihn von seiner eigentlichen Arbeit abhielten, als ob Sprachvergleiche nicht seine eigentliche Arbeit wären. Mit einer Flasche Whisky, die ich ihm in Aussicht stellte, ließ er sich jedoch bestechen, und ich schickte Jörg Röder sofort los, zuerst zum Kammergericht, dann zur PTU.
Kaum daß ich in mein Arbeitszimmer zurückgekehrt war, läutete abermals das Telefon. Oberkommissar Ziegler von Interpol wünschte mich zu sprechen. Ich war gespannt, was er auf der Pfanne hatte.
»Trotz unserer beschränkten Möglichkeiten«, begann er ebenfalls mit einem Klagelied, »trotz all der bürokratischen Verwicklungen hat sich nun doch ein kleines Wunder ereignet. Stellen Sie sich vor, Interpol Santiago de Chile hat uns mit einer Liste von Personen versorgt, die neunzehnsechsundachtzig in Antofagasta gewesen sind. Natürlich ging das Schreiben nicht direkt an uns, sondern via Lyon, deshalb dauert so was immer.

Und sie haben ja auch ermitteln müssen, also haben Sie Nachsicht.«
»Hab ich, hab ich«, sicherte ich Ziegler zu. »Was steht denn auf dieser Liste drauf?«
»Insgesamt siebzehn Namen, teilweise mit Geburtsdatum und Geburtsort. Einiges habe ich durch eigene Recherchen ergänzt. Und das Verrückte ist: Die Angaben über drei Chilenen, die in den vergangenen zehn Jahren aus Antofagasta nach Deutschland ausgewandert sind, haben sie uns auch übermittelt. Das ist doch ein Anfang, oder?«
»Und ob«, bestätigte ich. »Wann kriege ich das Material?«
»Umgehend per Fax«, versprach Ziegler.
»Ich weiß gar nicht, wie ich Ihnen danken soll.«
»Dann lassen Sie es bleiben«, empfahl Ziegler bescheiden.
Das war ein Tag, an dem alle gut zu mir waren, denn auch der Wiesbadener OK machte sein Versprechen wahr. Eine Viertelstunde nach unserem Telefonat brachte mir Patricia das Fax und ihren berühmten Kaffee, der nicht nur die Lebensgeister erweckte, sondern auch auf Dauer zu Herzinfarkt oder Schlaganfall führte. Sofort stürzten Lüders und ich uns auf die Liste. Obwohl Ziegler sich abfällig über die Bürokratie geäußert hatte, war sie von ihm mit buchhalterischer Akribie zusammengestellt worden.

Name der Person	*Geb.-Datum*	*Geb.-Ort*	*Derz. Aufenthalt*
Beyer, Kurt (Dr.)	*23. 03. 1949*	*Bregenz*	*Berlin*
Bredies, Magda	*12. 12. 1954*	*München*	*München*
Bredies, Uwe	*03. 08. 1955*	*Rathenow*	*München*
Büchner, Leonce	*unbekannt*	*unbekannt*	*unbekannt*
González, Dorothea	*17. 11. 1959*	*Berlin(W)*	*Uppsala, Schweden*
(Ehemann González, Alejandro: siehe Anlage)			
Grzimek, Horst	*25. 02. 1952*	*Pinneberg*	*unbekannt*
Hauptmann, Anne	*17. 10. 1956*	*Paris*	*vermißt, 17. 05. 1992*

Junghans, Claus	*22. 04. 1940*	*Bochum*	*Hagen/Westf.*
Junghans, Elvira	*07. 06. 1944*	*Schwerin*	*Dortmund*
Junghans, Einar	*30. 09. 1969*	*Hagen/Westf.*	*Hagen/Westf.*
Murmann, Carla (Dr.)	*23. 06. 1955*	*Regensburg*	*Berlin (?)*
Schneider, Johannes	*09. 09. 1945*	*Dormagen*	*Remagen*
Schultz, Reginald	*01. 07. 1950*	*Kiel*	*Kiel*
Schultz, Urs	*01. 07. 1950*	*Kiel*	*verstorben*
Wagner, Ernst	*unbekannt*	*unbekannt*	*unbekannt*
Wegert, Ronny	*16. 12. 1960*	*Berlin (W)*	*Hamburg*
Wiggert, Agnes	*20. 09. 1944*	*Köln*	*verstorben*

»Mein Gott, Lüders«, stöhnte ich, »wenn das so weitergeht, müssen wir bald zweihundert Leute überprüfen.«
»Na, einige entfallen ja. Die Verstorbenen und die Frauen zumindest. Und die wir längst ausgeschlossen haben, weil sie im Ausland leben oder weit weg von Berlin.«
»Urs und Reginald Schultz sind am selben Tag in Kiel geboren«, stellte ich fest. »Bestimmt Zwillingsbrüder. Und der eine ist schon tot. Wär jetzt erst sechsundvierzig.«
»Und bei Junghans scheint es sich um eine Familie zu handeln«, meinte Lüders. »Vater, Mutter, Sohn. Die Eltern scheinen mittlerweile getrennt zu leben.«
»Was wollten diese ganzen Leute bloß neunzehnhundertsechsundachtzig in Chile?« dachte ich laut.
»Urlaub? Arbeiten? Wer weiß.« Lüders tippte auf die Liste. »Vor allem aber: Wer ist Leonce Büchner?«
»Und wer Wagners Ernst? Warum wird Anne Hauptmann vermißt? So viele Fragen.«
»Konzentrieren wir uns auf die Berliner«, schlug Lüders vor. »Frau Doktor Murmann, bei der nicht ganz sicher zu sein scheint, ob sie überhaupt hier lebt, die können wir streichen. Diethelm spricht gerade mit Kurt Beyer. Mehr sind's noch nicht.«
»Du, Lüders?«
»Mhm?«
»Streich diese Frau mal lieber nicht.«

4

Oberkommissar Ziegler hatte seinem Fax noch zwei Anlagen beigefügt. Die erste Anlage enthielt die Namen der drei bislang ermittelten Chilenen aus Antofagasta, die nach Deutschland übergesiedelt waren, unter ihnen Alejandro González, den wir bereits kannten und der mit seiner Frau in Uppsala lebte. Die beiden anderen Männer waren womöglich ins Exil gegangen, jedenfalls hatten sie sich auf dem Territorium der ehemaligen DDR niedergelassen und kamen mir nicht besonders interessant vor; überprüft werden mußten sie trotzdem. Das konnten getrost die Kollegen der Landeskriminalämter Brandenburg und Sachsen erledigen, worum sich Lüders umgehend kümmerte. Ich erfreute mich unterdessen an *Anlage 2: Liebe Frau Wertebach, toi, toi, toi! Ihr Ziegler.* Das wärmte mir ein wenig das Herz, obwohl es von einem Kerl kam. Momentan hätte ich sogar von einem Hund Wärme angenommen. Diethelm betrat mein Zimmer.

»Nun,« fragte ich ihn, »wirst du zum Rauschgift wechseln? Die brauchen bestimmt einen Lateinamerika-Spezialisten.«

»Da hätte ich mich eher nach Kolumbien erkundigen müssen, nicht wahr?« Diethelm setzte sich auf Lüders' Stuhl und kramte seine Notizen aus der Aktenmappe. »Chile ist auf dem Drogensektor unbedeutend. Nur ein geringfügiger Kokaintransit.«

»Hat das der Herr Professor herausgefunden? Oder wollte er seinerzeit nur die Segnungen der Militärdiktatur erforschen?«

Diethelm schüttelte den Kopf.

»Professor Beyer befaßt sich mit der Ökonomie der lateinamerikanischen Staaten«, erklärte er.

»Solche Forschungen betreibt man für gewöhnlich am Schreibtisch und in der Bibliothek«, behauptete ich.

»Nicht, wenn man eine Studienreise finanziert bekommt. Bei irgendeiner CSU-Stiftung hat er sein damaliges Forschungsvorhaben eingereicht, und die haben Kohle lockergemacht.

Komisches Thema übrigens: Die Bedeutung der Seewirtschaft für die wirtschaftliche Entwicklung Südamerikas. Deswegen Antofagasta. Dort gibt's einen Hafen.«

»Das hat mir die CIA bereits geflüstert«, bemerkte ich. »CSU also. Kein Wunder, die haben ihren Pinochet ja sehr geliebt. Und Bayern liegt bekanntlich ebenso wie Böhmen am Meer.«

»Die CIA?« fragte Diethelm erstaunt.

»Ja, hin und wieder bin ich mit Langley online. Aber das soll nicht unser Thema sein. Eine Frau hat Beyer nicht zufällig in Antofagasta umgebracht?«

»Glaub ich nicht.«

»Weil er Professor ist?« Ich machte eine wegwerfende Handbewegung. »Ach, ihr Männer mit eurer verdammten Autoritätsgläubigkeit.«

»In Chile mag er ja ganze Amazonenstämme ausgerottet haben«, wehrte sich Diethelm, »aber mit Ulrike Schells Verschwinden und Tod kann er nichts zu tun haben. Er war auf einer Fachtagung in Barcelona.«

»Nachgeprüft?«

»Wann denn? Ich komm gerade aus Spandau.«

»Laß das Wiesenburg oder Petersen machen«, bat ich ihn. »Ich hab edlere Aufgaben für dich. Schau dir diese Liste an.« Ich reichte ihm Zieglers Fax. »Du wirst auf Anhieb die interessanten Positionen erkennen. Nummer eins: die Unbekannten. An erster Stelle steht Leonce Büchner, der weder Geburtstag noch Geburtsort oder eine aktuelle Anschrift besitzt. Ernst Wagner ist auch so ein Fall. Und dann dieser Grzimek; von dem möchte ich wissen, wo er jetzt lebt. Um die Vermißte kümmere ich mich, Frau Doktor Murmann knöpft sich Lüders vor.«

»Ich nehme mal an, allein im Berliner Telefonbuch existieren Dutzende von Wagners«, sagte Diethelm.

»Womöglich sogar Hunderte«, tröstete ich ihn.

5

Jörg Röder war aufgeregt wie immer, wenn er einen Erfolg zu vermelden hatte; nervös tänzelte er in meinem Zimmer auf und ab. Lüders beobachtete ihn nur mit väterlichem Vorwurf in der Miene, ich griff schon wieder nach einer Zigarette. Vor meiner Enthaltsamkeit hatte ich zwei, wenn es die Nacht hindurchging sogar auch mal drei Schachteln verquarzt; meine erste Schachtel seit Wiederzulassung des Lasters enthielt nur noch zwei Glimmstengel.

»Du rauchst?« fragte Röder entsetzt.

»Besser als herumzuspringen wie ein Torero«, entgegnete ich. »Oder siehst du hier einen Stier im Raum?«

»Einen schon«, meinte Lüders und grinste, aber nicht anzüglich: Er hatte einfach einen Scherz machen wollen, und Scherze waren ja in der Regel platt. Jörg plazierte sich auf dem Besucherstuhl.

»Also die Sache ist klar«, sprudelte er hervor. »Timm ... Hauptkommissar Timm von der PTU hat die Bänder verglichen. Mein Gott, Lena, was die für Technik haben! Die könnten glatt 'n perfektes Rundfunkprogramm produzieren. Digitalisiert oder so, seh ich nicht durch. Habt ihr das schon mal gesehen? Da hüpfen immer so bunte Säulen hoch und runter, und dann hält der Timm das alles an und sagt: Identisch.«

»Wir haben das gesehen«, sagte Lüders, der allmählich ungeduldig wurde.

»Hat er das gesagt?« wollte ich wissen. »Identisch?«

»Ja«, bestätigte Jörg. »Der Mann, der diese Kassetten an die Presse geschickt hat, und der Mann, den Ulrike Schell angerufen hat, das ist ein und dieselbe Person. Sagt Timm. Hauptkommissar ...«

»Schon gut, schon gut.« Lüders schaute mich an.

»Noch ein paar Stunden bis zum Sturm«, prophezeite er.

»Welcher Sturm?« fragte Röder.

»Danke.« Lüders nickte ihm kurz zu. Jörg Röder verließ den

Raum, durchaus beleidigt wegen der ausgefallenen Lobesarie.

»Lena«, sagte Lüders zu mir, und er sprach sehr eindringlich, »Lena, wenn irgendwas sein sollte, du kannst mich immer anrufen. Rund um die Uhr.«

»Okay«, sagte ich bloß.

Ich hatte viel zu tun, und das war gut für mich, denn es verhinderte, daß ich wegen Susas Verschwinden allzuviel Trübsal blies. Ohne mir Gedanken darüber zu machen, daß es auf der Welt so eine unpatente Einrichtung wie Zeitzonen gab, rief ich die Kripo in Antofagasta an. Ich bekam sofort eine Verbindung, aber der Mann, der sich meldete, verstand kein Englisch, also mußte ich es mit meinem rudimentären Spanisch versuchen, erworben auf meinen Reisen an die Costa Brava und nach Ibiza.

»Perdon, Señor«, das war doch schon ein guter Anfang, schwieriger war die Fortsetzung, »perdon, Señor Gutiérrez?«

»No, mi nombre no es Gutiérrez«, beschied mir der Mann jenseits des Atlantiks.

»Yo«, das hieß *Ich*, »yo quiero hablar con Señor Gutiérrez. Policia Investigación. Perdon, Policia de Investigación.«

»Policia justicial«, berichtigte mich der Typ, aber er stellte mich durch.

»Policia justicial«, sagte der Mann, den ich nie sehen würde, aber schon an seiner Stimme erkannte.

»Here's Lena Wertebach from Berlin«, sagte ich.

»Oh, glad to see you«, behauptete Gutiérrez. Das war nett gemeint, aber schwer zu bewerkstelligen.

»Only one question, Sir«, ein bißchen Stil mußte sein, »who is Leonce Büchner?«

»I don't know«, eröffnete mir Gutiérrez.

»But you told me this name«, stellte ich fest. »Why?«

»Why? Why? Let think me about ... Let think ...« er dachte offenbar wirklich angestrengt nach. Dann fiel es ihm ein. »Yes, yes, I remember«, rief er erfreut aus. »A collegue of me found this name in a special guide. Please, wait!«

Ich faßte mich in Geduld und wartete. Die Minuten verstrichen. Ich wartete tapfer. Wenn die Verbindung nicht zusammenbrach, würde ich vielleicht für meine Geduld belohnt werden.
»Oh, no, excuse me.« Gutiérrez war wieder am Apparat. »Not in a guide. My colleague found it in the ... in the ... A little moment, please! I have to look for a dictionary.«
Ich wartete abermals und trieb das Land Berlin in den endgültigen Ruin.
»Señora Wertebach?« erkundigte sich Gutiérrez.
»That's me«, bestätigte ich.
»There's an entry in the Land Register«, erklärte Gutiérrez. »The German Council. Society for International Education. Manager: Mister Leonce Büchner.«
»Thank you very much«, bedankte ich mich. Aber mein Dank kam nicht mehr an.
»Was Neues?« fragte Lüders, der mein Gespräch aufmerksam verfolgt hatte.
»Wenn ich es richtig begriffen habe«, sagte ich, »gibt oder gab es einen Eintrag ins Grundbuch der Stadt Antofagasta, und der lautete: *The German Council. Gesellschaft für Internationale Bildung. Geschäftsführer: Leonce Büchner.*«
»Seltsam, seltsam«, meinte Lüders, »für solche Sachen haben wir doch eigentlich das Goethe-Institut.«
»Das denk ich auch«, sagte ich.
»Na, das kriegen wir relativ schnell heraus.« Lüders griff nach dem Telefonhörer.
»Augenblick«, verlangte ich, »erst ich.«
Es war elf Minuten nach siebzehn Uhr. Lüders wollte eine Behörde anrufen, ich ebenso. Ich hatte Glück. Ziegler war noch im Amt.
»Es beginnt zu laufen«, sagte der Oberkommissar, »ich hab schon wieder vier neue Namen.«
»Bitte faxen«, sagte ich, nur mäßig interessiert. »Im Moment beschäftigt mich was anderes: Wieso wird diese Anne Hauptmann vermißt?«

»Aber das ist doch ein Berliner Vorgang.« Ziegler fiel aus allen Wolken.
»Verzeihung, aber das ging aus Ihrer Liste nicht hervor.«
»Ja, bitte nicht meckern. Kleinen Moment, ich muß nachschauen. Sekunde!« verlangte Ziegler, als ob ich ans Warten nicht gewöhnt wäre. Die Sekunde wuchs sich zu ein paar Minuten aus. »Jetzt hab ich's.« Auch Ziegler war an den Apparat zurückgekehrt. »Anne Hauptmann … ich werd verrückt.«
»Bitte?«
»Ich hab eben die Daten der BKA-Vermißtenstelle geladen«, sagte Ziegler, »und da seh ich doch was … Tut mir wirklich leid, ich konnte mir das bisher nicht so gründlich ansehen, weil ich noch andere Sachen um die Ohren habe … Nach Angaben von Karin Hauptmann, der Schwester, die die Vermißtenmeldung aufgegeben hat, nach deren Angaben ist Anne Hauptmann am Vormittag des siebzehnten Mai neunzehnzweiundneunzig nach … in die Schaumburgallee nach Berlin-Charlottenburg gefahren, um ihren Lebensgefährten … oder ehemaligen Lebensgefährten zur Rede zu stellen. Jetzt kommt der Hammer: Wissen Sie, wie der heißt? Horst Grzimek. Ich krieg das selbst jetzt erst mit. Peinlich, peinlich. Aber wenn ich Ihnen das Aktenzeichen gebe, können Sie sich die Angaben bei Ihrer Vermißtenstelle besorgen.«
»Darf ich jetzt auch endlich telefonieren?« Lüders wurde langsam ungehalten; womöglich hatte sich sein Familienleben wieder eingerenkt, und er wollte rasch zu seinen Lieben daheim.
»Aber ja.« Ich reichte ihm den Hörer.
»Eins möcht ich noch wissen«, sagte Lüders. »Warum duzt dich Röder neuerdings?«
»Top secret.« Ich war bereits auf dem Gang.

6

Die Menschen in der U-Bahn sahen wie immer müde, frustriert und nach Mord oder Selbstmord aus. Wie in meiner persönlichen Vorzeit ärgerte ich mich darüber, daß man in den Nahverkehrsmitteln nicht rauchen durfte, ein bekiffter Penner pries seine Obdachlosengazette als Arznei gegen das Elend, die beiden Türkenjungen, die mir gegenübersaßen und höchstens zwei Jahre älter waren als Jim, schwatzten unablässig und im Hauptschülerslang über Bräute. An der Nasenspitze sah ich ihnen an, daß sie bereits vor Beginn des Rennens verloren hatten; ihr Mangel an Intelligenz mochte noch durchgehen, aber daß sie obendrein Türken waren, machte ihre Arbeitskraft zum Ladenhüter.
Mich ging das nichts an. Ich war beteiligt, weil ich mit all diesen Leuten in der U-Bahn saß, aber ich hatte andere Sorgen. Daß die gestreßten Kollegen von der Vermißtenstelle mir die Akte zu einem alten Hut wie Anne Hauptmann nicht sofort herausgesucht hatten, war verzeihlich; ich würde sie im Laufe des morgigen Tages zugestellt bekommen, und das hatte ich akzeptiert. Was mich an den Rand der Verzweiflung trieb, war meine Angst um Susa, und so sehr ich mich auch anstrengte, sie zu verdrängen, mein Gehirn malte unablässig Bilder von ihr, nackt, gefesselt und hilflos einem monströsen Folterknecht ausgeliefert. In dem Augenblick, da ich die U-Bahn am Bahnhof Residenzstraße verließ, machte dieser Mann vielleicht gerade die Eisen heiß, und während ich durch die Emmentaler und die Thurgauer Straße unserer Wohnung in der Aroser Allee entgegenschritt, drückte er sie auf Susas Haut. Mir wurde heiß und kalt bei diesen Gedanken. Ich war nicht erkältet, aber ich hatte Fieber.
Ich war dermaßen erschöpft, daß es mir erst beim dritten Anlauf gelang, meinen Briefkasten zu öffnen, was eine gewohnheitsmäßige Handlung war, denn die einzigen, die mich noch mit Post bedachten, waren die Telekom, das Gas- und das Elektrizitätswerk, meine Bank und die Versicherung, wenn sie wie-

der mal die Beiträge erhöhte. Heute hatte mir die GASAG geschrieben; da ich ihr nicht traute, hatte ich ihr keine Einzugsermächtigung erteilt und vergaß fast jedesmal die rechtzeitige Überweisung der frechen Geldforderungen. Auch ein kleines Päckchen befand sich in der Post, nicht größer als zwei Zigarettenschachteln und sehr leicht. Meine Anschrift war mit Reibebuchstaben auf das Packpapier aufgetragen, und einen Absender enthielt das Päckchen nicht. Ich war sofort elektrisiert und rannte die Treppe hinauf in den zweiten Stock.
»Mam?« rief Jim aus seinem Zimmer.
Ich reagierte nicht, sondern riß das Päckchen auf mit fliegenden Händen. Eine Tonkassette fiel zu Boden. Ich stürzte neben sie auf die Knie. Dann kotzte ich.
»Mam!« Jim war in die Diele getreten und lief auf mich zu. »Mam, bist du krank?«
»Ruf Lüders an«, bat ich ihn. »Die Nummer …«
»Ich weiß doch, daß die einprogrammiert ist«, sagte Jim.
Auf allen Vieren kroch ich ins Schlafzimmer und auf das Bett, dabei hätte ich so viel zu tun gehabt. Jim brauchte sein Abendbrot. Das Erbrochene mußte aufgewischt werden. Ich mußte unbedingt die Fenster putzen. Und Staubsaugen, das war sehr wichtig. Ich hatte lange keinen gründlichen Hausputz mehr gemacht. Nein, ich sollte wirklich aufstehen und Ordnung schaffen. Der Backofen mußte gründlich gereinigt werden. Fürchterlich viel hatte ich zu tun. Es war gar nicht zu schaffen. Ins Amt mußte ich auch noch, Lüders erwartete mich. Und die Schulbrote für Jim. Ich hatte Jims Schulbrote seit langem vernachlässigt. Das war das Wichtigste. Sofort mußte ich aufstehen. Die Schulbrote.
»Lena?« Jemand tippte mir an den Arm.
»Soll ich den Notruf …?« Das war Jim. Den kannte ich. Das war mein Sohn.
»Nein, warte noch.« Lüders war ja da, und ich dachte, er würde in der Dienststelle auf mich warten. Ich öffnete die Augen und schloß sie sofort wieder; das grelle Licht des Scheinwerfers, mit dem mir Lüders ins Gesicht leuchtete, war unerträglich.

»Lena?«
Ich versuchte es noch einmal. Jetzt konnte ich die Augen offenhalten. Es war auch nur die Deckenlampe an.
»Was ist passiert, Lena?« erkundigte sich Lüders.
»Ich weiß nicht. Doch, ich weiß.« Sofort richtete ich mich auf. Mir wurde schwindlig.
»Hier, diese Kassette.« Jim hielt sie hoch.
»Woher kennt er meine Anschrift?« fragte ich.
Lüders nickte nur vor sich hin und nahm Jim die Kassette ab; er hatte dieselbe Ahnung wie ich.
»Wo kann ich sie abhören?«
»Im Wohnzimmer«, entgegnete Jim. »Oder bei mir.«
»Ich will auch«, sagte ich.
»Nein«, entschied Lüders. »Ich hör sie allein ab. Dein Sohn bleibt bei dir.«
»Aber«, protestierte Jim, der natürlich neugierig war.
»Wie ich gesagt habe.« Lüders Stimme klang außergewöhnlich streng, fast drohend. Jim setzte sich zu mir aufs Bett, Lüders ging hinaus.
»Den möchte ich nicht als Vater«, meinte Jim.
»Aber er hat recht«, sagte ich.
Nach fünf Minuten war Lüders wieder da; gehört hatten wir nichts.
»Und?« fragte ich.
Lüders zuckte die Schultern.
»Susanna?«
»Ich kenn sie ja nicht.«
»Dann muß ich ...«
»Erspar's dir. Vorerst.« Auch Lüders nahm nun auf dem Bett Platz, und für Außenstehende sahen wir aus wie eine ganz normale Familie. Unter anderen Umständen hätte mich dieser Gedanke belustigt. »Nimm ein paar Tabletten und schlaf dich aus. Viel können wir um diese Zeit sowieso nicht tun.«
»Und ob wir das können.« Lüders Versuche, mich zu bevormunden, reichten mir nun, und ich sprang aus dem Bett. Das hätte ich nicht tun sollen, denn augenblicklich wurde mir

schwarz vor den Augen. Ich ließ den Kopf hängen, bis mein Kreislauf sich wieder einigermaßen stabilisiert hatte. »Ich hör mir jetzt das Band an.« Irgendwann würde ich es ohnehin tun müssen, also konnte ich es auch sofort tun.
»Laß es lieber«, warnte mich Lüders.
Ich erkannte Susa nicht. Die Schreie der Frau hatten nichts Menschliches mehr an sich, es konnte sich auch um Susa handeln, ebenso um jede beliebige andere Frau. Lüders war es nicht gelungen, Jim zurückzuhalten, und ich spürte seine Anwesenheit in meinem Rücken, also drehte ich mich um. Der Junge war käseweiß. Ich vielleicht auch, aber das war egal; ich war zum Äußersten entschlossen wie lange nicht mehr.
»So«, sagte ich, »jetzt geht es rund. Ich will sofort den Polizeipräsidenten sprechen.«
»Aber Lena«, bremste mich Lüders, »der PP tanzt nicht nach deiner Pfeife.«
»Das soll er auch nicht. Tanzen, meine ich. Ich will eine Sonderkommission. Und außerordentliche Vollmachten. Und du«, ich wandte mich an Jim, »du gehst ins Bett.«
»Mam, es ist nicht mal halb neun«, widersprach mein Sohn.
»Wenn ich sage, daß du ins Bett gehen sollst, dann meine ich das auch so«, schimpfte ich.
»Es ist doch noch zu früh.«
»Verstehst du meine Sprache nicht?« schnauzte ich ihn an.
»Nein, Mam.«
»Was, nein? Du willst nicht?«
»Nein.«
»Gut.« Ich scheuerte ihm eine. Jim rannte sofort aus dem Zimmer. Widersprechen würde er mir jedenfalls nicht mehr.
»Er kann doch nichts dafür«, verteidigte ihn Lüders.
»Ich hab's satt, daß er ständig meine Geduld auf die Probe stellt«, sagte ich, um mich selbst davon zu überzeugen, daß die Ohrfeige verdient war. Natürlich bedauerte ich sie schon. »Ruf bitte unsere Leute zusammen. In einer Stunde sollen sie im Kommissariat sein. Ich werf mir etwas Wasser ins Gesicht, dann fahren wir.«

»Und du willst deinen Sohn die ganze Nacht ... und noch einen langen Tag ... du willst ihn diese Zeit allein lassen mit seiner ... seiner Verletzung? Nicht noch ein Wort? Nicht unbedingt ein Wort der Entschuldigung, aber eine Erklärung hat er verdient.«

»Die er mißbrauchen wird, um mir die Zustimmung abzuhandeln, bis in die Puppen vor seinem Computer zu verbringen.«

»Macht er sowieso, wenn du weg bist«, meinte Lüders.

»Also, gut.«

Jim lag auf seinem Bett wie aufgebahrt und starrte die Decke an. Geweint hatte er nicht, das verbot ihm sein Stolz, aber daß er durcheinander war, sah ich auf den ersten Blick. Er ignorierte mich, wie ich es erwartet hatte, und rechnete mit einem ausführlichen Liebesbeweis, um mir verzeihen zu können. Ich hatte mir vorgenommen, zärtlich zu sein, mich zu entschuldigen und ihn zu trösten, aber in meiner derzeitigen Verfassung war es unmöglich. Ich wußte, wie ungerecht ich war und in welche Notlage ich ihn damit brachte, aber ich begann sofort mit Vorhaltungen.

»Jim, einmal mußt du lernen, daß du nicht der Mittelpunkt der Welt bist«, redete ich auf ihn ein. »Du kannst mir nicht auf der Nase herumtanzen, und deine Interessen sind nicht in jedem Falle auch meine. Noch jedenfalls habe ich das Sagen. Ich bin weiß Gott keine strenge Mutter, aber wenn ich mal Streß habe, möchte ich, daß du mir gehorchst und nicht mit deinem Debattieren auf meinen Nerven rumtrampelst. Hast du verstanden?«

»Ins Bett müssen zu 'ner Zeit wie ein Baby«, maulte Jim.

»Mein Gott, wenn es dir nicht paßt, dann geh zu deinem Vater und laß dir was kaufen, das dich beruhigt.« Ich hätte mich selbst ohrfeigen müssen, aber nun war es ausgesprochen.

»Das will ich aber nicht«, entgegnete Jim.

»Was willst du nicht?«

»Rausgeschmissen werden.«

Ich konnte nicht länger an mich halten, riß ihn von seinem Bett hoch und drückte ihn an meine Brust. Augenblicklich strömten die Tränen. Daß mir mein Mutterdasein eine sentimentale Beziehung zu meinem Sohn aufzwang, ärgerte mich zwar ein wenig, aber ich konnte mich dagegen auch nicht wehren. Vom Flur her vernahm ich ein merkwürdiges, scharrendes Geräusch; vielleicht kratzte sich der Wahnsinnige gerade durch Decke oder Boden. Das war mir gleichgültig; meinetwegen konnte Lüders ihn erschießen. Aber Lüders war ebenso unbewaffnet wie ich.

»Geht's dir wegen Susa so beschissen?« wollte Jim wissen.

»Auch. Ich hab ziemlich viel am Hals, damit muß ich allein fertig werden. Und, mein allerbester, allerliebster Junge«, sagte ich, »ich geb zu, daß ich grad Scheiße gebaut hab. Tut mir wahnsinnig leid. Weil du kein Baby bist, kannst du natürlich noch 'n bißchen durch's Internet surfen. Aber übertreib's nicht. Da ich es nicht kontrollieren kann, bitte ich dich darum.«

»Danke, Mam.« Jim küßte meine Wangen. Er hatte mir verziehen. »Ich wollte mich heut abend sowieso nur kurz in *Scott's International hotlist* einklinken.«

»Wenn's da was Spannendes zu entdecken gibt.« Ich zuckte die Schultern.

»Klar, Mam. Missing children.«

Jim war der Primus seiner Klasse und wurde von seinen Paukern stets über den grünen Klee gelobt; nur mit seiner Orthographie und seinem Betragen haperte es. Das verziehen sie ihm: Sogar am Gymnasium war er unterfordert, doch eine höhere Schule gab es nicht. Er begriff spielend, ob es sich nun um Physik, Mathematik oder Biologie handelte. Dafür scheiterte er hin und wieder an Kleinigkeiten, wie die mißglückte Installation seiner Online-Software bewies. Und er hatte einen mächtigen Knall. Keiner seiner Freunde wäre jemals auf den Gedanken gekommen, mit glänzenden Augen *Scott's International hotlist* nach vermißten Kindern zu durchforsten. Den Knall hatte er natürlich von mir geerbt, und mit seiner investigativen Leidenschaft würde er bestimmt ein guter Bulle werden. Ich wollte nicht, daß er zur Polizei ging, und in dieser Hinsicht waren wir d'accord. Jim hielt, seine Mutter ausgenommen, Polizisten für primitiv. Ich konnte ihm nicht rundum widersprechen.

»Ich brauche dich«, erklärte ich, bereits in der Tür.

»Ich dich etwa nicht?« fragte Jim.

Im Flur hockte Lüders am Boden und rieb meine Kotze weg. Daher also rührte das Kratzen.

»Sag mal, spinnst du?«

»Ich mach so was bestimmt nicht gern und ekel mich davor«, sagte Lüders, »aber wer soll's sonst tun? Dein Sohn vielleicht?«

Ich konnte Männer weder lieben noch begehren. Mögen schon.

Sechstes Kapitel

1

Daß mein Schnellschuß in die Hose oder in den Rock gehen würde, ahnte ich schon, als ich in Lüders' Wagen saß und mich etwas beruhigt hatte. Der Polizeipräsident war nach Auskunft des Lagezentrums nicht zu sprechen, vielleicht weil er seine wohlverdiente Ruhe nicht stören lassen wollte oder weil er bereits das dritte Feierabendbier intus hatte, dafür hatte sich allerdings mein direkter Vorgesetzter, der Chef von *Delikte am Menschen*, breitschlagen lassen, noch einmal in die Keithstraße zu kommen. Wiesenburg und Petersen waren beide nicht zu Hause, und ich nahm an, daß sie wieder einmal ihre kostbaren Bodies stylten, während Diethelm und Jörg Röder zwar nicht begeistert waren, sich jedoch mittlerweile ebenfalls auf dem Weg in unser Kommissariat befanden. Ich sann über unsere nächsten Schritte nach. Viel Intelligentes fiel mir nicht ein.
Kriminaloberrat Brinkmann, mein Chef, der sich hin und wieder als *KOR wie korrupt* vorstellte, empfing uns in seinem Dienstzimmer; in seiner Position genoß er das Privileg, sich diesen Raum nicht mit einem anderen Mitarbeiter teilen zu müssen. Der Bericht, den ich ihm erstattete, kam einem Outing gleich, denn nun erfuhren auch Brinkmann und Diethelm, daß ich mit einer Frau zusammenlebte. Brinkmann überspielte seine Verwunderung, Diethelm starrte mich mit Kulleraugen an, während Jörg voller Bewunderung für mich war, wahrscheinlich weil er mein Bekenntnis für eine todesmutige Tat hielt. Lüders grinste.
Daß sich die Lebensgefährtin einer Kommissariatsleiterin in der Hand eines pathologischen Gewalttäters befand, hielt KOR Brinkmann für bedenklich, wobei er sicher nicht nur mein

Wohl, sondern auch den Ruf der Behörde und die Schlagzeilen der Boulevardpresse vor Augen hatte; offiziell war die Berliner Polizei schließlich schwulen- und lesbenfreundlich und finanzierte zum Beweis dafür sogar die Planstelle eines Gleichstellungsbeauftragten. Ich rechnete damit, daß Brinkmann das Ermittlungsverfahren einem anderen Kommissariat übertragen würde, weil ich persönlich involviert war, und das widersprach dem Reglement. Im ersten Moment war er allerdings derart verdattert, daß er daran gar nicht dachte.

»Ist Thalbach informiert?« fragte er mich. Ich schüttelte den Kopf. »Gut, das übernehme ich. Und über die Bildung einer Sonderkommission werde ich morgen mit dem LKA-Chef sprechen.«

»Thalbach soll dafür sorgen, daß ich an bestimmte Informationen herankomme«, verlangte ich.

»Welche benötigen Sie?«

»In Antofagasta gab es zu den Zeiten der Militärdiktatur eine ominöse deutsche Einrichtung namens *German Council. Society for International Education.* Ich würde gern mehr darüber wissen. Alles, wenn irgend möglich.«

»Sie denken an eine nachrichtendienstliche Tarnorganisation?« wollte Brinkmann wissen.

»So ungefähr. Ziegler hat etwas in dieser Richtung angedeutet.«

»Oberkommissar Ziegler von Interpol Wiesbaden«, fügte Lüders erklärend hinzu.

»Wenn es so wäre ... solche Informationen sind auch für einen Staatsanwalt unerreichbar«, meinte der KOR.

»Zumindest versuchen sollte er es.«

»Da gäbe es doch bessere Quellen«, meldete sich Diethelm zu Wort.

»Und welche?« erkundigte sich Brinkmann.

»Journalisten«, erklärte Diethelm. »Die wissen doch über die Geheimdienste besser Bescheid als deren Koordinator.«

»Klingt ja so, als ob du einen kennen würdest«, vermutete ich.

»Sogar einen der Top Ten«, sagte Diethelm.

»Wunderbar.« Ich nickte ihm anerkennend zu. »Und dann soll Thalbach mal versuchen«, sagte ich, nun wieder zu meinem Chef, »ob er mit der geballten Macht der Staatsanwaltschaft oder des Gerichts Näheres über ein paar Personen herausfinden kann. An erster Stelle steht ein gewisser Leonce Büchner, der Geschäftsführer des German Council. Über ihn sind weder Geburtsdatum noch Geburtsort noch derzeitiger Aufenthalt bekannt. Gleiches gilt für einen Herrn Ernst Wagner. Dann haben wir noch Horst Grzimek. Auch er war neunzehnhundertsechsundachtzig in Antofagasta, aber nicht mal das BKA konnte ermitteln, wo er jetzt lebt. Weitere Frage: Wer ist Doktor Carla Murmann? Sie wohnt vermutlich in Berlin, aber auch das ist nicht zu verifizieren.«

»Wie?«

»Also entschuldigen Sie, aber die Frage begreif ich nicht.«

»Wie hieß diese Frau?«

»Carla Murmann. Doktor Murmann.«

»Komischer Zufall«, meinte Brinkmann nachdenklich.

»Was ist ein komischer Zufall?«

»In der Innenverwaltung arbeitet eine Doktor Murmann«, sagte Brinkmann.

2

Es war zwar eine unchristliche Zeit, zu der Lüders und ich bei Karin Hauptmann im Märkischen Viertel aufkreuzten, aber nachdem wir uns an der Wechselsprechanlage als Kriminalbeamte zu erkennen gegeben hatten, tat sie uns auf. Ich haßte Neubauviertel, aber die Wohnung der Frau Hauptmann bewies mir, daß man nahzu vollkommen vertuschen konnte, in einem solchen Viertel zu leben; man durfte nur nicht aus dem Fenster schauen. Karin Hauptmann schwärmte offenbar für das Biedermeier, und dementsprechend hatte sie ihre Gelasse mö-

bliert, zumindest den Teil, den wir zu sehen bekamen. Warum eine Frau, die sich derart teures Mobiliar leisten konnte, ausgerechnet hier lebte, war mir schleierhaft. Aber womöglich hatte ich bloß Vorurteile. Immerhin waren wir beide Reinickendorfer, und das war ziemlich out.
Frau Hauptmann, nach Aktenlage fünfundfünfzig Jahre alt, schien keine Kostverächterin zu sein; wir hatten sie beim Fernsehen überrascht, und auf dem Tisch vor dem Sofa standen eine Flasche Sherry und ein zur Hälfte geleertes Glas. Natürlich bekamen wir einen Sherry angeboten, den wir nicht ablehnten. Karin Hauptmann holte zwei Kristallgläser aus der Vitrine, die nach mehreren zehntausend Mark aussahen, schenkte uns ein und zündete sich eine *Dunhill* an. Ich nahm das als Aufforderung zum Rauchen und kramte meine *Camel* aus der Tasche.
»Ich nehme an«, sagte Frau Hauptmann, »daß Sie etwas Neues über Anne in Erfahrung gebracht haben.«
»Das kann ich erst beurteilen, wenn Sie uns einige Fragen beantworten«, erklärte ich. »Wir sind nämlich im Zusammenhang mit anderen Ermittlungen auf Ihre Schwester gestoßen.«
»Die Anne war zu leichtfertig«, behauptete Frau Hauptmann. »Oder zu leichtgläubig. Horst, also Horst Grzimek ... Sie wissen, wer das ist?«
»Nein«, sagte Lüders.
»Nein?« Karin Hauptmann schüttelte verwundert den Kopf.
»Bitte, Frau Hauptmann, ich bitte Sie eindringlich, erzählen Sie alles, was Sie wissen«, forderte ich sie auf.
»Er hat sich ja immer als Deutschlehrer ausgegeben«, begann Karin Hauptmann, »und das hat von Anfang an mein Mißtrauen geweckt. Weil ich selbst Lehrerin bin. Sicher, ein paar Jahre Schulpraxis hat er wohl gehabt, aber als ich ihn kennenlernte, war er nicht mehr auf dem laufenden.«
»Wann haben Sie ihn kennengelernt?« hakte Lüders nach.
»Neunzehnhundertvierundachtzig. Anne war ein paar Wochen zuvor in Paris gewesen, wo sie ja geboren ist, und dort hat sie Grzimek kennengelernt. In der Metro, so romantisch, wie das

klingen mag. Horst hat sich auf einen Auslandseinsatz in Chile vorbereitet, und Anne verliebte sich Hals über Kopf in ihn. Das heißt, bis heute bin ich mir sicher, daß sie sich in die Idee verliebte, mit ihm nach Südamerika zu gehen. Sie war schwer krank, wissen Sie. Nur wenige Jahre hatte sie noch bis zu Bettlägerigkeit und Siechtum.«
»Was für eine Krankheit?« Lüders war schneller als ich, aber genau diese Frage lag mir bereits auf der Zunge.
»Etwas mit den Knochen«, sagte Frau Hauptmann.
Lüders und ich schwiegen eine Weile. Ich zündete mir eine Zigarette an, Karin Hauptmann folgte meinem Beispiel.
»Sie wirken irritiert«, meinte sie schließlich.
»Sagt Ihnen der Name Leonce Büchner etwas?« wollte Lüders wissen.
»Das war Grzimeks Chef in Chile«, antwortete Frau Hauptmann.

3

»Dieser Name kam mir natürlich von Anfang an nicht koscher vor«, berichtete Karin Hauptmann, nachdem sie uns alle mit Sherry versorgt hatte. »Zu literarisch, wenn Sie verstehen. In Chile ist das sicher keinem aufgefallen. Ja, und dann kamen diese Briefe von Anne. Sie durfte nie mit Grzimek in diese merkwürdige Kultureinrichtung da unten in Antofagasta … *German Council*, nicht wahr? Auch den Chef hat sie nie kennengelernt. Und Grzimek war manchmal tagelang unterwegs, ohne ihr zu sagen, was er vorhatte. Anne hat das alles geschluckt. Ich hab immer allein gelebt, aber natürlich versteh auch ich, daß Liebe blind machen kann. Ein Anruf hat ihr dann allerdings die Augen geöffnet.« Karin Hauptmann bediente sich am Sherry.
»Was für ein Anruf?« fragte Lüders.

»Eine verrückte Sache.« Frau Hauptmann griff nach ihrer Zigarettenschachtel und bot mir eine an. Ich lehnte nicht ab. »Anne war immer extrem anpassungsfähig; mir als fünfzehn Jahre älterer Schwester werden Sie eine solche Kritik nachsehen. Positiv ausgedrückt, bedeutet das: Sie war ein Sprachtalent. In Chile hat sie in kurzer Zeit das südamerikanische Spanisch gelernt. Zumindest am Telefon hat niemand gemerkt, daß sie keine Einheimische war. Ich habe ihr immer geraten, sich beim *German Council* um eine Lehrerstelle zu bewerben, schließlich haben die Deutschunterricht angeboten. Warum das nie geklappt hat, ist mir nun klar.«
»Warum hat das nicht geklappt?« wollte ich wissen.
»Es gibt keinen *German Council*«, sagte Karin Hauptmann überzeugt.
»Aber er ist im Grundbuch als Inhaber eines bestimmten Gebäudes eingetragen«, wandte Lüders ein.
»Eine Briefkastenfirma«, behauptete unsere Gastgeberin.
»Erzählen Sie von dem Telefonat«, bat ich.
»Dazu eine Vorgeschichte: Grzimek hat immer versucht, Annes Anwesenheit geheimzuhalten. Das ist mir und meiner Schwester erst allmählich bewußt geworden, aber offenbar gab es ein höheres Interesse, das Grzimek verbot, mit einer Frau anzureisen. Überzeugt war ich davon, nachdem eine Frau bei Grzimek angerufen hatte. Sie hielt Anne offenbar für eine chilenische Liebschaft von Horst und stellte sich als Leonce Büchner vor.«
»Eine Frau?« Eigentlich hatte ich Karin Hauptmanns Rede nicht unterbrechen wollen, aber ich konnte nicht an mich halten.
»Eine Frau.« Karin Hauptmann verteilte Sherry. »Anne war so durcheinander, daß sie sofort einen Rückflug buchte. Ich wollte sie in Tegel abholen, aber zwei Herren mit mehr Macht als eine liebevolle Schwester kamen mir zuvor. Alliierte, wenn Sie verstehen. CIA-Leute. Die haben Anne sechs Stunden verhört.«
»Und?« Mehr als Lüders hätte auch ich nicht fragen können.
»Sie haben ihr zweitausend Mark im Monat geboten, wenn sie

Grzimek ausforscht.« Karin Hauptmann lehnte sich in ihr Biedermeiersofa zurück, schloß die Augen und inhalierte den Rauch ihrer *Dunhill,* als wäre dies der letzte ihr verbliebene Genuß.
»Hat sie eingewilligt?« fragte ich.
»Ich weiß es nicht.« Karin Hauptmann öffnete ihre Augen wieder. »Zwei Wochen später flog sie nach Chile zurück. Vielleicht, weil Liebe blind macht. Oder für zweitausend Mark. Ich hab sie dann nur noch einmal gesehen. Sie war wieder in Berlin, Horst auch. Sie ist bei mir zum Frühstück gewesen und wollte Grzimek besuchen. In der Schaumburgallee. Seitdem ist sie verschwunden.«
»Haben Sie das alles eigentlich unseren Kollegen von der Vermißtenstelle erzählt?« erkundigte ich mich.
»Natürlich nicht.« Karin Hauptmann begann zu kichern.
»Warum nicht?«
»Ich bin seit zwölf Jahren invalidisiert. Offizieller Grund: Paranoide Schizophrenie. Verfolgungswahn, wie man so sagt. Das haben die Ärzte klug inszeniert.«
»Und der inoffizielle Grund?« fragte der kluge Lüders.
»Sie machen Experimente mit mir.«
»Was für Experimente?«
»Wie man einen Atomschlag überlebt.« Karin Hauptmann hatte alle Scham verloren und trank aus der Flasche. »Sie gehören auch dazu.«
»Wozu?«
»Sie sind Mutanten. Mutanten haben die besseren Überlebenschancen. Nur Sie können Anne finden. Ich denke, Sie ist auch längst umgewandelt worden.«
Karin Hauptmann schiffte ein. Lüders, der eine soziale Ader besaß, griff nach dem Telefon, um einen Arzt zu rufen. Ich hielt ihn zurück. Für Karin Hauptmann gab es keine Ärzte. Für sie existierte nur eine Verschwörung von Feinden, in der wir unseren Platz hatten. Vielleicht hatte sie recht.

4

Zur Visite im FrauenHaus begab ich mich allein. Gesine traf ich im Café an, diesmal ohne die beiden anderen Frauen und in sichtlich schlechter Verfassung: Die Ringe unter ihren Augen wirkten fast schwarz, ihr Gesicht war geschwollen. Vor sich hatte sie eine Flasche Wein, die bereits zur Neige ging, und der Aschenbecher war so voll, daß ein paar Kippen über den Rand gefallen waren. Ich vermutete, daß die Nachricht von der qualvollen Lage ihrer Ex-Geliebten auch zu ihr vorgedrungen war und sie deshalb unmittelbar vor dem Verzweifeln stand. Obwohl ich selbst Mitgefühl nötig hatte, beschloß ich, mich von meiner behutsamen und zarten Seite zu zeigen.

»Was Schlimmes passiert?« fragte ich leise. Gesine schüttelte heftig den Kopf und griff nach meinen Zigaretten, ich gab ihr Feuer. Um ihr nicht zu nahe zu treten, übte ich mich in Geduld und besorgte eine neue Weinflasche am Tresen. Gesine kaute auf ihrer Unterlippe herum. »Machst du dir auch Sorgen wegen Susa?« versuchte ich es noch einmal.

»Wegen Susa?« Gesine schaute mich aus trüben Augen verständnislos an. »Susa? Was ist mit ihr?«

»Also handelt es sich nicht um sie«, stellte ich statt einer Antwort fest.

»Ja, schöne Scheiße, ihretwegen können wir den Infoladen nur noch für zwei Stunden öffnen.« Das klang nicht, als ob es Gesine wirklich bewegen würde. Sie hatte bei weitem andere Sorgen.

»Gesine, bitte, sag mir, was passiert ist«, verlangte ich.

»Weißt du, Bullin«, sie nahm einen tiefen Schluck vom billigen Roten, »Anna-Maria war eine Art Ziehkind von mir. Ich liebe sie und bin zugleich ihre politische Mentorin. Mensch, Frau, sie kam aus ganz beschissenen Familienverhältnissen. Typische Ausreißerkarriere, wenn du verstehst, mit allem Drum und Dran. Hat auf der Straße gelebt. Ist auf den Strich gegangen, und zwar auf den übelsten. Na, und Drogen und das Übliche.

Bei mir hat sie 'n Zuhause gefunden und 'nen Muttterersatz. Liebe, Wärme, 'ne politische Heimat, 'ne Aufgabe. Wegen der Sache mit Ulrike ... Oh, shit!« Gesine wischte sich die Augen. »Wir wollten gemeinsam die Redaktion von *Männer&Gewalt* schmeißen. Das Bezirksamt hätte sogar 'ne halbe Stelle finanziert, die hätte natürlich Anna bekommen. Zum erstenmal mit einem vernünftigen Job 'n bißchen Kohle verdienen, das wär's gewesen. Und was passiert dann? Was passiert immer dann, wenn es so aussieht, als ob was klappen könnte? Schon bei Annas erster Recherche ... Mußte sie sich doch in 'nen Kerl verknallen. Einen Architekten auch noch. So 'nen Handlanger der Miethaie. Ich komm darüber nicht hinweg. Meine Anna wird eine Spießerin.«

»Ach, du Schreck!« Mehr sagte ich nicht. Etwas Besseres hätte Anna-Maria sicher nicht widerfahren können.

»Es geht ja gar nicht um mich«, fuhr Gesine fort. Nein, um sie ging es natürlich nicht, Gesine war vollkommen altruistisch. »Aber versteh mal, Anna ist 'ne hundertprozentige Lesbe, die rennt doch in ihr Unglück. Sitzt eines Tages da mit paar Schreihälsen von Kindern und 'nem Mann, dem sie den Orgasmus vorspielen muß, sonst streicht er ihr das Haushaltsgeld.«

»Schreckliche Vorstellung«, heuchelte ich. Auch ich saß schließlich mit einem Schreihals von Kind herum, das ich niemals missen wollte.

»Aber Schluß mit dem Gejammer«, ermahnte sich Gesine, zur Rolle der starken Frau zurückzukehren. »Sag, was ist mit Susa geschehen?«

»Ich bin genauso durch den Wind wie du«, bekannte ich. »Und ich hab nur einen Wunsch: daß zwei Sachen nichts miteinander zu tun haben. Die erste Sache ist, daß dieser Folterknecht wieder eine Frau in seiner Gewalt hat. Die zweite: Susa ist weg.«

»Scheiße!« schrie Gesine. Im Café wurde es still. »Und ich nerv dich mit meinem Kleinscheiß.«

»So klein ist der ja nicht«, meinte ich. »Ich möchte dich aber um eines anflehen: Vergiß für ein paar Tage deine Vorbehalte gegen mich und hilf mir.«

»Na, klar.« Gesine trank.
»Danke.« Ich beugte mich vor und stützte meine Arme auf den Tisch. »Gesine, an Ulrike Schell hat sich mal ein glatzköpfiges Mädchen gewandt, um ihr davon zu erzählen, wie es von den Eltern mißbraucht wird. Sowohl vom Vater als auch von der Mutter. Die es immer mit der Peitsche geschlagen haben. Vielleicht … Also ich denke, da du nun die Redaktion übernommen hast … Ich muß alles erfahren, was du darüber weißt.«
»Es gibt eine Notiz von Ulrike«, sagte Gesine und langte nach meiner Zigarettenschachtel.
»Was für eine Notiz?«
»Ich versteh sie selbst nicht«, erklärte Gesine. »Es ist nur ein Zettel. In ihrer kleinen Stichwortkartei. Rubrik *Notzucht mit minderjährigen Mädchen*. Da steht dann noch *Vater und Mutter*! drauf. Und *Spreegrund.*«
»Ich habe Hinweise … Es ist jetzt egal, woher … Also ich habe Hinweise, daß Ulrike mit dem Vater dieses Mädchens telefoniert haben könnte. Findet sich denn keine Rufnummer auf dem Kärtchen?«
Gesine schüttelte den Kopf.
»Allerdings«, sagte sie nach einer Zeitlang.
»Was?«
»Ein Name stand da noch.«
»Welcher Name?« Ich hielt beinahe den Atem an.
»Oh, verdammt, ich bin nicht mehr ganz nüchtern.« Um ihre Aussage zu bekräftigen, setzte sie abermals die Weinpulle an.
»Wir könnten ja nachschauen. Oben auf meinem Zimmer … Nein, ich weiß ihn wieder.«
»Und?«
»Felicitas.«

5

Weit nach Mitternacht traf ich mich mit meinen Kollegen im Kommissariat und stellte mit Erstaunen fest, daß sowohl Lüders als auch Jörg Röder außergewöhnlich frisch wirkten; nur von Diethelm, der ein paar Minuten später eintrudelte, konnte man das nicht behaupten. Nachtarbeit war in unserem Job nichts Seltenes, aber sie zerrte natürlich immer an den Kräften. Als erster erhielt Lüders das Wort, der zusammen mit Jörg die Schaumburgallee auf den Kopf gestellt hatte.

»Error«, sagte er nur.

»Wieso?«

»Weil in der Schaumburgallee während der zurückliegenden fünfunddreißig Jahre kein Grzimek gewohnt hat. Der letzte Grzimek der Schaumburgallee ist im Jahr des Mauerbaus verstorben.«

»Das ist doch absurd«, behauptete ich. »Anne Hauptmann wollte ihren Geliebten schließlich dort besuchen.«

Lüders zuckte nur die Achseln.

»Auch einen Leonce Büchner gibt oder gab es dort nie«, ergänzte Jörg Röder, »dafür allerdings sieben Wagner. Einen Ernst.«

»Immerhin«, sagte ich.

»Wir haben gegen sämtliche Rechtsnormen zum Schutz des Nachtschlafes verstoßen«, setzte Lüders fort, »und Herrn Ernst Wagner mittels Klingelterror dazu bewogen, uns zu empfangen. Ein beeindruckender Mann. Hat gegen die Nazis gekämpft und dachte im ersten Moment, wir kämen von der Gestapo. Blind ist er übrigens auch.«

»Also Error«, gab ich zu.

»Auf ganzer Linie«, bestätigte Jörg.

»Und du, Diethelm?« Es konnte doch nicht immer bloß Mißerfolge geben.

»Dirksen ist hier.« Diethelm stellte eine Flasche Whisky auf den Tisch.

»Das ehrt ihn«, meinte Lüders. »Will er bei uns eine Kneipe eröffnen?«
»Nein, das ist der Journalist, von dem ich euch erzählt habe. Publizist, darauf legt er Wert. Den Stoff braucht er zum Nachdenken.«
»Netter Kerl, wenn er sich für uns die Nacht um die Ohren schlägt«, lobte ich.
»Ich hab ihm 'ne Exklusivgeschichte versprechen müssen«, bekannte Diethelm kleinlaut.
»Wenn das so weitergeht bei uns mit der Rechtsbeugung«, sagte ich, »wird die Achte Mordkommission wohl bald wieder aufgelöst. Herein mit dem Mann!«
»Kennen Sie meine Bücher?« war das erste, was Publizist Dirksen von mir wissen wollte. Er hatte die typische Trinkerphysiognomie mit schlaffen Wangen und blauen Äderchen auf der Nase.
»Vage«, log ich.
»Eins hab ich Ihnen mitgebracht.« Dirksen legte es in meine Hand. Das Buch hieß *Lauscher und Belauschte* und war eine Waffe; man konnte ohne großen Kraftaufwand einen Widersacher mit dem Schinken erschlagen. Ich bedankte mich artig und beschloß, es Jim zu schenken, meinem kleinen Mutanten.
»Unser Mitarbeiter hat Sie informiert, wo unsere Interessen liegen?« erkundigte ich mich.
»Allerdings.« Dirksen bedachte die Whiskyflasche mit einem liebevollen Blick. Ich überlegte, was ich mit Diethelms Quittung anfangen konnte, und kam zu dem Schluß, daß der Whisky auf meine Rechnung gehen würde. »Hab zwei Stunden mit Kollegen telefoniert, die im selben Segment tätig sind wie ich.«
Ich schraubte den Verschluß von der Flasche und ließ Dirksen nicht aus den Augen. In Segmenten tätig zu sein, war augenscheinlich nicht erquicklich.
»Eins steht jedenfalls felsenfest.« Dirksen schaute zu Diethelm. Der nickte und suchte im Schrank unter dem Waschbecken nach Gläsern; warum mein Dienstzimmer über einen Wasser-

anschluß verfügte, hatte ich bislang noch nicht herausbekommen. »Das *German Council* ist eine Einrichtung des Bundesvermögensamtes. Im Moment noch wird Sie das verwundern, aber warten Sie ab. Es ist allgemein bekannt, daß der Bundesnachrichtendienst unter dem Mantel dieses Amtes zahlreiche Firmen eingerichtet hat. Eine davon ist die *Büchner & Büchner KG* mit Sitz in Liechtenstein. Die haben das *German Council* finanziert. Das es übrigens nur in Chile gab. Es wurde ein paar Monate nach dem Militärputsch etabliert und existierte etliche Jahre. *Büchner & Büchner* hat eine Stiftung für soziale Zwecke in der Dritten Welt eingerichtet, die *Mitteleuropäische Stiftung für soziale Gerechtigkeit*, kurz MESSOG. Die wiederum hat ihre Verwaltung in Genf, wegen der Nähe zu den dortigen UNO-Organisationen. Bis vor sechs, sieben Jahren hieß ihr Geschäftsführer Ernst Wagner. Die MESSOG betrieb lange Zeit zwei Mustergüter in Lateinamerika, eines in Argentinien, eines in der Nähe von Antofagasta in Chile. Das chilenische Gut hatte, soweit bekannt, zwei Mitfinanziers: die *World Coppermine's Corporation* aus den USA und das *Sparkley's Institute for Social Research*, ebenfalls USA. Nach unseren Informationen ist das SIFSOR eine hundertprozentige CIA-Einrichtung gewesen. Aber jetzt hab ich erst mal Durst.«

Sowohl Diethelm als auch ich stürzten sofort los, um sein Glas zu füllen. Diethelm war schneller. Dirksen leerte es in einem Zug, mir drehte sich der Magen um.

»Was für Sie wirklich spannend ist«, fuhr Dirksen in seiner Rede fort, »jedenfalls nach allem, was mir Diethelm erzählt hat: Der Verbindungsmann zwischen MESSOG und SIFSOR war Horst Grzimek. Wir wissen über diesen Mann nur, daß er am Goethe-Institut in Mexico City gearbeitet hat, und zwar ungefähr zu der Zeit, als der Präsident der Republik Chile noch Salvador Allende hieß. Der von der DDR mächtig hofiert wurde, wie Sie sicher wissen. Irgendwann muß der BND Grzimek angeworben haben, womöglich noch vor dem Putsch. Denn die MESSOG war eine Antwort auf die Aktivitäten des Ostblocks in Chile.«

»Wahnsinn«, sagte Jörg. Das brachte auch meine Empfindungen auf den Punkt.
»Ja, womöglich Wahnsinn«, bestätigte Dirksen. »Aber es war Krieg. Kalter, sicher, aber was heißt das schon. Im Kalten Krieg wurde schließlich auch gestorben.«
»Ist Ihnen bekannt«, mischte ich mich ein, »ist Ihnen bekannt, was aus diesen Leuten geworden ist? Aus Wagner und Grzimek zum Beispiel?«
»Wagner hat eine hochrangige Position in Pullach. Zu Grzimek kann ich Ihnen leider gar nichts sagen.«
»Grzimek soll mit einer Frau, genauer, mit einer Geliebten nach Antofagasta gereist sein.« Ich war nicht kleinlich und füllte noch einmal Dirksens Glas. »Mit Anne Hauptmann. Sagt Ihnen der Name etwas?« Dirksen verneinte. »Oder Murmann? Doktor Carla Murmann?« Auch damit konnte Dirksen nichts anfangen.
»Können Sie über diese beiden Personen etwas in Erfahrung bringen?« fragte ich.
»Kommt auf die Gegenleistung an.«
»Von einer Gegenleistung ist mir nichts bekannt.« Ich erhob mich zum Zeichen dafür, daß der Publizist Dirksen vorerst seine Schuldigkeit getan hatte. »Wenn Sie eine Zusage erhalten haben, dann einigen Sie sich mit Diethelm.«
Auch Dirksen stand auf.
»Ihnen ist doch wohl klar, daß ich aus reiner Gefälligkeit hier bin«, erklärte er, »und daß ich keine Protokolle unterschreibe.«
»Mein Kollege wird sich mit Ihren Alibis befassen«, sagte ich und wandte mich ab.
»Warum hast du ihm gedroht?« fragte Röder, nachdem Dirksen in Diethelms Begleitung abgetreten war.
»Ich habe nur klare Verhältnisse geschaffen«, sagte ich. »Er wollte einen Deal, aber die Polizei ist keine Handelsgesellschaft.«
»Er wird nie wieder für uns aus dem Nähkästchen plaudern«, befürchtete Jörg.

»Er säuft, also hat er ein Problem«, erklärte ich. »Es gibt einen wunden Punkt. Wenn wir den gefunden haben, wird er unser begabtester Singvogel.«
»Klingt wie ein Auftrag.«
»Genauso sollte es klingen.«

6

»Spreegrund.« Lüders massierte sein Kinn. »Könnte 'ne Kneipe sein.«
»Könnte«, gab ich zu. »Oder *Felicitas* ist eine Kneipe. Im Spreegrund.«
»So ein anspruchsvoller Name?« Lüders wiegte bedenklich den Kopf. »Spreegrund klingt dafür zu proletarisch. Nach Kleingarten oder so.«
»Kein schlechter Tip.« Ich kramte einen Stadtplan aus meinem Schreibtisch. »Man muß bloß mal die Spree mit dem Finger abfahren.«
»Tu das.« Lüders war offenbar nicht bei der Sache.
»Du wirkst nicht sehr überzeugt«, stellte ich fest.
»Doch, doch. Ich denk nur nach. Über diese Murmann. Sollte die nicht mal Staatssekretärin werden?«
»Keine Ahnung. Diese ganze Führungsclique ist mir ziemlich schnurz.«
»Aber da war mal was.« Lüders zermarterte sich das Hirn. Ich war mit meiner Fingerreise beim Spandauer Hafen angelangt.
»Ja, doch«, spann Lüders seinen Faden weiter. »Die Frau ist CDU. Und die Opposition hat etwas ausgegraben. Mal überlegen, wann das war. Nach der letzten Wahl zum Abgeordnetenhaus? Oder davor noch? Kein dunkler Fleck auf ihrer weißen Weste, nee, nee. Eher ein blinder Fleck.«
»Mit wem sprichst du eigentlich?« wollte ich wissen.
»Nur mit dem Universum«, beschied mir Lüders.

»Ach, so.« Ich reiste noch zehn Zentimeter weiter, dann hatte ich es. »Stop!« rief ich sofort. Aber bevor ich Lüders meine Entdeckung mitteilen konnte, klingelte das Telefon.
»Ja, bitte«, meldete ich mich wie gewohnt.
»Mam?« Jim rief mich nur selten auf der Arbeit an, und nie um zwei Uhr dreißig.
»Was ist denn, Junge?« Ich war von den Nylons.
»Hier hat schon zweimal so'n komischer Mann angerufen«, sagte Jim.
»Was für ein Mann?«
Den Anschiß dafür, daß er noch wach war, ersparte ich uns beiden.
»Naja, Mam, wenn du jetzt nicht sauer bist«, begann mein Sohn.
»Nein, Jim, ich bin nicht sauer.«
»Dein Sprößling?« Auch Lüders war nun aufmerksam geworden. Ich nickte.
»Ich meld mich doch immer mit Jim the King«, legte mein Sprößling ein Geständnis ab. »Und dieser Typ, na, der lacht dann. Und sagt: Lena, Lena, Lena Wertebach. Ach, ach, ach.«
»Was?« Ich drückte die Taste für den Raumlautsprecher. »Wiederhol's noch mal.«
»Lena, Lena, Lena Wertebach. Ach, ach, ach.« Jim war gehorsam. »Und im Hintergrund weint eine Frau.«
»Okay, Jim.« Auch wenn der Wahnsinn nahte, mußte ich vernünftige Entscheidungen treffen. »Schließ die Wohnungstür von innen ab. Ich bin gleich bei dir.«
»Ich komm wohl besser mit«, schlug Lüders vor.
»Nicht nötig. Das schaff ich allein.« Ich schloß unseren Panzerschrank auf und nahm das Schulterholster mit der *Walther* heraus.
»Sicher, Lena?«
»Nein. Aber ich hab da was Wichtigeres für dich.« Ich drehte den Stadtplan so, daß auch Lüders einen Blick auf die Karte werfen konnte. »Dort.« Ich tippte auf die Stelle. »An der Rohrdammbrücke. Kolonie *Spreegrund*.«

»Da ist ja sogar 'ne Eisenbahn«, sagte Lüders.
»Genau«, sagte ich. »Da ist sogar 'ne Eisenbahn.«

7

Als Lüders in die Aroser Allee einbog, forderte sein Autotelefon Zuwendung. Nach einigem Zögern hatte ich schließlich doch in Lüders' Vorschlag eingewilligt, Jim zu seinem Vater zu bringen und dann gemeinsam die Schrebergartenkolonie *Spreegrund* zu besichtigen. Lüders bat mich, das Gespräch entgegenzunehmen. Am anderen Ende der Leitung war Wiesenburg.
»Ich war doch heut mit Petersen im Studio«, entschuldigte er sich, »und dann gehn wir immer noch auf ein Bier. Sind leider bißchen abgestürzt. Hab grad mit meiner Frau telefoniert, und die sagte mir, daß was anliegt. Soll'n wir noch kommen?«
»Ihr könnt sowieso nicht mehr fahren«, erwiderte ich streng.
»Ich kann immer fahren«, meinte Wiesenburg beleidigt.
»Jetzt nur noch mit einem Taxi. Wir sehen uns morgen um acht im Kommissariat.«
»Unsere Kraftmeier, die sich ihre abtrainierten Pfunde wieder angesoffen haben?« fragte Lüders.
»Exakt«, sagte ich.
Den dritten Anruf des Mannes, dessen Reimtalent eher beschränkt war, hatte meine investigative Begabung Jim vom Anrufbeantworter aufzeichnen lassen. Ich bedankte mich dafür, indem ich seinen Nacken streichelte und ihn nicht des Zimmers verwies; ich war ohnehin davon überzeugt, daß er das Band längst kannte.
»Lena, Lena, Lena Wertebach. Ach, ach, ach.« Das war nichts Neues. Die Frau allerdings, von der Jim behauptet hatte, sie würde weinen, gab ein paar unartikulierte Laute von sich. Ich erkannte sie trotzdem. Sowohl für einen Wein- als auch für einen Schreikrampf fehlte mir die Kraft. Mir klapperten bloß

die Zähne. Lüders, der die Zeichen zu deuten verstand, rief Brinkmann an und orderte das Spezialeinsatzkommando.
Jim war nicht gerade begeistert von dem Gedanken, bei seinem Vater aufs Abstellgleis gefahren zu werden; zu gern hätte er einem SEK bei der Arbeit zugeschaut.

8

Wenn es um Sondereinsätze ging, waren sie alle da, gleichgültig, wie spät es war; in unserem Falle war es sehr früh. KOR Brinkmann und der SEK-Boß beobachteten von der Rohrdammbrücke aus das Gelände, Schubert, der Chef vom Landeskriminalamt, unterhielt sich mit dem Einsatzleiter der Feuerwehr, der die Notarztwagen zu koordinieren hatte. Sondereinsätze machten Wunder möglich: Sogar Wiesenburg und Petersen wuselten durch die Gegend; wie man sie erreicht hatte, war mir schleierhaft.
Schmidt, unser Kriminaltechniker, kontrollierte den Mordkoffer, den wir wahrscheinlich nicht brauchen würden, die vermummten Spezialkräfte versuchten, den Schäferhund, der das Gelände einer Cateringfirma bewachte, auf ihre Seite zu ziehen. Alles sah für mich danach aus, daß die Aktion schiefgehen würde.
»Guten Morgen, Frau Wertebach«, begrüßte mich Schubert. »Kommen Sie zur Leitstelle, wir müssen die Einsatzlogistik abstimmen.«
»Das hat Zeit«, wehrte ich mich. »Lüders und ich gehen vorerst allein vor. Zur Grundsondierung.«
»Holen Sie sich Funkgeräte«, empfahl Schubert.
Die Kleingartenanlage *Spreegrund* war ein schmaler Streifen zwischen den Bahngleisen und der Spree, der sich zunehmend verengte; am Ende war nur noch Platz für jeweils einen Garten. An diesem kalten Märzmorgen wirkte die Kolonie vollkommen

verlassen; sogar die Häuser, die über eine Ofenheizung verfügten, machten einen unbewohnten Eindruck. In einer Stadt wie Berlin wurde es nie wirklich dunkel; hier ja. Das einzige, schwache Licht stammte von den Warnleuchten an den Schornsteinen des BEWAG-Kraftwerkes *Reuter-West*, die das Aufprallen von Flugzeugen verhindern sollten und mehr verdunkelten als erhellten. Lüders leuchtete mit seiner Taschenlampe die Gärten ab. Es gab nichts zu sehen. Das Spezialeinsatzkommando verursachte nur sinnlose Kosten.
»Moment«, rief uns jemand aus einem Holzhaus entgegen. Es war eine Frau, aber ich zog dennoch meine Pistole aus dem Halfter, während Lüders ins Walkie-Talkie flüsterte. Die Frau trat aus der Tür; sie trug offenbar nur ein Nachthemd, über das sie rasch einen Wintermantel geworfen hatte.
»Ja?« fragte sie. »Oh, Gott«, fügte sie hinzu, als sie meine Pistole sah.
»Entschuldigen Sie die Störung.« Geistesgegenwärtig war ich immerhin noch. Bevor ich mich erklären konnte, richteten zwei Vermummte ihre Maschinenpistolen auf die Frau, und auch Schubert und Brinkmann waren sehr schnell gewesen.
»Nein, nein«, stammelte Brinkmann.
»Nur eine Sicherungsmaßnahme«, fügte Schubert hinzu. »Entwarnung«, befahl er den Einsatzkräften.
»Wenn Sie Ihre Pflicht tun müssen, Herr Schubert«, sagte die Frau erleichtert.
»Was ist denn nun los?« Lüders war vor mir in der Lage zu sprechen.
»Das ist Frau Doktor Murmann von der Senatsinnenverwaltung«, flüsterte Schubert.
»Allerdings«, bestätigte Staatsanwalt Thalbach, den offenbar soeben die Spree geboren hatte.
Ich sah nicht mehr durch und war vollkommen handlungsunfähig. Lüders ließ sich nicht so leicht ins Bockshorn jagen.
»Sie muß festgenommen werden«, sagte er. »Und dann machen wir eine Haussuchung.«
»Sind Sie verrückt?« fragte Brinkmann.

»Nur eine kurzfristige Sicherungsmaßnahme«, beschwor Schubert die Murmann.

»Sicher wegen der vielen Einbrüche in letzter Zeit«, entgegnete sie. Schubert und Brinkmann nickten eifrig, aber das konnte Frau Doktor nicht sehen. Thalbach schlug sich währenddessen auf unsere Seite.

»An die kommen wir nicht ran«, meinte er.

»Vor dem Gesetz sind alle gleich«, sagte ich; das war natürlich ein ausgesprochen naiver Satz.

»Ja, aber manche sind gleicher«, sagte Thalbach vieldeutig und stapfte davon.

Siebentes Kapitel

1

An Schlaf war nicht zu denken, schließlich hatte ich für acht Uhr meine Mitarbeiter zusammengetrommelt, aber ich ließ mich dennoch von Lüders nach Hause fahren; ein Bad wollte ich mir immerhin leisten. Und der Badezusatz mit Rosmarin, den ich mir vor etlichen Wochen gekauft, aber noch nicht ausprobiert hatte, versprach eine belebende Wirkung.

In der Diele lag ein Zettel auf dem Schuhschrank, und da nach Lage der Dinge niemand in den vergangenen Stunden meine Wohnung betreten haben konnte, jedenfalls nicht auf legalem Wege, bereitete ich mich auf die Konfrontation mit einem Mörder vor, der irgend etwas noch Unbekanntes von mir wollte. Zum zweitenmal in dieser Nacht zückte ich meine Dienstwaffe, lud sie aber auch durch; wenn das so weiterging, bestätigte ich noch die Vorstellung aller Krimiregisseure, daß wir Kriminalbeamten ständig mit der Knarre im Anschlag herumliefen. Eigentlich fehlten nur die wehenden Gardinen. Mein Flur hatte allerdings keine Fenster, wie es sich für anständige Flure gehörte.

Als ob ich ihn gleich abknallen wollte, näherte ich mich dem Zettel. Er stammte von Jim. Ich hatte mich mächtig blamiert.

Mam, hatte mein Sohn geschrieben, *bin ich vielleicht ein Paket, das man irgendwo aufgeben kann?*

Da war er also zu einer Zeit, da nur noch die Nachtbusse unterwegs waren, von seinem Vater ausgerückt und nach Hause zurückgekehrt, was mir alles andere als gefiel, wenngleich eine der Nachtlinien durch die Aroser Allee führte; mein Sohn hatte nicht in den frühen Morgenstunden durch die Stadt zu fahren, dafür war er noch zu jung. Auf Zehenspitzen schlich ich mich in

sein Zimmer. Jim lag auf der Seite, hatte eine Wange auf die Hand gebettet und schnaufte leise vor sich hin. Ich fuhr ihm übers Haar und gab ihm einen Kuß: Er hatte mich nicht allein lassen wollen mit dem Wust an Problemen, der auf meinen Schultern ruhte, und das rechnete ich ihm hoch an.
Ich verbrachte eine halbe Stunde in der Badewanne, und dieses Rosmarin schien tatsächlich den Kreislauf anzuregen; meine Lebensgeister blieben zwar träge, aber sie schliefen zumindest nicht ein.
In der Küche gab ich so viel Kaffee in die Maschine, daß ich Patricia Konkurrenz machen konnte, dann deckte ich den Tisch. Ich fand ein paar harte Brötchen, die ich wässern mußte, bevor ich sie aufbacken konnte, Margarine hatte ich im Haus, Pflaumenmus und einen Zipfel Paprikasalami, die zwar schwitzte, aber durch meine Geruchsprobe für genießbar befunden wurde. Nachdem ich meine Vorbereitungen für ein Frühstück von Mutter und Sohn erfolgreich abgeschlossen hatte, weckte ich mein Paket. Wie immer wollte es nicht aufstehen.
»Noch 'ne Viertelstunde«, forderte Jim.
»War eine kurze Nacht für dich, was?«
Jim brummte und drehte sich von mir fort.
»Komm jetzt, Jim, wir müssen beide auf Schicht«, sagte ich.
»Äh, Schule«, klagte Jim, »Doppelstunde Mathe bei diesem bescheuerten Grüttke. Wir nehmen schon seit Wochen denselben Käse durch.«
»Und was macht ihr mit dem Käse? Berechnet ihr seinen Rauminhalt? Oder, falls es ein runder Käse ist, seinen Durchmesser? Pi mal Daumen ist gleich Käse?«
»Du, Mam?« Jim hatte sich nun doch aufgerichtet. »Was ist das für ein Typ, der hier nachts anruft und Schwachsinn labert?«
»Ein Irrer«, erklärte ich, »aber kein Schwachsinniger.«
»Einer wie Grüttke«, meinte Jim entschieden.
»Ja, in der Tat, es könnte ein ehemaliger Lehrer sein. Dem alle Sicherungen durchgebrannt sind.«
»Aber das«, behauptete mein Sohn, »trifft doch für alle Pauker zu.«

2

Mein erstes Telefonat an diesem Morgen führte ich mit dem Rechtsmediziner Doktor Basing, bei dem ich mich mit aller gebotenen Vorsicht danach erkundigte, ob er und Roth sich bei der Altersbestimmung des Skeletts aus dem Tegeler Forst nicht geirrt haben könnten. Basing konterte sofort mit einem längeren Vortrag über die Schwierigkeiten, die sich bei der Feststellung des Alters einer erwachsenen Leiche allein anhand eines Knochenfundes ergaben; bei Kindern und Jugendlichen reiche ja eine Untersuchung des Ossifikationsgrades aus, um exakte Ergebnisse zu erzielen, bei Erwachsenen sei das alles jedoch unendlich komplizierter. Der Doktor überschüttete mich mit einem Schwall von Fachchinesisch, in dem immer wieder so geheimnisvolle Worte wie Humerus, Femur und Symphyse vorkamen, er schwadronierte über Epiphysenlinien und die Dichte der Kortikalis, und am Ende war ich so schlau wie zuvor. Immerhin versprach mir Basing, noch einmal mit Doktor Roth in Klausur zu gehen; vielleicht würde die Leiche dabei altern.

Kriminalrat Bergander, der Chef der Vermißtenstelle, stöhnte auf, als ich sein Büro betrat. Er klopfte demonstrativ auf die Ermittlungsvorgänge, die sich auf seinem Schreibtisch stapelten, und murmelte etwas von Alptraum, Arbeitsüberlastung und der wachsenden Lust des Bürgers, einfach zu verschwinden.

»Alle hauen ab«, sagte er, was ich übertrieben fand, denn wenn ich mich auf den Straßen umschaute, schienen viele doch noch da zu sein. »Vor allem Kinder, allein sieben Stück in der letzten Woche. Und Greise. Verwirrte Rentner, die Wälder mit Seniorenheimen verwechseln, alte Damen, die ihren Einkauf erledigen wollten, und nach 'nem halben Jahr kommt zufällig mal die Tochter vorbei und stellt fest, daß der Einkauf ziemlich lange dauert. Tja, und dann beginnt das Elend erst, denn solange die gute Oma nicht für tot erklärt oder im nämlichen Zustand aufgefunden wurde, kann nicht geerbt werden. Es ist ein Kreuz, sag ich Ihnen, wenn ständig Leute hier anrufen und sich erkundigen, ob sie nicht endlich aus dem Status der sich Sorgenden in den der Hinterbliebenen wechseln können.«

»Ich seh ja ein, daß es mehr Vermißte als Ermordete gibt«, spendete ich meinen Trost, »aber denken Sie doch mal an die Kollegen vom Diebstahl. Die haben so viel zu tun, daß sie nur noch dazu kommen, ihre Akten umzuschichten.«

»Ich halte das für eine vergleichsweise angenehme Tätigkeit«, meinte Bergander, »aber nun zu uns. Bitte mißbrauchen Sie meine Zeit.«

»Hauptmann, Anne«, sagte ich.

»Geburtsdatum?«

Ich nannte es. Bergander tippte die Angaben in seinen Computer.

»Wird immer noch vermißt«, erklärte er knapp.

»Das weiß ich. Seit vier Jahren.«

»Deswegen ruhen schließlich die Ermittlungen.«

»Haben Sie denn versucht, diesen Grzimek zu finden?« fragte ich. »Zu dem war Anne Hauptmann doch unterwegs.«

»Haben wir«, sagte der Kriminalrat.

»Und?«

»Nichts.«

»Sie haben gründlich ermittelt?«

»Was glauben Sie denn?« Bergander nahm seinen Blick vom Display und schaute zu mir.

»Daß Sie ermittelt haben«, sagte ich zweideutig.

»Wir haben die üblichen Maßnahmen eingeleitet«, bestätigte der KR, was immer das heißen mochte. »Wenn wir uns wegen jeder Sache ein Bein ausreißen würden, wären wir alle Rollstuhlfahrer. Geben sie mir hundert Planstellen, und ich finde für Sie sogar den entflogenen Wellensittich.«

»Danke«, sagte ich und ging hinaus.

Bei Brinkmann tagte ein kleiner Krisenstab, der nur aus meinem unmittelbaren Chef und aus Schubert bestand, und nachdem sich die beiden über ihre große Verantwortung ausgelassen hatten, wie sie ihre typisch männliche Feigheit zu nennen pflegten, gaben sie mir bekannt, daß sie soeben den Beschluß zur Bildung einer Sonderkommission gefaßt hätten. Die SoKo sollte *Sieben aus sechsundneunzig* heißen, aber falls mir eine griffigere Bezeichnung einfiele, dürfte ich meinen Vorschlag gern äußern. Ich fand *Folter* ziemlich griffig, aber meinen Chefs erschien das zu hart, so daß es wohl bei der Bezeichnung bleiben würde, die mich an ein Gewinnspiel gemahnte. Womöglich gab es sogar etwas zu gewinnen: Das Leben von Susanna.

Damit, daß mir die Leitung der Ermittlungen entzogen werden sollte, hatte ich gerechnet, aber es wurmte mich dennoch, nicht mehr meine eigene Frau zu sein. Koslowski, der Stellvertreter Brinkmanns, sollte der Kopf der *SoKo 7/96* werden, und er hatte auch schon eine Beratung anberaumt, als ob wir Zeit für aufwendige Beratungen hätten. Ich fügte mich aber: Irgendwie würde es mir schon gelingen, Koslowski auszubremsen.

Um für alles, was mir noch bevorstand, gerüstet zu sein, stärkte ich mich bei meiner Sekretärin mit einem Kaffee. Patricia, wiewohl jünger als ich, bemutterte mich mit einem Stück selbstgebackenen Streuselkuchens, für den sie, wie sie mir erklärte, immer schön viel Butter verwenden würde, und so schmeckte er. Auch meine Crew schien das zu wissen: Patricia versicherte, daß die Männer ständig in der Tür stünden, in den Raum schnupperten und so taten, als hätten sie just vergessen, was sie eigentlich gewollt hatten; Patricia hatte den Kuchen jedoch für mich reserviert. Während ich in der Eingangspost stöberte, meldete sich der Beamte von der Pforte und teilte mir mit, daß ein Mann vom *Tagesspiegel* mich umgehend zu sprechen wünsche. Falls er auf ein Interview oder Hintergrundinformationen spekulierte, war er bei mir an der falschen Adresse, aber ich ließ ihn dennoch heraufbringen.

Der Mann vom *Tagesspiegel* wollte nichts von mir. Er brachte mir etwas. Eine Kassette.

»Steckte heut morgen in unserem Briefkasten«, sagte er. »Und unser Chef meinte … Da es sich doch um Sie handelt, und wir keine Sensationszeitung sind …«

»Woher ist Ihnen bekannt, daß ich in dieser Angelegenheit tätig bin?« erkundigte ich mich.

»Wir haben das Band abgehört. Nicht alles. Es ist zu ... zu furchtbar.« Der Mann schien tatsächlich keiner von den brutalen Sensationsjägern zu sein, was mich für ihn einnahm, und so bat ich Patricia, ihn mit Kaffee und Streuselkuchen zu versorgen, auch wenn der Kuchen eigentlich nur für mich bestimmt war. In meinem Arbeitszimmer spielte ich das Band Lüders und mir vor.

Die Dramaturgie seiner barbarischen Hörspiele hatte der Absender nicht verändert, und so begann es mit einem Schrei, der mir das Blut gefrieren ließ; lange würde ich diese Torturen nicht mehr aushalten, Susa gewiß noch weniger. Nachdem der Schrei verstummt war, meldete sich der Mann zu Wort.

»Lenchen, Lenchen«, sagte er und lachte. »Soll ich dir erzählen, was ich mit deiner Freundin alles anstelle? Willst du es wissen? Lieber nicht? Schon was Neues zu Harriet Stone? Aber du weißt ja längst, daß du im Forst nicht Harriet gefunden hast. Du bist klug, Lenchen, aber nicht klug genug. Woher ich das weiß? Ich bin immer in deiner Nähe. Ich sitze in deinem Kopf.«

»Der fühlt sich sehr sicher«, meinte Lüders.

Mir platzte der Kragen; ich hatte genug von dem Spiel, daß dieser entfesselte Wahnsinnige auf Susas Kosten mit mir trieb.

3

Doktor Carla Murmann war im Innensenat am Fehrbelliner Platz für das zuständig, was im Bürokratenslang Polizeiaufsichtsaufgaben genannt wurde, also für die verwaltungsmäßige Kontrolle der Berliner Polizei. Das bedeutete alles mögliche, hieß aber nicht, daß Frau Murmann über den Stand unserer Ermittlungen informiert sein konnte; die Arbeit der Mordkommissionen war aus Sicherheitsgründen selbst dem Polizeipräsidenten nur in groben Zügen bekannt, denn schließlich konnte auch er zum Mörder werden oder ein Mörder sein. Die undichte Stelle in unserem Apparat, deren Existenz ich seit dem letzten Tonband für wahrscheinlich hielt, mußte sich in meiner Nähe befinden, und das verstörte mich.

Frau Doktor Murmann, die ich zum erstenmal bei Tageslicht sah, wirkte wie fast alle Beamtinnen, die auf hoher Ebene agierten; sie trug ein graues Kostüm von eleganter Strenge, eine weiße Bluse mit einer Perlenkette und schwarze Pumps. Ihr Haar war von einem mittleren Blond, und es war ausgesprochen sorgfältig frisiert. Mit einer gelassenen Handbewegung wies uns Doktor Murmann die Plätze zu, die uns zustanden: zwei Stühle vor ihrem Schreibtisch.

»Ich vermute, Sie wollen sich für die nächtliche Störung entschuldigen«, begann sie unser Gespräch.

»Ich vermute«, ahmte ich sie nach, »das hat Schubert bereits hundertmal getan.«

»Kriminaldirektor Schubert«, fügte Lüders hinzu.

»Leitender Kriminaldirektor«, setzte ich noch einen drauf.

»Er war mir schließlich ein paar Erklärungen schuldig«, meinte die Murmann, »etwa die, warum sich neuerdings Mordkommissionen mit Einbrüchen in Laubenkolonien befassen.«

»Welch ein Mißverständnis!« rief ich dramatisch. »Mordkommissionen beschäftigen sich immer noch mit Tötungsdelikten.«

»Von einem Tötungsdelikt in der Kolonie *Spreegrund* habe ich nichts mitbekommen. Und es ist eine sehr kleine und überschaubare Kolonie.« Die Murmann war aalglatt, aber wenn man es klug anpackte, bekam man auch Aale zu fassen.

»Die Parzelle im Spreegrund gehört Ihnen?« wollte ich wissen.

»Ich sehe nicht, daß Sie das etwas anginge«, erwiderte Frau Doktor.

Ich schlug mir an die Stirn.

»Ach, ich habe ja vergessen, Ihnen mitzuteilen, daß wir Sie als Zeugin vernehmen. Falls ich Sie über unser rechtsstaatliches System aufklären darf: Eine solche Vernehmung können Sie mir nicht abschlagen. Oder genießen Sie Immunität?«

»In welcher Sache werd ich denn verhört?« Frau Murmann schien sich prächtig zu amüsieren.
»In der Mordsache Ulrike Schell«, sagte ich.
»Nie gehört.« Carla Murmann zuckte die Schultern. »Aber bitte, wenn Sie sich von mir Hilfe erhoffen, dann stellen Sie Ihre Fragen.«
»Gehört die Parzelle im Spreegrund Ihnen?« wiederholte ich.
»Nein.«
»Wem dann?«
»Der öffentlichen Hand.« Frau Murmanns Stimme bekam einen belehrenden Unterton. »Genauer: Dem Bezirk Charlottenburg. Er hat das Land an den Kleingartenverein verpachtet, und jeder Nutzer ist Unterpächter.«
»Und Sie sind eine Unterpächterin?«
»Unterpächterin?« Die Murmann lächelte. »Klingt ja nach Feminismus. Nein, ich bin keine Unterpächterin.«
»Und wer hat die Parzelle, auf der wir Sie in der Nacht aufgestöbert ... oh, Verzeihung, gestört haben ... wer hat diese Parzelle untergepachtet?«
»Sie stellen mir seltsame Fragen.« Doktor Murmann schüttelte den Kopf. »Die Parzelle hat sicher niemanden getötet.«
»Ein Anruf beim Kleingartenverein, und wir haben den Pächter«, mischte sich Lüders ein.
»Er heißt Grzimek.«
»Horst?« Nun war ich baff.
»Sie kennen ihn?« fragte die Murmann. Selbst dem dümmsten Bullen durfte nun klar sein, daß sich die Frau verstellte und immer nur preisgab, was wir ohne Schwierigkeiten selbst ermitteln konnten.
»Sie auch«, stellte ich fest. »Woher?«
»Von einem Auslandsaufenthalt. Zehn Jahre liegt der zurück.«
»In Chile, nicht wahr?«
»Sie wissen ja Bescheid.« Carla Murmann tat erstaunt.
»Was haben Sie in Chile gemacht?«
»Urlaub.« Die Antwort kam wie aus der Pistole geschossen.

»Ist denn eine Militärdiktatur so attraktiv?« Auch ein Lüders war auf der Suche nach reizvollen Ferienzielen.
»Ich liebe Südamerika«, behauptete die Murmann.
»In Antofagasta lernten Sie Horst Grzimek kennen?«
»Ja.«
»Wo?« Jedes Wort mußte man dieser blöden Kuh aus der Nase ziehen, aber es würde mir schon noch gelingen, ihren Panzer zu knacken.
»In einem Straßencafé.«
»Einfach so?«
»Im Ausland kommt man schnell mit Leuten in Kontakt.«
»Wie weit ging dieser Kontakt?«
»Es blieb eine flüchtige Bekanntschaft.«
»Und trotz dieser Flüchtigkeit trat Herr Grzimek Ihnen seine Gartenparzelle ab? Oder war er letzte Nacht auch in der Laube? Als eine flüchtige Erscheinung?«
»Ihre Ironie können Sie sich sparen«, verlangte Frau Doktor. »Horst Grzimek war vor etwa zwei, drei Jahren für längere Zeit in Berlin. Seine Frau oder Lebensgefährtin lebte hier, wenn ich mich nicht täusche. Die ist dann wohl verstorben, aber das weiß ich nicht genau. Ich hab mich ein paarmal mit Grzimek getroffen, um Erinnerungen auszutauschen. Eines Tages fragte er mich, ob ich nicht seine Laube und das Gartengrundstück nutzen wolle, er müsse wieder ins Ausland, und es wäre doch schade, wenn alles verkomme. Die Pachtzahlungen mußte ich natürlich übernehmen.« Für ihre Verhältnisse hatte Carla Murmann uns eine Vorlesung gehalten.
»Grzimeks Lebensgefährtin haben Sie also nie kennengelernt?« fragte ich weiter. »Weder in Antofagasta noch in Berlin?«
Sie schüttelte den Kopf und blickte auf ihre Armbanduhr; gleich würde Frau Doktor Murmann einen dringenden Termin beim Innensenator vorschützen.
»Ist Ihnen bekannt, daß Horst Grzimek für den Bundesnachrichtendienst gearbeitet hat?« Lüders nahm mir die Bälle ab.
»Bundesnachrichtendienst? Das ist grober Unfug. Er ist Deutschlehrer. Verbreitet unsere Sprache in der Welt.«

»Die wird dafür sehr dankbar sein«, platzte ich heraus. Frau Murmann beachtete mich nicht.
»Ich habe jetzt Verpflichtungen«, behauptete sie und klopfte auf ihren Terminkalender.
»Entschuldigen Sie!« Lüders war die Höflichkeit in Person. »Nur eine Sache interessiert uns noch, quasi am Rande. Als der letzte Senat die zweite Reihe besetzen wollte, standen Sie doch auch als Staatssekretärin zur Debatte. Warum sind Sie es nicht geworden?«
»Weil ich mich gegen meinen männlichen Mitbewerber nicht durchsetzen konnte.«
»Wir danken Ihnen.« Lüders hatte sich erhoben, mir brannte noch etwas auf der Zunge.
»Haben Sie eigentlich Kinder?« wollte ich wissen.
»Eine fünfzehnjährige Tochter.«
»Die würd ich gern kennenlernen«, bekannte ich.
»Gern«, meinte Frau Murmann.
»Wie heißt sie denn?«
»Felicitas.«
Nun stand auch ich.
»Ihre Hilfe war unersetzlich«, sagte ich, und das entsprach ja auch der Wahrheit. »Auf Wiedersehen!«
Frau Doktor Carla Murmann von der Senatsverwaltung für Inneres, zuständig für die Polizeiaufsichtsaufgaben, verweigerte uns ihre Hand. Ihre Fassade hatte Risse bekommen.
»Wir sind nah dran«, sagte Lüders auf dem Weg zum Wagen.
»Sie wird jetzt reagieren müssen«, überlegte ich. »Also darf sie von nun an keinen unbeobachteten Schritt mehr machen.«
»Da wird die zuständige Fachabteilung wieder mit den Zähnen knirschen«, warf Lüders ein.
»Mir egal. Auch mit knirschenden Zähnen kann man Observationsaufträge ausführen.«

4

Vor Koslowski trugen wir unsere neuesten Ermittlungsergebnisse zusammen, und es war noch einiges andere aufgelaufen. Roth und Basing waren im Verlaufe ihrer ausführlichen Klausur zu dem Ergebnis gekommen, das Alter der Toten aus dem Tegeler Forst doch lieber etwas höher anzusetzen; auf der Grundlage einer nochmaligen Untersuchung der Epiphysen- und Diaphysenstruktur in den großen Röhrenknochen, so hieß das in ihrem Deutsch, könne auch ein Alter zwischen einunddreißig und vierzig Jahren angenommen werden. Oberkommissar Ziegler hatte noch ein paar Namen gefaxt, aber die ließ ich vorerst außer acht, während Koslowski sie natürlich besonders wichtig fand. Jörg Röder hatte über den Publizisten Dirksen in Erfahrung gebracht, daß der Mann ein hochverschuldeter Spieler und deswegen so heiß auf jeden Exklusivbericht war; er brauchte schlichtweg Geld und nochmals Geld. Die Sache mit der Exklusivstory begriff Koslowski nicht, und ich wischte sie schnell vom Tisch und unter den Teppich. Obwohl Carla Murmann sicher nicht als Tatverdächtige angesehen werden konnte, war sie im Moment unsere wichtigste Zielperson, denn zumindest hatte sie etwas mit dem Täter zu tun. Alle unsere Kräfte mußten auf diese Frau konzentriert werden. Koslowski sah das nicht so, und die Observation verursachte dem Chef der *SoKo 7/96* kalte Füße. Daß eine für die Polizeiaufsicht verantwortliche Beamtin selbst unter die Aufsicht der Polizei gestellt werden sollte, kam ihm offenbar obszön vor. Das Töten von Menschen war auch obszön. Mehr als das.

Da Koslowski für den Überwachungsauftrag nicht die Verantwortung übernehmen wollte, wußte ich, wie es weitergehen würde: Der entscheidungsfrohe *SoKo*-Leiter würde zu Brinkmann rennen, der würde seinen Segen bei Schubert suchen, und bis der LKA-Chef sich zu einem Entschluß durchgerungen hatte, verloren wir wertvolle Zeit. Ich mußte ein erneutes Dienstvergehen auf mich nehmen, aber das machte den Kohl nun nicht mehr fett. Wiesenburg und Petersen wurden von mir für die Observation abgestellt; die beiden machten so etwas gern, weil sie dabei nicht denken mußten und unablässig Fast Food in ihre Edelleiber stopfen konnten. Lüders schluckte seine Bedenken hinunter, ich fuhr ins Abgeordnetenhaus, das seit Jahren von einer Großen Koalition gelähmt wurde. Aber die machtgierigen Christen und die schlaffen Sozialdemokraten interessierten mich nicht, mich reizten die Verlierer des Wahlspektakels, die natürlich in ihrem Selbstverständnis auch immer gewannen.

Bei der Fraktion von *Bündnis 90/Grüne* empfingen mich zwei Männer mittleren Alters, die noch einen Rest von fundamentalistischem Charme versprühten und Pullover trugen anstelle von Anzug und Krawatte. Der eine, Kammacher, war ein Frischling auf dem parlamentarischen Parkett, der zweite, Gusella, hatte bereits in den vergangenen Legislaturperioden die Vorlagen nicht gelesen. An Carla Murmann erinnerte er sich erst, nachdem ich ihm einen längeren Vortrag über die Bedeutung dieser Frau gehalten hatte, und er schaute in irgendwelchen Akten nach, um seinem Gedächtnis auf die Sprünge zu helfen. Es sprang dann ganz beachtlich.

»Verzeihen Sie mir«, bat er mich, »aber die Angelegenheit war ja nur eine Glosse. Die Staatssekretäre bestimmt der Senat auf seiner ersten Sitzung, und dann passiert in der Regel nichts Aufregendes mehr. Bei der Murmann gab es dann aber doch ein Problem. Vor fünf Jahren, ja. Profilierungssüchtige PDS-Typen haben eine Kleine Anfrage eingebracht, in der es um mögliche nachrichtendienstliche Verstrickungen der Murmann ging. Also, ich mein, damals war ja die halbe Staatssicherheit in der PDS, die werden schon das eine oder andere gewußt haben. Die Angelegenheit verlief zwar im Sande, aber die Murmann hat auf den Posten verzichtet. Aus Loyalität gegenüber ihrer Behörde, oder wie die so was immer begründen.«

»Sagen Sie mal«, ich hatte in Erfahrung gebracht, was ich wissen wollte, ich konnte mir eine spitze Zunge leisten, »sagen Sie mal, können Sie das mit der Frauenpolitik Ihrer Partei verbin-

den, daß Sie Frauennamen immer mit einem bestimmten Artikel versehen?«
Ich warf mir meinen Mantel über die Schulter und ließ zwei verdutzte Vertreter des schwächlichen Geschlechts zurück; sogar in der Lebenserwartung waren wir Frauen ihnen überlegen.
Um einen Vertreter der PDS zu konsultieren, mußte ich in die Zentrale dieser Meckerpartei fahren, die Susa für opportunistisch und die ich bloß für dämlich hielt. Der Vorstand residierte in Ostberlin in einem sogenannten Karl-Liebknecht-Haus, und die junge Quotenfrau, die mich in Empfang nahm, zeigte sich einigermaßen verwirrt über den Besuch der Kripo, dabei hatten die demokratischen Sozialisten meines Wissens lange keine Millionen mehr verschoben.
Nachdem ich mein Anliegen vorgetragen hatte, versprach mir die Frau sofortige Hilfe und lief aus dem Raum, ich nutzte die Zeit, um ein paar Wahlplakate zu studieren. Wie alle Parteien versprach auch die PDS eine bessere Zukunft, und wie ihre Widersacher verschwieg sie, wer die dafür notwendigen Verschönerungsarbeiten an der Gegenwart bezahlen sollte. Die gescholtenen Miethaie jedenfalls, davon war ich überzeugt, steckten ihr Geld lieber in die Verschönerung von Häusern, in ihre Geschäfte und aufs Konto.
Zu meiner großen Freude wurde ich mit Rüdiger Rutkowski bekanntgemacht. Rüdiger Rutkowski, so erfuhr ich, hatte seinerzeit die Kleine Anfrage im Parlament initiiert und verwaltete nun die Mitglieder. Er war um die fünfzig, hatte sich ansehnliche Tränensäcke erlitten und betrachtete die Mißgestalt der Welt aus zwei Schweinsäuglein. Natürlich hatte auch er ein paar Dokumente mit; Dokumente zu haben war irgendwie chic.
»Ich weiche bis heute nicht von meiner Meinung ab, daß Doktor Murmann bis Ende der achtziger Jahre über enge Kontakte zu westlichen Geheimdiensten verfügte«, erklärte Rutkowski, der offenbar verdrängt hatte, daß diese Geheimdienste mittlerweile ein paar hundert Kilometer östlicher geworden waren.

»Und woraus speisen Sie Ihre Meinung?« erkundigte ich mich.
»Es gab Hinweise«, erwiderte Rutkowski.
»Aus der Bevölkerung?« Das Reden um den heißen Brei verleitete mich zur Ironie.
»Dazu kann ich Ihnen nichts sagen«, behauptete Rutkowski. Etwas anderes hatte ich nicht erwartet.
Mein nächstes Ziel war eine Behörde, die sich umständlich *Der Bundesbeauftragte für die Unterlagen des Staatssicherheitsdienstes der ehemaligen DDR* nannte, obwohl sie, wie bei Behörden allgemein üblich, aus mehr als dieser einen Person bestand. Kooperationsbereit zeigte man sich auch im Inneren des Bundesbeauftragten, aber ich wurde sofort darauf hingewiesen, daß eine Suche Wochen oder Monate dauern konnte. Ich beschwor den Sachbearbeiter, alles Menschenmögliche zu unternehmen, um mir die gewünschte Auskunft zu besorgen, und malte ihm aus, daß er damit Leben retten konnte. Nach zwei Stunden, während der ich in Ruhe über die Traumkarrieren ostdeutscher Pfaffen nachdenken konnte, brachte mir der Aktenverweser zwei Karteikarten.
»Es gibt Verweise auf Vorgänge der *Hauptverwaltung Aufklärung*«, sagte er, »und zwar sowohl Doktor Carla Murmann als auch Horst Grzimek betreffend.«
»Können Sie die Vorgänge beschaffen?« fragte ich.
»Die sind vernichtet«, sagte der Karteikartenmann.
Auf dem Weg in die Keithstraße überfuhr ich beinahe einen Radfahrer.

5

Ich wollte gerade die Beine hochlegen, als Patricia mein Zimmer stürmte. Sie war sehr aufgeregt.
»Ein glatzköpfiges Mädchen«, stammelte sie. »Wegen unserer

Fahndung. In Pankow haben sie ein glatzköpfiges Mädchen auf dem Revier.«

Also mußte ich wieder los.

Während der Fahrt rief ich Wiesenburg und Petersen an. Petersen, der das Telefon bediente, mußte erst einmal einen Bissen hinunterschlucken, bevor er antworten konnte. Frau Doktor Murmann war vor einer halben Stunde in ihrem Haus in Gatow eingetroffen. Gatow war für mich ungefähr so weit entfernt wie Neuseeland.

Bevor ich mich dem Mädchen mit der Glatze widmen konnte, erreichte mich ein Anruf. Ich war gerade dabei, die magische Grenze zum Osten zu durchbrechen.

»Es ist noch ein Müllsack aufgetaucht«, sagte Lüders.

»Was für ein Müllsack?« Verscheißern konnte ich mich allein.

»Mit zwei Frauenbeinen und einem Arm.«

Jetzt begriff ich.

»Wo?«

»In Dänemark. Auf einem Güterzug. Der kam aus Berlin.«

Das Mädchen von Pankow stellte sich schnell als Flop heraus. Es war eine gewöhnliche Skinheadbraut, die möglicherweise ebenfalls von Mam und Dad mißbraucht und geschlagen wurde, aber mit unserem Fall absolut nichts zu tun hatte. Ich jagte in die Keithstraße zurück. Dort traf ich nur noch Diethelm und Jörg Röder an.

»Lüders schon zu Hause?« wollte ich wissen.

»Nee, nee«, sagte Diethelm, »der ist zum Güterbahnhof nach Ruhleben gefahren.«

»Warum das?«

»Der Zug, auf dem sie in Dänemark die Leichenteile entdeckt haben, ist in Ruhleben beladen worden«, erklärte Diethelm.

»Verstehe.« Ich nickte.

»Das ist noch nicht alles«, sagte Jörg. »Lüders hat auf der Karte nachgesehen. Ein Gleis führt vom Güterbahnhof direkt an der Kolonie *Spreegrund* vorbei.«

6

Ich war auf eine ereignisreiche Nacht eingestellt, aber da ich einen Sohn zu versorgen hatte, verlegte ich mein persönliches Headquarter für ein paar Stunden in meine Wohnung: Offiziell liefen alle Fäden bei Koslowski zusammen, aber der war sicher froh, wenn er in Ruhe gelassen wurde. Jim, offenbar von dem Wunsch beseelt, mir mein derzeit unerträgliches Leben zu erleichtern, hatte nicht nur abgewaschen, sondern auch die ungeliebteste Hausarbeit erledigt und den Mülleimer hinuntergebracht. Zu Hause war er nicht, aber er hatte schließlich das Recht, hin und wieder seine Kumpel zu besuchen. Ich begann, das Geschirr in den Schrank zu stellen. An den meisten Tellern klebten Speisereste, und alle Gläser waren schmierig. Damit Jim keine Krise bekam, spülte ich schnell noch einmal ab.

Jim kam vom Fußballspielen. Er war erhitzt und dreckig, aber ich nahm ihn trotzdem in den Arm; bei unserem Waschautomaten hatte ich nicht aufs Geld geschaut.

Vielleicht war es doch kein guter Einfall gewesen, die Zentrale der *SoKo 7/96* in meiner Wohnung einzurichten, denn kaum hatte ich Jim unter die Dusche geschickt, schrillte das Telefon. Wiesenburg war am Apparat.

»Hier Falke eins«, meldete er sich. Er liebte diese konspirativen Spielereien.

»Hier Null-Acht-Fuffzehn«, gab ich zurück.

»Zielperson hat Haus noch einmal verlassen«, erstattete er mir Bericht. »Fährt auf dem Kladower Damm in Richtung Spandau.«

»Nachricht erhalten«, bestätigte ich. Jetzt war es an mir zu telefonieren.

»Ja?« fragte Diethelm.

»Schnapp dir Röder und fahr zum Haus der Murmann nach Gatow«, verlangte ich. »Ich will wissen, ob die Tochter dort ist.«

»Okay, Lena.«

»Und kauft auf dem Rückweg irgendwo Kaffee«, sagte ich. »Ich hab den Eindruck, der Tanz beginnt.«
»Mam«, Jim sah aus wie eine frisch gebadete Maus, »Mam, wir müssen was besprechen.«
»Gern«, sagte ich.
»Rudi kriegt zehn Mark mehr Taschengeld als ich, seit er zwölf ist.« Wenn es um Kohle ging, war Jim doch nicht der sensible Sohn. Ich sagte ihm trotzdem eine Erhöhung zu. Als Stichtag legte ich seinen dreizehnten Geburtstag fest. Die drei Wochen konnte er ja wohl noch warten.
Das moderne Leben bestand zu einem guten Teil aus Klingelzeichen. Eine Klingel rief die Schüler zur nächsten Stunde, eine Klingel rief ans Telefon oder an die Wohnungstür. Diesmal wurde ich an der Tür verlangt. Ich schickte Jim in sein Zimmer, damit er sich ankleidete, und ging öffnen. Eine nicht mehr ganz nüchterne Gesine hielt sich am Treppengeländer und an einer Weinpulle fest. »Tschuldige«, sagte sie.
»Zu entschuldigen gibt es nichts«, entgegnete ich. »Ich bin nur überrascht. Dein Besuch fällt unter die Kategorie *Ungewöhnliche Ereignisse.*«
Gesine bestätigte es mit einem Nicken.
»Ich hab mir bloß gedacht«, begann Gesine, nachdem sie auf meiner Wohnzimmercouch Platz genommen hatte, »ich mein, uns beiden geht es zur Zeit dreckig. Deine Probleme sind natürlich Hochhäuser neben meiner Baracke, aber immerhin war ich auch mal mit Susa zusammen. Also mir geht das auch an die Nieren. Und ich dachte mir, daß du vielleicht 'n bißchen weiblichen Beistand gebrauchen könntest.«
»Das ist lieb von dir«, sagte ich, wenn auch nur mit halbem Herzen. Jim schaute kurz ins Wohnzimmer, doch als er Gesine entdeckte, trollte er sich augenblicklich. Was kurz danach klingelte, war das Telefon. *Falke eins* hatte wieder was zu melden.
»Das Zielobjekt hat soeben den Kaiserdamm verlassen und fährt auf der Stadtautobahn nach Süden«, sagte Wiesenburg.
»Bleibt dran«, verlangte ich, obwohl längst klar war, daß meine beiden Kollegen nur einen Auftrag hatten: dranzubleiben.

»Mach doch endlich die Flasche auf«, sagte Gesine.
»Ich geh jetzt ins Internet«, verkündete Jim vom Flur aus.
Ich holte den Korkenzieher. Mehr als ein Glas würde ich allerdings nicht trinken.
»Du hast schöne Augen«, behauptete Gesine.

7

»Darf ich?« Bei dem einen Glas war es nicht geblieben, und nun rückte Gesine näher an mich heran. Obwohl sie soff und rauchte, war ihre Haut noch sehr jung. Es war eine Haut zum Anfassen. Am meisten allerdings faszinierte mich der Glanz in ihren Augen. Er war dem Alkohol geschuldet, aber nicht nur ihm; Gesine war ein rasch zu begeisternder Mensch, und auch die Begeisterung hatte dieses Leuchten verursacht. Ihr Gegenstand war ich.
»Gesine, denk doch mal an Susa«, wandte ich ein. Das Telefon enthob mich weiterer Gegenwehr.
»Zielobjekt befindet sich auf dem Weg nach Dahlem«, verkündete *Falke eins.*
Auch Gesine hatte sich von der Couch erhoben und war hinter mich getreten. Ich spürte ihre Nähe, aber ich war dennoch erschrocken, als sie mich in den Nacken küßte.
»Das ist rücksichtslos«, sagte ich, veränderte meine Haltung allerdings nicht. Gesines Küsse erschütterten meinen Körper bis in die Zehenspitzen.
»Wir müssen uns aneinander festhalten«, meinte Gesine.
»Ich kann nicht«, entgegnete mein Verstand. Mein Körper funktionierte unabhängig von meinem Willen. Nach dem Hörer griff ich trotzdem.
»Wir haben niemanden angetroffen«, sagte Diethelm. »Oder es macht niemand auf.«
»Überrascht mich nicht«, sagte ich und legte auf.

Gesine drehte mich zu sich um und ergriff meine Hände. Vorsichtig zog sie mich auf die Couch.

»Ich habe Susa lange nicht verstanden«, gestand sie mir. »Weil du 'ne Bullin bist und so. Aber nun hab ich dich ja besser kennengelernt. Du bist sehr konsequent, nicht wahr? Sehr dominant. Ich habe mich immer nach einem gleichwertigen Widerpart gesehnt. Bei dem man in einen Abgrund fallen kann und unten aufgefangen wird. Oder wo man selber auffängt.«

»Das sagst du mir jetzt? Susa wird vielleicht gerade gequält, und du ...«

»Ja, es ist bescheuert«, bekannte Gesine.

»Mehr als das«, sagte ich und legte meinen Kopf an ihre Schulter. Jim liebte mich sehr und tat zur Zeit alles, um mir zu helfen, aber er war ein Kind, und in meiner Situation versprach der Zuspruch eines erwachsenen Menschen, einer Frau zumal, mehr Linderung. Gesine streichelte mein Haar. Ich weinte leise, und das nicht nur wegen meines Elends. Den nächsten Anruf würde ich ignorieren.

Ich hatte nicht mit der Hartnäckigkeit des Anrufers gerechnet.

»Es ist 'ne ziemliche Scheiße passiert«, wenn es Unangenehmes zu vermeiden galt, schickte Wiesenburg gern Petersen vor, »ich glaub, unsere Aktion können wir abblasen.«

»Schnell und genauer«, befahl ich.

»Na ja, also, die Murmann ist hier in Dahlem in 'ne Kneipe eingeritten. Ein Restaurant, besser gesagt, sieht nämlich ziemlich nobel aus. Wir haben 'ne halbe Stunde davorgestanden, und weißt du, wer dann aufgetaucht ist? Schubert. Schubert mit Gattin. Das Blöde ist, na ja, Wiesenburg mußte mal pissen. Er stand grad an einem Baum, als Schubert kam. Der hat ihn entdeckt und ...« Petersen brach ab.

»Und?«

»Uns in die Walachei geschickt.«

»Jetzt hoff ich bloß, daß ihr das Richtige getan habt«, bangte ich.

»Klar, wir sind in 'ne Seitenstraße gefahren und dann zu Fuß

zurück. Schubert und Gattin waren nicht mehr da. Also, auf der Straße, mein ich. Und nicht im Restaurant.«
»Frau Murmann?«
»Die auch.«
»Was heißt das?«
»Sie ist auch weg«, legte Petersen sein Geständnis ab.
»Ihr könnt ja nichts dafür«, tröstete ich ihn. »In einer halben Stunde in der Keith?«
»Gebongt«, sagte Petersen.
»Is was passiert?« fragte Gesine.
»Ich muß sofort los«, sagte ich.
»Und ich?«
»Du kannst hier übernachten. Schlaf dich aus und erschreck meinen prima Sohn nicht. Wann ich zurück bin, steht in den Sternen.«

8

»Wie ich schon gesagt habe«, begann Petersen den Bericht über seine Schlappe und die von Wiesenburg, »das war so'n Nobelrestaurant mit französischer Küche. *Savoir vivre* hieß das.« Petersens Französisch war erbärmlich, und eine Gaststätte *Lebensart* zu nennen, konnte nur einem deutschen Kneipier einfallen, der mit Kunden rechnete, die zwar gutbetucht, aber so unwissend waren wie er. »Ich hab mir mal die Speisekarte angeguckt. Die war draußen an der Wand angeschlagen. Alles sehr teuer. *Haute cuisine* haben die und *Nouvelle cuisine*. Aber Schweinshaxe gab's auch. Für dreißig Mark.«
»Schweinshaxe?« Diethelm verstand die Welt nicht mehr.
»Ist ungefähr so, als wenn einem in einem marokkanischen Restaurant Kartoffelbrei angeboten wird«, erklärte ich. »Das ist mir mal in Kopenhagen passiert. Nur Jim hat keinen Anstoß dran genommen.«

»Ist das so schlimm?« wollte Wiesenburg wissen.
»Naja«, meinte Diethelm, der sich als kulinarischer Fachmann entpuppte, »in Marokko ißt man eigentlich Reis.«
»Das kenn ich von meinen Eltern«, meldete sich nun sogar Jörg Röder zu Wort. »Die haben sich vor zwei Jahren einen Urlaub in Hongkong geleistet. Fast jeden Tag chinesische Küche und so. Seitdem kriegen die den Fraß, der einem in Deutschland angeboten wird, nicht mehr runter.«
»Wo ist eigentlich Lüders?« wollte ich wissen und hoffte, daß mir niemand einen Vorschlag machte, wie man meinen Stellvertreter zubereiten sollte. Falls einer meiner Kollegen dies erwog, war es zu spät: Lüders erschien aufs Stichwort.
»Ich hab eine Idee, wie der Müllsack auf den Güterzug gelangt sein könnte«, sprudelte er hervor. »Von der Fürstenbrunner Brücke … die sagt euch im Moment nichts, aber …« Lüders stutzte. »Was ist denn los?«
»Wir haben gerade eine Speisekarte entwickelt«, sagte ich.
»Ach, so.« Lüders, der sich auf den Arm genommen fühlte, setzte sich auf die Kante seines Schreibtisches.
»Gehen wir an die Karte«, befahl ich. »Lüders?«
»Ich hab auch noch nichts gegessen«, schimpfte er.
»Nun erklär uns bitte mal deine Überlegungen.« Männer waren wie Kinder, manchmal mußte man sie auf Knien bitten.
»Na, gut.« Lüders erhob sich wieder. »Hier, schaut mal.« Er markierte einen Punkt auf dem Stadtplan. »Drei Wagen für den Zug nach Dänemark wurden vom Güterbahnhof Charlottenburg zum Güterbahnhof Ruhleben rangiert, und auf dem zweiten Wagen lag dieser Müllsack. Die Waggons wurden direkt an der Gartenanlage *Spreegrund* vorbeigeführt. Von dieser Brücke hier … das ist die Fürstenbrunner Brücke … von der Brücke konnte man den Sack bequem auf den Wagen werfen.«
»Das setzt aber voraus«, wandte Diethelm ein, »daß der Täter die Pläne der Bahn kennt.«
»Nicht unbedingt.« Lüders markierte einen weiteren Punkt. »Hier befindet sich das Haus von Grzimek.«

»Von Grzimek?« Das fragten Röder und Wiesenburg fast gleichzeitig.
Ich winkte ab.
»Laßt Lüders ausreden«, verlangte ich. »Wir erklären euch dann die Zusammenhänge.«
»Das Haus, in dem wir gestern nacht Doktor Murmann aufschreckten, gehört Grzimek.« Lüders nahm mir die angekündigten Erläuterungen bereits ab. »Aber noch einmal: Hier befindet sich das Haus. Dort ein beschrankter Bahnübergang über den Ruhwaldweg.« Lüders zeigte es. »Keine zwanzig Meter entfernt. Ich hab das ausgetestet. Wenn die Schranke runtergeht, was man vom Grzimek-Grundstück aus sehen kann, dann hat man mindestens zehn, ja sogar fünfzehn Minuten Zeit, um bis zur Fürstenbrunner Brücke zu gelangen und sich eines Beweises zu entledigen.«
»Brillant«, lobte ich.
»Ich oder der Täter?«
»Du natürlich.« Ich schaffte es sogar, Lüders auf die Schulter zu klopfen. »Die Frage ist: Reicht das für einen Haftbefehl gegen die Murmann?«
»Ruf Thalbach an«, empfahl Diethelm.
»Nicht zu dieser Stunde. Wenn überhaupt, wird der Haftbefehl erst morgen erlassen. Oder wollt ihr dem Bereitschaftsstaatsanwalt zwei Stunden lang etwas erklären, was der dann zwei Stunden lang dem Bereitschaftsrichter erklären muß? Und beide begreifen am Ende nur, daß wir eine hochrangige Mitarbeiterin des Innensenators in den Knast schaffen wollen? Welche Konsequenzen hat das? Hundert Telefonate mit der aus dem Schlaf geschreckten Justizsenatorin. Man will sich doch absichern. Und wir stehen im Regen.«
»Eine Festnahme wär immerhin drin«, meinte Lüders.
»Die Beweisdecke ist zu dünn«, zitierte Jörg Röder eines seiner Lehrbücher. Unser Gössel hatte etwas gesagt, und wir alle starrten ihn an. Diethelm mit Wohlwollen. Wiesenburg und Petersen grinsend. Lüders nachdenklich.
»Er hat recht«, sagte ich.

»Leider«, bekannte Lüders. Dann klingelte das Telefon. Diethelm nahm ab.
»Nein«, rief er bloß.
»Diethelm, was ist denn?«
»Im *Spreegrund* brennt es.«

9

Es war ein Großfeuer. Der Spreegrund war eine abgelegene Gegend, im Westen und Norden erstreckten sich Industriezonen an der Spree entlang, im Süden reihte sich Gartenkolonie an Gartenkolonie bis zum Spandauer Damm, und es gab nur ein einziges Wohnhaus zwischen Fürstenbrunner und Rohrdammbrücke. So blieb das Feuer lange unentdeckt und konnte sich ungehindert ausbreiten, bis ein Busfahrer die längst meterhohen Flammen ausmachte und über Sprechfunk die Feuerwehr verständigte.
Drei Löschzüge waren vor uns eingetroffen und versperrten den Fürstenbrunner Weg, Brinkmann und *SoKo*-Chef Koslowski verließen gerade den Wagen der Einsatzleitung. Ich gesellte mich zu ihnen.
»Viel kann man noch nicht sagen«, meinte Koslowski, »solange die Löscharbeiten andauern.«
»Brennt das gesamte Areal?« erkundigte ich mich.
»Nein«, entgegnete Brinkmann, »betroffen sind insgesamt sieben Grundstücke. Allesamt mit Holzhäusern.«
»Wieviele Brandherde?«
»Das ist noch unklar. Bei dem Wind reicht einer aus.«
»Ich geh mal näher ran«, entschied ich und winkte Lüders herbei.
Allzu große Nähe war allerdings nicht möglich, weil wir ansonsten den Feuerwehrleuten im Wege herumgestanden wären; außerdem wurde die Hitze bald mit jedem Schritt unerträg-

licher. Was ich wissen wollte, erfuhr ich auch so: Das Haus von Horst Grzimek war unversehrt.
»Laß Doktor Murmann herankarren«, befahl ich Lüders. »Und falls es Schubert interessiert, ist auch er willkommen.«
»Ein Zusammentreffen mit Frau Doktor dürfte ihm im Moment unangenehm sein«, meinte Lüders und stapfte davon. Vom Ruhwaldweg kamen ihm bereits die Spezialisten der Brandkommission entgegen.
»Guten Abend, Frau Wertebach«, begrüßte mich der Chef, EKHK Giesebrecht. Einer seiner Mitarbeiter baute eine Apparatur auf, mit der er die Windgeschwindigkeit messen konnte. »Ich hab gehört, daß dies hier einer ihrer Lieblingsplätze ist. Mal rücken Sie mit dem SEK an, mal mit der Feuerwehr.« Giesebrecht lachte.
»Die Feuerwehr war vor mir da«, entgegnete ich.
»Gibt's hier Dauerbewohner?« wollte Giesebrecht wissen.
»Glaub nicht. Die würden sich doch sonst als Zuschauer betätigen.«
»Nicht, wenn sie verbrannt sind.« Damit hatte Giesebrecht natürlich recht. Ein Löschmeister trat auf uns zu.
»Sieht nach Brandbeschleuniger aus«, meinte er.
»Irgendwelche Personenschäden?«
Der Löschmeister nickte.
»Wer?« fragte ich.
»Schwer zu sagen.« Der Löschmeister zuckte die Schultern. »Das, was übriggeblieben ist, paßt in einen Kindersarg.«

10

Drei Stunden mußten wir warten, bevor das Feuer gelöscht war und wir den Brandort betreten konnten. Bei Frau Murmann hatte sich bisher immer bloß der Anrufbeantworter gemeldet, Schubert hatte ein Kommen abgelehnt; er erwartete unseren Bericht zur Morgenbesprechung, zur Großen Lage, wie er es nannte, wenn er die Kommissariatsleiter hinzubat.

Während Giesebrechts Leute begannen, in der Asche zu wühlen, verschaffte ich mir mit Giesebrecht und Lüders einen ersten Überblick. Das Feuer hatte weder das Grundstück von Grzimek erfaßt noch die beiden danebenliegenden Parzellen, dann hatte es allerdings alle sieben weiteren Gärten verwüstet. Die Brandleiche befand sich im fünften Garten nach dem von Grzimek. Sie lag auf der Terrasse eines Holzhauses, das bis zum Grund niedergebrannt war. Viel ließ sich über sie nicht sagen. Was einmal ein Mensch gewesen war, war bis zur Unkenntlichkeit verkohlt und zusammengeschrumpft. Aus einigen Schritten Entfernung konnte man den Leichnam auch für einen verbrannten Baumstumpf halten.

Im Licht der Scheinwerfer, die die Polizeitechniker überall aufgestellt hatten, sah die Kolonie *Spreegrund* aus wie eine Landschaft in einem Science-fiction-Film, die von Außerirdischen mit Laserwaffen beschossen worden war. Ich zündete mir eine Zigarette an. Irgendwie paßte das zur Brandkatastrophe.

Mittlerweile war auch Schmidt, der Kriminaltechniker meines Kommissariats, zu uns gestoßen und hatte sich in seinen weißen Overall geworfen. Während Giesebrechts Spurensicherer sich der Brandstätten angenommen hatten, galt Schmidts Aufmerksamkeit der weiträumigen Umgebung dessen, was noch ein Ereignisort war. Ich persönlich hielt es bereits für einen Tatort.

»Lena, komm mal bitte«, beorderte mich Schmidt zu sich. Er stand, ein wenig vorgebeugt, vor dem Tor zu Grzimeks Parzelle. Ich leistete seinem Ruf Folge.

»Hier.« Schmidt wies auf den Erdboden. »Schleifspuren.«

»Jetzt sag bloß noch, die führen bis zum Grundstück, auf dem die Leiche liegt.«

»Das kann ich nicht mit Bestimmtheit sagen«, meinte Schmidt. »In dieser Richtung hat die Feuerwehr alles zertrampelt. Aber eines ist sicher: Jemand hat etwas Schweres hinunter zur Spree gezogen.«

»Frau Wertebach!« Wieder wurde mein Typ verlangt, diesmal vom Bereitschaftsarzt, der die Erstbeschau der Leiche durchführte. Ich machte mich auf den Weg.
»Schauen Sie sich den Kopf genau an«, verlangte der Arzt. Dazu mußte ich mich zwingen. »Jemand hat durchs Auge in den Kopf geschossen.«
»Was ist denn das hier für eine ekelhafte Sache?« fragte Giesebrecht, der neben uns stand. Niemand antwortete ihm. Ich ging zu Koslowski in den Bus der Einsatzleitung.
»Unter den gegebenen Umständen«, erklärte ich ihm, »durchsuchen wir sofort das Haus, in dem Frau Doktor Murmann ihr Unwesen treibt.«
»Das können wir nicht tun«, behauptete Koslowski.
»Und ob wir das können. Schließlich gehört es Frau Murmann nicht, sondern einem Verschollenen: Grzimek.«
»Was?« Koslowski fiel aus allen Wolken.
Aus Angst vor Einbrechern oder aus Angst vor Entdeckung hatte Grzimek sein Haus mit einer massiven Tür versehen, aber den Äxten der Feuerwehrmänner hielt auch sie nicht stand. Ich steckte die Hände in die Taschen, um nicht aus Versehen etwas zu berühren, und schaute mich um. Von der Terrasse gelangte man sogleich in einen großen Raum, der wie ein bürgerliches Wohnzimmer möbliert war, allerdings auf Schrebergartenniveau. Es gab eine etwas klapprige Schrankwand, und in einem der Fächer stand ein tragbarer Fernseher. Die Couch war Ende der siebziger Jahre womöglich modern gewesen, der Tisch davor hatte im Laufe seiner Existenz etliche Schrammen abbekommen, und auch der Teppich war verschlissen. Auf dem Servierwagen neben der Couch stand ein Telefon. Der gesamte Raum wirkte aufgeräumt wie ein Hotelzimmer. Vier Nebengelasse gingen von ihm ab.
Das erste war eine winzige Küche, das zweite eine Abstellkammer voller Gartengerät. In den Raum, der als Schlafzimmer zu dienen schien, paßten gerade mal zwei Liegen und ein Kleiderschrank, den ich mit spitzen Fingern öffnete. Der Schrank war leer bis auf mehrere Wäscheleinen.

Das vierte Nebengelaß ähnelte ebenfalls einer Gefängniszelle. Es beherbergte ein Feldbett und eine große Kiste voller alter Zeitungen. Eine Leiter führte ins Obergeschoß.

Im Obergeschoß gab es nur einen Raum. Das einzige Möbelstück war ein großes Gitterbett ohne Matratzen, und ich fragte mich, wie man es heraufgeschafft haben mochte. In dem Zimmer roch es nach Schweiß und angebranntem Fleisch.

»Schmidt«, rief ich aus dem Fenster. »Jetzt bist du dran.«

Achtes Kapitel

1

Als Lüders sie endlich erreichte, saß Frau Doktor Murmann am Frühstückstisch. Wir hatten uns die Nacht um die Ohren geschlagen, aber sie offenbar auch, jedenfalls wenn ich Lüders Beschreibung ihrer Stimme richtig interpretierte; Lüders jedenfalls meinte, sie habe rauh und auch ein wenig versoffen geklungen. Nachdem mein Stellvertreter ihr geschildert hatte, warum wir sie zu sprechen wünschten, war Carla Murmann immerhin bereit gewesen, schnellstmöglich zur Kolonie *Spreegrund* zu kommen. Das blaue Wunder, das sie erwartete, hatte Lüders ihr verschwiegen.

Am Tatort zurückgeblieben war das ewige Häuflein der Gerechten. Giesebrecht und seine Mitarbeiter waren noch immer damit befaßt, die Brandursache aufzudecken, Lüders, Schmidt und ich warteten auf das Eintreffen der Frau Murmann, Wiesenburg und Petersen putzten die wenigen Klinken, die es hier zu putzen gab, um mögliche Zeugen ausfindig zu machen, Röder und Diethelm hatte ich zur Stallwache in die Keithstraße geschickt. Die Großkopfeten hingegen waren natürlich längst verschwunden. Brinkmann schlief sicher schwer wie ein Stein, während Koslowski von einem Alptraum geplagt wurde, in dem er vor das Jüngste Gericht treten mußte und Gott ihn fragte, ob er zum Leiter einer Sonderkommission überhaupt taugte. Zumindest wünschte ich ihm einen solchen Traum.

Kurz vor halb sieben erschien Staatsanwalt Thalbach am Tatort. Er ließ sich von Giesebrecht und mir Bericht erstatten und beschloß, sich den Lokaltermin mit Doktor Murmann nicht entgehen zu lassen; mittlerweile schien er unseren Verdacht zu teilen, obgleich wir noch immer nicht genau wußten, wessen wir

die Frau eigentlich verdächtigten. Bei einem kurzen Spaziergang an der Spree entschieden wir uns für Beihilfe zum Mord in drei Fällen.
Carla Murmann fuhr in einem roten BMW vor, der aussah, als würde er Abend für Abend in einer Waschanlage geparkt werden. Und Frau Doktor stand ihrem Wagen in nichts nach: Sie hatte sich mit der üblichen Sorgfalt frisiert, ihr beiger Mantel wies nicht den kleinsten Fleck und nicht die geringste Falte auf, ihre Pumps glänzten wie ein polierter Spiegel. Sogar ihr Atem war perfekt. Eine Fahne aus Eukalyptus und Menthol wehte mir entgegen: Autofahrer, die Alkohol getrunken hatten, pflegten die Pastillen zu lutschen, nach denen Carla Murmanns Atem roch. Die Schatten unter ihren Augen jedenfalls sprachen für eine durchwachte oder durchzechte Nacht. Mit einer einladenden Geste wies ich auf das Haus, das nicht ihr gehörte, aber das sie nutzte. Ich gab mich betont freundlich.
»Ich wußte gar nicht, daß Sie mit dem Chef der Berliner Kripo befreundet sind«, sagte ich. Thalbach und Lüders warfen sich einen Blick zu, Schmidt betrachtete seine Schuhspitzen.
»Das sind wir nicht«, erklärte Frau Murmann. »Wir sind miteinander bekannt. Durch seine Frau, die ebenfalls in der Senatsverwaltung für Inneres arbeitet. In der Beschaffung. Hin und wieder gehe ich mit ihr und Herrn Schubert essen. Unter Kollegen.«
»Ins *Savoir vivre*«, vermutete ich.
»Sie haben dort hervorragende Schnecken«, sagte Frau Murmann in leicht herablassendem Ton. »Nicht dieses Großhandelszeug, sondern gute Ware.« Das war bestimmt ein Irrtum, aber ich fühlte mich nicht ermächtigt, diese Illusion zu zerstören.
»Wir würden ihnen gern etwas zeigen«, sagte Schmidt.
»Vielleicht setzen Sie mich erst einmal darüber in Kenntnis, was hier geschehen ist«, verlangte die Murmann.
»Es hat gebrannt.« Schmidt stellte sich naiv und tat, als ob man das nicht auf den ersten Blick erkennen konnte. »Einbrecher wollten ihre Spuren verwischen.«

»Gräßlich«, sagte Frau Murmann. »Ich müßte ja eigentlich froh sein, daß es unser Grundstück nicht getroffen hat, aber all die Nachbarn tun mir leid. Es sind so nette Leute.«
»Ja, das ist sehr bedauerlich«, bestätigte ich. »Vor allem, weil sie nicht nur den Schaden haben, sondern auch noch im Laufe des Tages durch meine Mitarbeiter vernommen werden.«
»Sie leiten doch die Ermittlungen gar nicht mehr«, platzte die Murmann heraus.
Ich schwieg und schaute sie an. Daß sie sich am liebsten die Zunge abgebissen hätte, war ihr anzusehen; sie bedauerte zutiefst, daß man ausgesprochene Worte nicht zurücknehmen konnte.
»Woher wissen Sie das?« Mitunter funktionierte Thalbach wie vorgesehen.
»Ich hab davon gehört«, wand sich Carla Murmann.
»Von Schubert?«
»Ja, vielleicht.« Frau Doktor hob die Hände. »Wir telefonieren gelegentlich. Aber ich weiß es wirklich nicht mehr.«
»Hat Ihnen Herr Schubert auch andere Details über unser Ermittlungsverfahren offenbart?« wollte Lüders wissen.
»Nein, natürlich nicht. Herr Schubert ist ein integrer Beamter, er hält sich natürlich an die Vorschriften.«
»Wenn Sie es sagen.« Ich stieß die Tür zum Gartenhaus auf. »Nach Ihnen, bitte.«
Schmidt hatte die Fundstücke aus der Abstellkammer, dem Komposthaufen und dem Kleiderschrank auf dem Couchtisch arrangiert, und es war eine beeindruckende Sammlung. Frau Doktor Murmann blickte uns kopfschüttelnd an.
»Wollen Sie hier eine Versteigerung organisieren?« fragte sie.
»Oh, nein«, sagte Schmidt, »Asservate versteigern wir nicht.«
»Asservate?« Sogar ein Lächeln brachte die Murmann zustande. »Was macht aus diesen simplen Gegenständen denn Beweismittel? Und vor allem: Was wollen Sie eigentlich wem nachweisen?«
»Gute Frage, gute Frage.« Schmidt hüpfte in seinem Overall, der ein wichtiger Teil seiner Persönlichkeit war, um den Tisch

herum. »Ganz außerordentlich simple Dinge, in der Tat. Zwei Lötlampen zum Beispiel. Die braucht man zum Löten, nicht wahr? Was haben Sie hier denn so gelötet?«
»Nichts. Sie waren einfach da. Von Herrn Grzimek noch.«
»Ja, das ist logisch.« Schmidt war nicht mehr zu bremsen und nahm mir meine Arbeit ab. »Aber warum Herr Grzimek zwei Reitpeitschen im Komposthaufen gelagert hat, wissen Sie nicht zufällig?«
»Reitpeitschen habe ich hier nie gesehen«, sagte die Murmann. Das war keine Antwort auf Schmidts Frage, aber er ließ es dennoch gelten.
»Das ist ja auch selbstverständlich«, meinte er, »schließlich waren die Peitschen im Komposthaufen versteckt. Ja, und dann haben wir das hier noch.« Schmidt wies auf einen Schraubstock und hielt eine Feile in die Höhe. »Einen Schraubstock und eine Feile.«
»Ich kann wirklich nicht beurteilen, ob Horst Grzimek ein Heimwerker war«, sagte die Murmann.
»Natürlich.« Schmidt nickte heftig. »Aber an der Feile sind Hautfetzen und Blut. Am Schraubstock auch. Ist das nicht komisch?« Er legte eine kurze Pause ein. »Nein, das ist nicht komisch«, widersprach er sich selbst. »Herr Grzimek wird sich beim Feilen verletzt haben. Aber was hat er gefeilt? Holz? Metall? Nein, hat er nicht. Nur Haut.«
»Was reden Sie denn da?« Carla Murmann achtete auf ihre Contenance, aber sie war bleich geworden.
»Verzeihen Sie«, Schmidt hatte wirklich eine brillante Stunde, »aber Haut spielt in diesem Haushalt eine wichtige Rolle. Sehen Sie den Grill da? Da klebt auch verschmorte Haut dran.«
Alles, was Schmidt der Murmann vorführte, hatte ich bereits gesehen, doch seine gespielt einfältigen Kommentare verursachten mir Übelkeit. Sie waren Teil einer Strategie, um eine mutmaßliche Mittäterin zu überführen, aber wir alle wußten doch, um wessen Haut es sich handelte. Damit ich nicht zusammenklappte, hielt ich mich am Türdrücker fest.
»Wir können auch hinaufgehen in die Mansarde«, schlug

Schmidt vor. »Die ist zwar von einer unbekannten Person gründlich gesäubert worden, aber Blutflecke sind so was von verräterisch, die erkennt man noch nach dem hundertsten Putzen.«

»Tut mir leid, Frau Doktor Murmann«, sagte Thalbach, »aber ich muß Sie dem Haftrichter vorführen.«

»Sie ticken nicht richtig.« Die hochrangige Senatsbeamtin konnte auch vulgär werden. »Und Sie werden diesen Schritt bedauern.«

»Mag sein«, gab Thalbach zu. »Ich besitze auch einen Garten. Wenn ich verliere, komme ich endlich zum Unkrautjäten.«

Lüders und ich nahmen die Murmann in die Mitte, Thalbach ging voraus, Schmidt folgte uns. An der Gartenpforte erwartete uns ein etwa dreißigjähriger Mann, der trotz der Kälte nur einen blauen Anzug trug. Aber er schien es auch nicht weit zu haben zu seinem Wagen, einem weißen Golf.

»Guten Morgen«, sagte er und machte sogar einen Diener gegenüber unserer übernächtigten Kompanie.

»Die Güte des Morgens mögen Sie beurteilen«, sagte Schmidt. Er war in seinem Element.

»Entschuldigen Sie«, sagte der Mann und zückte einen Dienstausweis, »Oberleutnant Küster. Bundesnachrichtendienst. Frau Murmann ist in den nächsten Stunden meine Patientin.«

»Entschuldigen Sie«, auch Thalbach wuchs über sich hinaus, »Sie irren sich.«

»Warum?«

»Weil Sie nicht wie ein Zahnarzt aussehen.« Thalbach ging zielstrebig weiter.

»Wer sind Sie überhaupt?« wollte Köster wissen, der in seinem bürgerlichen Leben womöglich Scheißkerl hieß.

»Oberstaatsanwalt Doktor Thalbach von der Abteilung Kapitalverbrechen der Berliner Staatsanwaltschaft«, stellte sich Thalbach vor. »Eine beneidenswerte Position. Wissen Sie, weshalb? Weil wir ein Rechtsstaat sind. Ich kann gegen jeden Bürger dieses Landes ein Ermittlungsverfahren einleiten, wenn hinreichender Tatverdacht besteht.«

»Es gibt höhere Interessen als das Recht«, behauptete Oberleutnant Scheißkerl.
»Welche denn? Ihren Job?«
Obwohl Thalbach ein Mann war, hätte ich ihn in diesem Augenblick knuddeln können; eine Handvoll Männer gab es doch noch auf dieser Welt, die nicht in jeder Situation feige waren. Herr Köster interessierte mich; ich hätte ihm gern für seine Arroganz in die Eier getreten und ihn danach vernommen. Dazu kam ich nicht, einerseits, weil sich Köster in den Schutz seines Autos begab, andererseits, weil *SoK*o-Chef Koslowski Leitungsqualitäten entwickeln wollte. Der arme Kerl hatte nun doch nicht die Mütze voll Schlaf genießen können, die ihm zustand.
»Sie sind verrückt, Frau Wertebach«, konstatierte Koslowski. »Wie können Sie es wagen, eine Hausmitteilung an den Polizeipräsidenten zu schreiben, ohne den Dienstweg einzuhalten. Über Schubert auch noch. Der PP hat ihn zu sich zitiert. Sieht nach einem Disziplinarverfahren aus.«
»Weil ich einen Augiasstall ausmisten will«, entgegnete ich spontan, obwohl ich diese Hausmitteilung nie verfaßt hatte. »Als eine Art Herculesia.«
»Ich hab die Mitteilung geschrieben«, gestand Lüders kleinlaut.
»Sie?« Koslowski fielen die Augen aus den Höhlen.
»Du?« Auch ich war erstaunt.
»Er hat uns mit seiner Geschwätzigkeit einiges zerstört«, rechtfertigte sich Lüders. »Nein, Blödsinn, ich sag's konkret. Er hat Lenas Freundin zerstört.«
»Was? Seid ihr alle irre?« Koslowski war völlig von den Socken. Und er hatte sein Pülverchen verschossen: Gegen Lüders, der zwar aus unbekannten Gründen keine Karriere machen wollte, aber immerhin unser Mann in der Polizeigewerkschaft war, hatte er keine Chance.

2

Mit der undankbaren Aufgabe, die netten Gartennachbarn von Grzimek und Murmann auf nüchternen Magen zu verhören, hatte ich Röder, Wiesenburg und Petersen betraut, während ich es mir nicht nehmen ließ, ein paar noch wesentlich nettere Worte mit der BND-Zentrale in Pullach zu wechseln. Nach mehreren Anläufen bekam ich einen Mann namens Müller an den Apparat, und um ihn zu ärgern, meldete ich mich mit Lehmann. Geheimdienstler verstanden aber keinen Spaß, denn ihre Aufgabe zum Schutz der Demokratie, des Standortes Deutschland und der gut dotierten eigenen Jobs war ernsthaft und ehrenwert; vor allem dann, wenn die Bundesregierung beschlossen hatte, ihnen Stellen zu kürzen. Müller legte kurzerhand auf.

Ich dachte darüber nach, ob es für Geheimdienstler eigentlich einen Sozialplan gab und in welcher Gewerkschaft sie organisiert sein mochten. Vermutlich im BDS, im Bund deutscher Schlapphüte.

Da ich mich von vollkommen überflüssigen Leuten nicht gern abwimmeln ließ, unternahm ich einen erneuten Versuch. Wieder wurde ich hin und her gestellt, wieder landete ich bei Müller. Als ich meinen richtigen Namen nannte, meinen Klarnamen in der Agentensprache, wurde Müller freundlich. Er hatte wohl schon von mir gehört; vielleicht galt ich mittlerweile als Staatsfeind Nummer eins.

Nachdem ich Herrn Müller geschildert hatte, was ich von ihm wollte, behauptete er, weder einen Oberleutnant Köster noch einen Horst Grzimek noch eine Doktor Carla Murmann zu kennen, sich aber bei den zuständigen Fachabteilungen kundig machen und mir die gewünschten Informationen zur Verfügung stellen zu wollen, sofern sie nicht existentielle Interessen der Bundesrepublik Deutschland berührten. Mir kam es vor, als ob bereits meine Fragen das Ende der Bundesrepublik eingeläutet hätten. Was ich von Müller bekommen würde, falls er

sich überhaupt zurückmeldete, konnte nur ein gigantischer Scheißdreck sein. Aber ich hatte es immerhin versucht.
Mein Aufenthalt in der Keithstraße war nur ein kurzes Intermezzo, das hauptsächlich dem Zweck diente, unsere Handakte zu holen, denn was mich vor allem interessierte, war die Vernehmung von Carla Murmann durch den Staatsanwalt. Lüders war zwar dabei, aber auch ich wollte sie keineswegs versäumen, also schnappte ich mir meinen Mantel, stopfte die Akte in meine Umhängetasche und riß die Tür zum Flur auf. Das Telefon stoppte meinen Eifer. Am Apparat war der PP.
»Ich möchte Sie sprechen«, erklärte er. Ob er es wirklich wollte, ließ ich dahingestellt; er mußte es zumindest.
»Wann?«
»Sofort.«
Den Ruf zum Fürsten zu überhören, war nicht möglich, also jagte ich, einige Paragraphen der Straßenverkehrsordnung vorübergehend außer Kraft setzend, zum Platz der Luftbrücke. Ich hätte mir zwar lieber angeschaut, wie sich die Murmann vor Thalbach pausenlos um die eigene Achse drehte, aber dem PP tief in die Augen zu schauen, war auch nicht schlecht; Verdächtige sah ich jeden Tag, den Präsidenten nicht. Vielleicht konnte er mir Türen öffnen, die für Kommissariatsleiter gewöhnlich verriegelt und verrammelt waren, denn immerhin war er nicht wie die meisten seiner Art ein von der Politik bestimmter Verwaltungsheini, sondern er war Polizist. Und ein Bulle, auch wenn er jahrzehntelang nur verwaltet hatte, erinnerte sich womöglich noch daran, was Polizeiarbeit bedeutete.
Der PP sah nicht sehr ausgeschlafen aus. Besonders unausgeschlafen wirkte allerdings LKA-Boß Schubert.
»Das Dezernat für präsidiale Anlegenheiten, Frau Wertebach«, sagte der PP während er auf mich zuging, um mich zu begrüßen, »hat ihre Mitteilung so ernst genommen, daß es mich noch vor dem Frühstück«, er lächelte, »daß es mich zu nachtschlafener Zeit davon in Kenntnis setzte. Da Sie selbst unermüdlich sind, bringen Sie die gesamte Berliner Polizei um ihren Schlaf.«

»Eine verpennte Polizei«, sagte ich keck, »würde beim Bürger auf wenig Akzeptanz stoßen.«
Schubert verdrehte die Augen. Seit geraumer Zeit war mir nichts so gleichgültig wie der Bürger, dem die Polizei nah sein wollte, für den sie aber bloß eine einzige Katastrophe war. Mir ging es um Susanna. Der Mann, der sie gequält hatte oder noch quälte, sah bestimmt ziemlich bürgerlich aus. Wie Schubert. Wie der Polizeipräsident. Wie ich.
Der PP deutete mißbilligend auf den Sessel, in den ich mich setzen sollte.
»Ich bin mir nicht sicher«, sagte er, »ob ich Ihre Mitteilung richtig verstehe. Inwiefern erfüllt das Verhalten des Herrn Schubert den Tatbestand einer Verletzung von Dienstgeheimnissen? Es ist nicht verboten, daß ein hochrangiger Kriminalbeamter wie Herr Schubert mit einer leitenden Beamtin des Innensenats auch privat verkehrt. Ich meine, auf unserer Ebene begegnet man sich häufig in dienstlichen Angelegenheiten, und daraus entwickeln sich mitunter private Kontakte. Machen Sie nie Grillparties mit Ihren Kollegen?«
»Selten«, log ich. Ich hätte auch ehrlich sein und dem PP mitteilen können, daß wir noch nie eine Grillparty gemacht hatten. Seltsamerweise war mir das peinlich.
»Das fördert aber den Teamgeist«, meinte der PP.
»Das Team von Herrn Schubert ist das LKA«, entgegnete ich, stolz auf meine Schlagfertigkeit, »nicht der Innensenat.«
»Mit dem Kollege Schubert allerdings häufig zu tun hat.« Der PP nahm wieder Platz. »Öfter als Sie. Im übrigen ist der Innensenator unser oberster Dienstherr. Inwiefern ein Polizeibeamter der Innenbehörde Dienstgeheimnisse verraten kann, ist mir schleierhaft.«
»Nicht der Behörde. Einer bestimmten Person. Die übrigens vor ein, zwei Stunden festgenommen wurde und gerade von der Staatsanwaltschaft vernommen wird. In diesem Augenblick.« Ich lehnte mich zurück und verschränkte die Arme.
»Was?« Schubert bekam den Mund nicht mehr zu.
»Doktor Murmann?« Auch der PP konnte es nicht fassen.

»Darf ich Herrn Schubert ein paar Fragen stellen?« fragte ich. Der PP zuckte nur die Schultern; das schien Einverständnis zu signalisieren.

»Haben Sie mit Doktor Murmann über mein Ermittlungsverfahren gesprochen?« wandte ich mich an Schubert.

»Es ist nicht Ihr EV«, wehrte er sich schwach, »sondern das der *SoKo 7/96.*«

»Haben Sie oder haben Sie nicht?«

»Nun, vielleicht.« Schubert wand sich wie ein Aal an der Angel. »Das eine oder andere Wort wird gefallen sein.«

»Haben Sie von sich aus erzählt?«

»Wie?« Schubert blickte irrtiert zum PP. »Was meinen Sie?«

»Haben Sie von sich aus erzählt?« wiederholte ich. »Oder hat Frau Murmann sich erkundigt?«

»Nun, ich glaub, sie hat mich gefragt«, bekannte Schubert.

»Danke.« Ich machte Anstalten, mich zu erheben. Der PP zwang mich mit einer Handbewegung in den Sessel zurück.

»Würden Sie uns in Ihre Gedankengänge einbeziehen?« fragte er. Sein Ton war so scharf, daß die Frage wie eine Aufforderung wirkte. Ich gab ihm einen Korb.

»Wissen Sie, was Frau Doktor Murmann gemacht hat, bevor Sie ihre jetzige Stellung bekam?« erkundigte ich mich.

»In die Personalakten der Innenbehörde hab ich keinen Einblick«, erklärte der PP.

3

Daß die Vernehmung der Murmann bislang eine unerquickliche Angelegenheit gewesen war, erkannte ich auf Anhieb; Lüders und Doktor Thalbach hatten die Dame offenbar gerade hinausbringen lassen, um sich über ihre Aussagen zu verständigen, aber sie schwiegen sich an. Lüders hockte auf dem Fensterbrett und schaute hinaus auf die Straße, Thalbach spielte nervös mit seinen Fingern. Ich wußte, was ihnen Magenschmerzen bereitete: Wir hatten keine Beweise, sondern nur eine äußerst dünne Indiziendecke, wie Jörg Röder es ausdrükken würde. Nicht einmal einen konkreten Tatvorwurf konnten wir formulieren. Nachdem ich eingetreten war, gab es in dem Stilleben ein paar leichte Korrekturen. Die beiden Männer starrten mich an wie einen Rettungsanker.

»Wenn wir nicht endlich diesen Grzimek ausfindig machen«, erklärte Thalbach nach ein paar Sekunden, »sehe ich mich gezwungen, vor Frau Murmann auf die Knie zu fallen und ein paar Entschuldigungen zu murmeln.«

»Wir sollten uns Oberleutnant Köster zur Brust nehmen«, schlug ich vor.

»Wenn Sie uns sagen können, wo er sich befindet.« Thalbach ließ seine Fingergelenke knacken. »Er hatte es ja ziemlich eilig, aus unserem Dunstkreis zu verschwinden.«

»Der kommt wieder«, behauptete ich.

»Wann?« Lüders stand auf. »Morgen? Nächste Woche? In drei Monaten?«

»Seine Patientin läßt er nicht im Stich«, meinte ich zuversichtlich. »Wenn aus Carla Murmann nichts rauszuholen ist, dann laßt sie gehen. Aber wir hängen uns wieder dran.«

»Unsinn.« Lüders kam auf mich zu. »Die ist gewarnt und rechnet jetzt mit Verfolgern.«

»Stimmt auch wieder.« Ich massierte mir die Stirn, was nachdenklich wirken sollte.

»Ist das alles eine Scheiße.« Daß Doktor Thalbach einen solch rüden Ton anschlagen konnte, hatte ich nicht für möglich gehalten. »Irgendwo muß es doch ein Zipfelchen geben, an dem man Grzimek zu fassen bekommt.«

»Falls es ihn gibt«, flocht ich ein.

»Ja, falls.« Thalbach nickte resigniert.

»Das heißt, es gibt ihn schon. Aber er könnte zum Beispiel eigentlich Büchner heißen.«

»Oder Schlauschlau«, wandelte Thalbach den Namen einer Hunderasse ab.

»Moment, Moment!« Der göttliche Strahl der Eingebung hatte Lüders getroffen. »Daß Grzimek als Grzimek existiert, scheint mir ziemlich sicher. Und nun frage ich euch: Was macht alle Menschen einer Industrienation einander ähnlich?«
»Der Tod?« schlug ich vor.
»Nein. Daß sie ein Bankkonto besitzen.«
Das war gar nicht so dumm. Nur Thalbach war nicht überzeugt.
»Ach, die Banken«, seufzte er. »Die lassen sich doch nur in die Karten gucken, wenn die Bundesanwaltschaft ermittelt. Und dann zeigen sie auch bloß die Joker.«
»Beim Rommé kann man mit Jokern allerhand anfangen«, meinte Lüders, der sich nicht entmutigen lassen wollte.
»Beim Rommé vielleicht.« Thalbach blätterte in seinem Telefonverzeichnis.
»Und was schlagen Sie vor?« fragte ihn Lüders.
»Mein Gott, ich ruf den Richter ja schon an.«

4

»Ich will nicht behaupten, daß wir ein paar Schritte vorangekommen sind«, sagte Wiesenburg.
»Aber ein Schrittchen«, ergänzte Petersen.
»Einen Schritt«, wählte Jörg Röder den Kompromiß.
»Na, dann schreitet mal«, forderte ich die drei auf. Wiesenburg begann.
»Horst Grzimek ist tatsächlich der Unterpächter des Gartengrundstückes«, sagte er, »und wir haben auch eine Beschreibung von ihm. Einige der Parzellennachbarn kennen ihn seit fünfzehn Jahren, obwohl sie ihn nur selten gesehen haben.«
»Bin gespannt, ob deren Angaben mit denen der Frau Murmann übereinstimmen«, sagte ich und nahm mir das Vernehmungsprotokoll vor.

»Also eins steht einmal fest«, warf Jörg Röder dazwischen, »vor zwei Wochen ist Grzimek noch gesehen worden. Zu dieser Jahreszeit kommen die Pächter nur hin und wieder an den Wochenenden in die Kolonie, um nach dem Rechten zu schauen, also ob nicht eingebrochen wurde oder so. Einer, ein Rudolf Koppermann, war vor vierzehn Tagen dort. Er kommt immer vom Fürstenbrunner Weg und muß an Grzimeks Garten vorbei, wenn er sein Grundstück erreichen will. Auf der Terrasse, so hat er ausgesagt, entdeckte er eine Frau, die er noch nie gesehen hatte, und das machte ihn stutzig, so daß er etwas näher herantrat. Die Frau hat ihm angeblich zugenickt, und im selben Moment soll Grzimek in der Tür der Laube erschienen sein. Nur für Sekunden. Als er Koppermann ausmachte, verschwand er sofort wieder.«

»Und das Verrückte daran ist«, meinte Wiesenburg, »der Mann hat sich gedacht: Ist der Grzimek geschieden, oder hat er eine Geliebte? Wie kommt er darauf, wollt ihr jetzt wissen? Ganz einfach. Er hat ein gutes Gedächtnis. Noch vor vier, fünf Jahren bekam Grzimek immer von einer anderen Frau Besuch. Keiner der Laubenpieper hatte jemals näheren Kontakt zu Grzimek, aber Koppermann erinnert sich noch genau. Mitte der achtziger Jahre war immer eine andere Frau bei Grzimek im Garten, eine sehr freundliche und offene Frau, wie er es ausdrückte. Wir haben ihm ein Foto von Anne Hauptmann vorgelegt, er hat sie identifiziert. Irgendwann verschwand Grzimek für längere Zeit, und diese Frau auch. Im Frühjahr zweiundneunzig waren Grzimek und die Hauptmann dann sehr oft im Garten. Dann wieder lange Funkstille. Ab und zu Grzimek. Schließlich die Unbekannte.«

»Carla Murmann?« wollte ich wissen.

»So, wie Koppermann sie beschrieben hat«, sagte Petersen, »besteht kein Zweifel.«

»Ruf sofort Thalbach an«, verlangte ich von Lüders. »Er soll Doktor Murmann doch noch festhalten. Sie muß Koppermann gegenübergestellt werden. Und dann erkundigen wir uns, warum sie gelogen hat.«

»Gelogen?« wollte Diethelm wissen.
»Sie hat behauptet, Grzimek seit Jahren nicht getroffen zu haben«, erklärte Lüders.
»Die Schlinge zieht sich zu«, sagte ich. »Endlich.«
»Lena?« Patricia war in der Tür zu unserem Beratungsraum erschienen.
»Was ist denn?«
»Im Hafen vom Kraftwerk *Reuter-West* sind zwei Leichen angespült worden«, sagte sie.
»Zwei Leichen?« Wir hatten doch schon genug davon.
»Ein Mann und eine Frau.« Patricia senkte schuldbewußt den Blick.
»Nicht weit vom Spreegrund«, sagte Diethelm, der vor die Karte gesprungen war.
»Die Schleifspuren.« Unser Kriminaltechniker Schmidt reckte das Kinn vor.
»Eine Frau?« Ich begann zu zittern. Lüders legte mir seine Hand auf die Schulter.

5

Ich schrie. Ich hatte noch nie in meinem Leben geschrien, nicht einmal vor Lust. Ich hatte meine Stimme gehoben, ich hatte Jim ausgeschimpft, ich hatte laut gezankt und gestritten, jetzt schrie ich. Schrie und schrie. Brinkmann, der neben mir stand, war weiß wie Heroin, Koslowski trat ein paar Schritte zurück. Ich schrie. Wir standen an einem Hafenbecken, sogar ich stand noch, vor uns auf zwei Persennings der Wasserschutzpolizei lagen die Leichen. Meine Knie waren weich, aber ich stand. Die Uniformierten in der zweiten Reihe schüttelten verlegen die Köpfe, Brinkmann streckte die Hand nach mir aus, aber die Bewegung erstarb in der Luft. Ich brüllte mir die Seele aus dem Leib. Jörg Röder hatte Tränen in den Augen, ich benei-

dete ihn darum. Wiesenburg und Petersen gingen auf und ab, als würde ihnen die Kälte zu schaffen machen, Diethelm flüsterte mit Koslowski. Es war schrecklich kalt. In mir. Der absolute Nullpunkt war erreicht. In mir. Deswegen froren auch die anderen. Ich schrie, um nicht sterben zu müssen. Alle waren nicht weit entfernt, nur Lüders war wirklich in meiner Nähe. Doch auch er konnte mich nicht halten. Er war ein Mann. Ich fiel vornüber. Lüders griff nach mir, dennoch schlug ich auf den Beton und mir die Hände blutig. Es tat nicht weh. Nichts würde mir jemals wieder weh tun. Ich schrie, um nicht sterben zu müssen, aber ich würde gar nicht sterben, denn ich war tot.
»Ich halt das nicht aus«, sagte Jörg Röder zu unserem Chef.
»Nein«, sagte Brinkmann nur.
Ich kroch. Ich kroch auf allen vieren. Ich kroch auf die linke Persenning zu. Auf die linke Leiche. Auf Susa.
»Wann kommt denn endlich der Arzt?« wollte Koslowski wissen.
»Lena?« fragte Lüders, der neben mir kroch. Ich wollte noch einmal schreien, weil der Arsch mich liebte. Ich hatte keine Kraft mehr und spreizte die Arme. Ich lag im Dreck, aber ich war nicht bewußtlos. Ich hörte alles.
»Nun machen Sie doch«, gab Brinkmann einen hilflosen Befehl.
»Schon gut, schon gut«, flüsterte Lüders neben mir. Ich hörte Sirenen. Sirenen und Sirenen. Tausende.
»So eine Scheiße«, schimpfte Wiesenburg vor sich hin. Ich nahm an, daß er mit dem rechten oder dem linken Fuß auf den Boden stampfte wie Rumpelstilzchen. Und ich begann zu lachen. Ich konnte gar nicht aufhören. Zuerst hatte ich geschrien. Jetzt lachte ich. Lachte, nachdem Lüders mir wieder auf die Beine geholfen hatte, lachte dem Arzt ins Gesicht. Mit behutsamen Worten komplimentierte er mich zum Rettungswagen der Feuerwehr, der hier nicht mehr nötig war, den man also um meinetwillen angefordert hatte und den auch ich nicht brauchte.
Der Arzt würde mir eine Spritze geben. Ich wollte keine

Spritze, also lief ich davon. Haarscharf am Beckenrand, haarscharf am Abgrund. Am ewigen Schlaf vorbei. Ich hätte gern geschlafen, gern für immer, doch ich konnte nicht. Ich mußte zu Jim.

»Vorsicht!« kommandierte Koslowski. Wem das galt, blieb mir verborgen.

»Mein Sohn«, sagte ich. Ich wußte nicht, ob es jemand hörte.

»Haut jetzt alle ab!« Nun schrie auch Lüders.

Natürlich haute niemand ab. Sie waren Polizisten, sie hatten eine Verantwortung, wenn ein Leben in Gefahr war, mußten sie es retten, und daß sie ein Leben auch durch Abhauen retten konnten, war ihnen nicht bewußt. Allerdings war mein Leben nicht in Gefahr. Ich wollte nicht sterben. Ich verlangte nur, daß sie mich zu dem einzigen Menschen ließen, der noch für mich existierte.

»Ich fahr sie nach Hause«, rief Lüders den Einsatzkräften zu. Nachdem er es gesagt hatte, wollte ich nicht mehr. Jim sollte mich so nicht sehen, nicht in dieser tiefen und endgültigen Verzweiflung, die ihn überfordern würde. Er hatte Susanna nie geliebt, aber auf seine Art wohl doch gern gehabt. Oder er hatte sie gemocht, weil ich sie liebte und er mich. Er mußte sich arrangieren. Er hatte zähneknirschend einen Kompromiß für die Liebe seiner Mutter gemacht. Natürlich hatte er Susanna geärgert, hatte er ihr Streiche gespielt. Nun hatte ein Mörder ihm in die Hände gespielt. Seine Mutter mußte er nicht länger teilen. Ich blieb stehen und drehte mich abrupt um. Zu Lüders. Die eiskalte Klarheit, die plötzlich meine Gedanken beherrschte, schmerzte mehr als jeder Verlust.

»Die Nebenbuhlerin ist ausgeschaltet«, sagte ich.

»Was meinst du?« erkundigte sich Lüders vorsichtig.

»Jim wird sich freuen.«

»Lena, weißt du eigentlich, was du da redest?« Lüders hatte sofort begriffen: mich und seine Chance. Augenblicklich packte er meine Arme und riß mich von der Kaikante fort. Er strauchelte dabei, stürzte auf den Rücken, ich fiel auf seinen Bauch. Sofort war ein Haufen Bullen über uns.

Sie meinten es gut und rissen mich hoch. In einem Pulk von Uniformierten wurde ich zum Rettungswagen geschleppt.
»Hört endlich auf mit dem Quatsch!« Auch Lüders schien wieder auf den Beinen zu sein. »Ich fahr sie nach Hause.«
»Es ist doch besser, wenn sie erst einmal in eine Klinik …«, meinte Brinkmann.
»Sie hat ein Kind, um das sie sich kümmern muß«, widersprach Lüders.
»Das bringen wir beim Vater unter«, schlug Brinkmann vor.
»Nicht nötig«, protestierte ich, obwohl mir der Gedanke, verantwortungslos und von einem Personal umsorgt zu sein, verführerisch vorkam.
»Übertreibt's nicht«, mahnte Lüders und zog mich am Arm zu sich. Die Männer, die mich eskortierten, bildeten bereitwillig eine Gasse. »Sie braucht ihren Sohn mehr als ein Krankenhausbett.«
»Meinst du wirklich?« fragte ich ihn.
»Lena, Lena.« Er schüttelte den Kopf und schob mich zu seinem Wagen.

6

Jim, der gehört hatte, wie Lüders die Tür zu meiner Wohnung öffnete, stürzte sofort in die Diele; wahrscheinlich hatte er wieder irgendeinen Baustein entdeckt, der ihm die Welt erklärte, und wollte es mir unbedingt mitteilen. Ich fand das so rührend, daß ich augenblicklich in Tränen ausbrach; an eine Möglichkeit, die Welt zu erklären, glaubte ich seit Jahren nicht mehr. Lüders schickte mich mit der Auflage ins Badezimmer, ein heißes Bad zu nehmen, da dies meine Nerven beruhigen würde, während er sich Jim zur Seite nahm, vermutlich um ihn zu instruieren, wie er sich mir gegenüber zu verhalten hatte. Ich ließ auch tatsächlich Wasser in die Wanne laufen, setzte mich aufs

Klo und heulte noch eine Zeitlang vor mich hin. Obwohl ich hin und wieder mit der schlimmstmöglichen Wendung gerechnet hatte, konnte ich einfach nicht fassen, daß Susa tot war; nicht einer schleichenden Krankheit war sie erlegen und nicht bei einem Unfall ums Leben gekommen, sondern sie war gefoltert worden und dann durch einen Kopfschuß hingerichtet. Irgend jemand hatte in der vergangenen Nacht am Spreeufer ein regelrechtes Massaker veranstaltet, dem drei Menschen zum Opfer gefallen waren, unter ihnen Grzimek. Und das verstand ich nicht.

Das Wasser hatte fast den Wannenrand erreicht, und Lüders, der aus der Küche das Rauschen gehört haben mußte, klopfte besorgt an die Badtür und rief nach mir.

»Alles in Ordnung?« wollte er wissen.

»Ja«, erwiderte ich, obgleich so gut wie nichts in Ordnung war. »Ich liege gleich in der Wanne.«

»Gut«, meinte Lüders, »trink noch 'n bißchen was und schlaf dich dann aus. Und untersteh dich, morgen zum Dienst zu kommen. Wir werden das Kind schon schaukeln. In jedem Fall halte ich dich auf dem laufenden. Ciao, Lena!«

»Schönen Dank, Lüders«, sagte ich und zog mich aus.

Die Badewanne war ein Ort, von dem ich mich nur höchst ungern vertreiben ließ, und manchmal weilte ich mehr als eine Stunde im Wasser, während mich eine angenehme Schläfrigkeit überkam; an diesem Tag war ich nach zehn Minuten wieder draußen, und ich fühlte mich keineswegs entspannt. Wahrscheinlich, so kam es mir vor, würde ich nie wieder in meinem Leben Ruhe finden. Ich verpackte mich in meinen Bademantel und schlich über den Flur in die Küche, um mir einen mehrstöckigen Drink einzugießen. Jim stand mit einem Messer bewaffnet und weinend vor der Anrichte. Ihm jedoch waren die Tränen bloß gekommen, weil er Zwiebeln schnitt. Das war ein denkwürdiger Anblick.

»Dein Kollege hat gesagt, daß ich dir den Magen vollstopfen soll«, erklärte Jim sein Tun. »Ist bloß nicht viel da zum Stopfen.«

»Ich bin ja auch keine Mastgans«, sagte ich und ließ mich auf einen Stuhl fallen. »Wenn du mir was Gutes tun willst, dann guck nach, ob noch 'ne Flasche Weinbrand da ist.«
»Wo?« fragte Jim mit Unschuldsmiene.
»Tu bloß nicht so, als ob du nicht wüßtest, wo in diesem Haushalt der Alkohol versteckt wird.«
»Na, okay.« Jim machte sich an einem der Hängeschränke zu schaffen. »Falls diese komische Trine von heut morgen nicht alles weggesoffen hat …«
An Gesine hatte ich gar nicht mehr gedacht. Jim brachte sie mir wieder in Erinnerung.
»Daß du die hier überhaupt pennen läßt«, sagte er vorwurfsvoll.
»Ganz genau begreif ich das selber nicht«, gab ich zu. »Vielleicht weil ich nicht allein sein wollte.«
»Allein? Zähl ich denn nicht?«
»Natürlich zählst du.« Ich füllte ein Wasserglas mit dem Sprit. »Hat Lüders dir eigentlich erzählt, was passiert ist?«
»Nee, bloß daß du 'nen Schock hast«, Jim setzte sich zu mir, »und daß du mir alles erklären wirst.«
»Susanna ist …« Ich stockte.
»Was?« Jim riß die Augen auf. Er hatte schon verstanden. »Arme Mam«, setzte er hinzu. Sein Mitleid war echt. »Das ist ja voll blöd.« So sprach er eben. Es mochte einem Uneingeweihten oberflächlich erscheinen, aber es drückte seine tiefe Beunruhigung aus: Er hatte Angst um mich. »Deshalb bist du also so down.« Jim strich mir mit dem Finger sacht über die Wange. Seine Hände rochen nach Zwiebeln. »Ich hab bißchen was für dich gearbeitet.«
»Ja, danke«, sagte ich abwesend. Daß mein Sohn mich streichelte, verringerte meinen Schmerz ein wenig, aber er war immer noch zu stark, und obwohl es mir vor Jim peinlich war, begann ich wieder zu weinen. Das machte Jim dermaßen verlegen, daß er die Küche verließ. Doch nach wenigen Augenblikken war er zurück und hielt ein Blatt Papier in den Händen.
»Ich habe nach dieser Stadt gesucht. Nach Antofagasta. Und im

DejaNews Research Service gab's siebenundvierzig Einträge«, erklärte er, als ob mich dieser Umstand trösten konnte. »Hier.« Jim legte mir das Blatt vor. »Hab die Daten gespeichert und … und bei Dad ausgedruckt.«
Im Moment interessierte mich Antofagasta nicht besonders, aber da ich meinen Sohn nicht verletzen wollte, schaute ich mir das Ergebnis seiner Recherche an:

HREF=»dngetdoc.html?RECNUM=5690432+SERVER=dn
server.db95q4+CONTEXT=6149.4066.«>Re:Hasta cuando??
#2/2</A><B>chile.futbol</B><A HREF=»dnauthor-pro-
file.tcl? author=covalle@me.dcc.uchile.cl%20(Cristian% 20%
3c%20CJ%20 %3e%20Ovalle%20Nun ~ez)«>covalle@me.dcc.
uchil</A>
<DT>32.12/20016<AHREF=»dngetdoc.html?RECNUM
=5625910 +SERVER=dnserver.db95q4+ CONTEXT=6149.
4066.«>Soc.cultureArgentin#6/1</A><B>soc.culture.argen-
tin </B><A HREF=»dnauthor-profile.tcl?author=mandel
@informatik.uni-muenchen.de%20(Luis%20Mandel)« >man-
del@informatik. un</A>

»Um Gottes willen, Jim, was ist denn das?« rief ich aus. »Hieroglyphen von Außerirdischen?«
»Nein«, sagte Jim. »Dad hat auch davor gesessen wie'n Schwein vorm Uhrwerk. Aber ich hab den Code geknackt. Sind Verweise auf weitere Suchwerkzeuge. Auf andere Adressen, verstehst du? Also wenn ich jetzt zum Beispiel *agonzale@cec.uchile.cl* anmailen würde, krieg ich vielleicht was Genaueres raus.«
»Über chilenischen Fußball vermutlich.«
»Ja, kommt mir auch so vor.« Jim zuckte resigniert die Schultern. Jetzt war es an mir, ihm Trost zu spenden. Dagegen hatte ich nichts, denn es lenkte mich ab von Susas Tod.
»So wichtig ist das auch gar nicht«, sagte ich. »Es war nur so eine fixe Idee von mir, weil ich neugierig bin. Ich mein, die Einwohnerzahl von Antofagasta hilft mir in meiner Arbeit auch nicht weiter.«

»Das Verrückte ist, daß ich nicht mal im *CIX* ein Stichwort finde«, verteidigte sich Jim, dabei hatte ich gar nichts von ihm verlangt. Aber er war eben hartnäckig und ruhte nicht, bevor er eine Nuß geknackt hatte.

»Wo?« fragte ich.

»Im *Chilenet Index.*«

Mein Sohn hatte sich tatsächlich Gedanken gemacht über ein Problem, das ich zu lösen hatte, und er hatte sich die Nächte um die Ohren geschlagen: für mich. Und natürlich auch für sein Vergnügen, zur Befriedigung seines Spieltriebes. Ich bewunderte ihn; er war einfach ein toller Typ. Aber es war verschossenes Pulver, denn kein Frauenzimmer dieser Welt, von mir abgesehen, würde seine Talente zu schätzen wissen. Vielleicht sollte ich mir wünschen, daß mein Sohn schwul würde und ein Kerl ihn auf seinen Reisen durchs Internet begleitete, der ihn dann, wenn sie enthusiastisch auf den *Chilenet Index* starrten, auch noch knuddelte.

»Na, Jim, mach dir nichts draus«, sagte ich, »wenn wir unbedingt Antofagasta kennenlernen wollen, können wir ja hinfahren.«

»Echt? Nach Südamerika?« Jim strahlte mich an. »Wann denn?« Ich hatte das eigentlich nur so dahingesagt, aber nun befand ich mich unter Zugzwang.

»In den Ferien«, murmelte ich unbestimmt. Ich hatte absolut keine Lust auf Chile.

»In fünf Wochen sind die Osterferien«, sagte Jim begeistert.

»Du weißt doch, daß ich meinen Urlaub für den Sommer eingereicht habe«, bremste ich ihn. »Außerdem ist Südamerika ziemlich teuer. Also der Flug.«

»Aber du mußt jetzt nicht mehr ...« Jim biß sich auf die Zunge. Ich sprang auf.

»Was muß ich nicht mehr?« fragte ich scharf.

»Vergiß es, Mam«, bat Jim.

»Nein, ich will es wissen«, verlangte ich. »Was hast du eben sagen wollen?«

Jim schüttelte nur den Kopf.

»Los, raus mit der Sprache!«
»Ja, und dann schlägst du wieder zu.«
»Wann hab ich dich ...« Ich verstummte. Meine unbedachte Ohrfeige würde mir mein altkluges Früchtchen nie verzeihen. Und Jim hatte recht: Ich verzieh sie mir selbst nicht.
»Sprich ruhig aus, was du denkst«, sagte ich. »Es war blöd von mir, dir neulich ... na ja, du weißt schon. Und für seine Gedanken kann man sowieso niemanden bestrafen.«
»Pauker schon«, meinte Jim.
»Also?«
»Na, ich mein ja nur, daß du jetzt Susanna ... daß du die nicht mehr ... nicht mehr durchfüttern mußt.«
Daß Kinder grausam seien, war eine der Spruchweisheiten, die ich komplett hirnrissig fand. Jim allerdings war mehr als grausam. Vielleicht, weil er erwachsen wurde. Ich sperrte mich dagegen, schließlich war er erst zwölf. Doch womöglich war seine Sicht der Dinge richtiger: Er war schon zwölf.
»Dich fütter ich auch durch.« Ich war wütend. Ich war auf mich wütend. Ich liebte Susa. Wer liebt, verträgt die Wahrheit nicht. Jim hatte ja recht.
»Tut dir das leid?« wollte Jim wissen, dieses raffinierte Aas, das um Liebesbeweise buhlte.
»Du nutzt Susas Tod ziemlich schamlos aus«, warf ich ihm vor.
»Mam«, sagte Jim in einem Ton, den ich von seinem Vater kannte; wenn der mich belehren wollte, hatte er auch so gesprochen. »Mam, ich hab doch Freunde, stimmt's? Das sind meine Kumpel, oder? Hab ich von dir verlangt, daß du die gut findest?«
»Ich hab nicht gewußt, daß du Susanna haßt«, sagte ich kleinlaut. »Wahrscheinlich habe ich mir immer was eingeredet. Also ich hab gedacht, daß ihr euch auf 'ne bestimmte Art auch gern hattet.«
»Ach, Mam. Ich hol dir erst mal 'n bißchen Musik.« Jim verschwand aus der Küche. Ich war bisher noch nicht dazu gekommen, meinen Weinbrand zu trinken, also stürzte ich ihn in einem Zug hinunter und füllte mein Glas erneut. Die Strafe

für meinen Selbstbetrug war bitter, aber gerecht; allen feministischen Theorien zum Trotz brauchte ein Kind eben doch eine männliche Bezugsperson. Ich zündete mir eine Zigarette an. Jim kam mit einer Videokassette.
»Wollen wir hierbleiben oder ins Wohnzimmer gehen?« fragte er.
»Küchen sind die kommunikativsten Orte«, meinte ich.
»Okay.« Jim nickte zwar, aber verstanden hatte er mich nicht. Er ging ja auch noch nicht zu Parties. Ich immer seltener. »Ich leg das Band im Wohnzimmer ein und stell's laut. Und sag nichts von Nachbarn oder so.«
Es dauerte nicht lange, dann beschallte mich irgendwelche Musik. Jims Musik natürlich. Als ich zwölf gewesen war, hatte auch ich meine Musik gehabt. Jetzt hatte ich meinen Job.
»Also Susa war für dich 'n rotes Tuch«, stellte ich fest, als Jim wieder bei mir war.
»Mam«, sagte Jim und krempelte in Gedanken die Ärmel hoch, »es gibt paar Sachen, die du nicht weißt. Ich war immer Klassenbester, richtig?«
»Immer«, bestätigte ich.
»Und das hab ich gepackt, ohne mich anzustrengen«, fuhr Jim fort. »Ich mein, gibt ja auch paar Weiber, die ganz gut dastehen in der Penne. Alles Fleiß, Mam. Die lernen. Ich begreife.«
»Du bist 'ne arrogante Sau«, schimpfte ich. Voller Zärtlichkeit.
»Hättest du lieber 'nen Sohn, der dir Ärger macht?« fragte Jim. Daß dies eine rhetorische Frage war, wußte er selbst. Er spielte mit meinen Gefühlen, aber er hatte auch allen Grund dazu: Ich war der Mensch, der ihn liebte. Sein Vater bezahlte ihn bloß. Und natürlich wollte er auch von David geliebt werden.
»Red einfach weiter«, verlangte ich.
»Ich mach die Schule mit links«, sagte Jim, »und ich kann noch 'nen Haufen Sachen, die die anderen nicht können. Ich bin 'n totaler Exot deswegen, wofür ich ja gar nichts kann. Ich bin eben so. Nicht wie die anderen.«
»Und manchmal willst du lieber sein wie alle?« vermutete ich.

»Jetzt nicht mehr«, sagte Jim.

»Was heißt das?« Ich war ernsthaft verwirrt.

»Das heißt«, sagte Jim mit einer Klarheit, die ich nicht einmal von Erwachsenen erwartete, »das heißt, daß ich's ziemlich cool fand, der einzige Junge mit zwei Müttern zu sein. Paßte irgendwie zu meiner Rolle. Deswegen kriegt Rudi ja auch immer 'nen Kuß auf den Mund, wenn wir uns morgens auf'm Schulhof treffen. Ist für die ganzen Durchschnittstypen 'ne andere Welt. Und 'ne andere Welt werden die nie kennenlernen.«

»Hast du denn was ... Mir kannst du das ja sagen ... Was läuft denn mit Rudi?«

»Was soll schon laufen?« Jim schaute mich an wie ein Arzt eine Patientin, die unter Einbildungen litt. Sein Vater hatte mich auch so angesehen. »Rudi kann Programme schreiben. Und er hält sich für 'nen Linksradikalen. Aber nicht so wie Susa und die anderen. Sein Alter ist Millionär. Rudi wird auch einer.«

»Das imponiert dir?« Zum erstenmal begriff ich, daß ich meinen Sohn, daß ich mein Kind nicht kannte. Große Vorträge darüber, daß man die autarke Welt seines Nachwuchses akzeptieren mußte, hätte ich jederzeit halten können. Jim brauchte keinen Vortrag.

»Nö«, sagte Jim. »Aber guck dich doch mal auf'm Gym um. Ich mein, Hauptschüler und so, die haben sowieso verloren. Die meisten der Typen an der Penne auch. Die sind einfach doof.«

»Und du hältst dich für einen Gewinner, oder was?« Mit dem Jungen, den ich abgöttisch liebte, weil er mein Sohn war, hatte ich eine Schlange an meiner Brust genährt. »Tut mir leid, daß du zu spät geboren wurdest. In der NSDAP hättest du bestimmt 'ne Superkarriere gemacht.«

»Mam, ich bin kein Rechter«, sagte Jim. »Aber guck dich doch mal ganz normal um. Dad hat zwar ganz gut Kohle, aber er jammert ständig rum. Susa war genauso. Nur daß sie keine Kohle hatte.«

»Selbst wenn du recht hättest«, sagte ich, »auch Verlierer sind Menschen.«

»Und warum, Mam, bist du bei der Kripo 'ne Chefin geworden?«

»Damit ich dich durchfüttern kann.« Das war eine Lüge, und Jim durchschaute sie sofort. Natürlich hatte ich auch ein Stück Macht gewollt und allen zeigen wollen, daß ein Exot wie ich zur Macht begabt war. Dieser Scheißkerl von Sohn hatte mich längst analysiert. Weil er schon zwölf war.

»Soll ich die Musik etwas lauter drehen?« fragte Jim.

»Von mir aus nicht«, erwiderte ich. »Im übrigen solltest du mich nicht zu hoch einschätzen. Das nimmt mir jede Chance, jemand anderen zu lieben als dich. Besser gesagt, neben dir.«

»Man soll doch Vorbilder haben.« Jim lächelte. Er hatte es tatsächlich geschafft, daß ich an Susa wie an eine Anekdote dachte.

»Aber Bulle willst du doch nicht werden«, sagte ich. »Hoff ich zumindest.«

»Keine Ahnung«, sagte Jim. »Aber sei mal ehrlich, Mam, möchtest du, daß ich in irgend 'nem verkeimten besetzten Haus rumhocke und auf die Sozi warte?«

Mit einem dummen Sohn wäre ich doch besser bedient gewesen. Das Arschloch Jim hatte sehr schnell erkannt, daß es zwischen der arrivierten Kriminalbeamtin Lena Wertebach und ihrer Geliebten Mauern gab, die man eine Zeitlang verdrängen, aber niemals überwinden konnte. Mesalliancen wurden seit Urzeiten geächtet. Jim hatte begriffen, daß sie nicht von der öffentlichen Meinung verurteilt werden mußten; sie funktionierten einfach nicht. Wer auch immer Susa auf dem Gewissen hatte, und ich war davon überzeugt, daß ich ihn finden würde, eines mußte ich ihm zubilligen: Er hatte die Logik wiederhergestellt. Denn die Logik war ein System hierarchischer Begriffe.

»Jim, laß mich bitte allein«, bat ich meinen Sohn.

»Klar, Mam.« Noch nie hatte sich Jim so widerstandslos fortschicken lassen. »Aber wenn was ist, weißte ja, wo ich wohne.«

»Ungefähr um die Ecke«, sagte ich und bekam sogar ein Lächeln hin.

Jim ging nicht sofort auf sein Zimmer. Er spielte noch am Lautstärkeregler. Ich trank aus der Flasche. Dann kam der Titel, den Jim für mich bestimmt hatte.
Ich kannte mich in seiner Musikwelt nicht aus. Der junge Mann, der da sang, nannte sich *Beck*. Von einem Beck hatte ich noch nie etwas gehört.
Er sang ein Lied. Das Lied hieß *Looser.*
Verlieren war etwas, das mir nicht möglich war. Mir nicht, meinem Sohn nicht.
Nur Susa hatte verloren.

7

»Warum ist dieser Mensch hier?« Ich zeigte auf Oberleutnant Köster vom Bundesnachrichtendienst. Entgegen Lüders gutgemeinten Ratschlägen war ich früh aufgestanden und sofort in die Gerichtsmedizin gefahren.
»Er ist ermächtigt«, sagte Doktor Roth, was immer das auch bedeuten mochte. Ich fragte nicht nach; die Papiere, die diesen halben Hahn ermächtigten, waren mit Sicherheit nicht für mich bestimmt. Köster kam mir allerdings entgegen.
»Ich war der Babysitter von Horst Grzimek«, sagte er.
»Herr Grzimek war doch aber etliche Jahre älter als Sie«, sagte ich. Das war sicher ziemlich dumm.
»Babysitter«, erklärte *SoKo*-Leiter Koslowski denn auch sofort, »betreuen abgeschaltete Agenten.«
»Na, nun ist Grzimek ja total abgeschaltet«, sagte ich.
»Brandleichen sind ziemlich kompliziert«, erklärte Doktor Basing. »Aber daß sie vor dem Verbrennen getötet worden ist, steht immerhin fest.«
»Durch einen Schuß in den Kopf«, ergänzte Doktor Roth.
»Wie Grzimek und … und Ihre … verzeihen Sie.« Köster wollte feinfühlig sein. Feingefühl hatte ich nicht nötig.

»Warum sie?« wollte ich wissen.
»Weil die Brandleiche eine Frau ist«, sagte Roth.
»Zahnschema?«
»Haben wir«, bestätigte Basing. »Zu charakteristisch.«
»Wollt ihr mich auf den Arm nehmen?«
»Leider nein«, sagte Roth.
»Neun kariöse Zähne«, erläuterte Basing. »Der Dreier oben links und der Fünfer unten rechts müssen ihr nach menschlichem Ermessen Schmerzen bereitet haben. Ich schwöre Ihnen, daß sie seit Jahren nicht beim Zahnarzt war.«
»Aber der Oberbiß«, sagte Roth.
»Ich soll in den Wahnsinn getrieben werden«, stellte ich fest.
»Aber Frau Wertebach«, protestierte Basing.
»Wenn das Gebiß der Frau jemals ärztlich untersucht worden ist«, sagte Roth, »dann können wir sie identifizieren.«
»Es wird aber dauern«, sagte Basing.
»Wie lange?« fragte Köster.
»Lange«, sagte Doktor Roth.

8

Oberleutnant Köster zählte durchaus nicht zu meinen *favorite persons*, aber da wir beide auf dasselbe Resultat warteten, hatte ich mich dazu durchgerungen, ihn auf einen Kaffee einzuladen, und als ich das Wort Kaffee aussprach, hatte ich an Schnaps gedacht; fast jeder Mensch wurde unter dem Einfluß von Alkohol redselig. Zuerst hatte sich Köster gegen den Schnaps zur Wehr gesetzt, aber da er ein Mann war, hatte ich ihn weichklopfen können. Männer sprachen auf drei Dinge an: auf Erfolg im Job, auf Suff und auf Weiber.
»Sie können mich für doof halten«, sagte ich, weil es bei Kerlen immer gut ankam, wenn sich eine Frau klein machte, »Sie können mich für doof halten, aber was ein Babysitter in Ihrem Metier zu tun hat, das weiß ich nicht.«

»Daß der BND in aller Welt Agenten beschäftigt, wird Ihnen nicht entgangen sein«, sagte Köster mit einer überlegenen Ironie, die mir in die Hände spielte.
»Das hat ja auch seine Gründe«, sagte ich. Meine Augen waren braun, und das hatte sogar das Landeseinwohneramt bestätigt. Ich tat so, als ob ich blauäugig wäre. Dumme Weiber dienten solchen Männern wie Köster als Hintergrund, vor dem sie sich spreizen konnten. Als der Oberleutnant an seinem Tequila schnupperte, denn ich hatte bewußt Hochprozentiges bestellt, wußte ich, daß ich Jim nicht enttäuschen würde: In dieser Runde würde ich die Gewinnerin sein. Ich kotzte mich selbst an; ob ich nun siegte oder nicht, war für Susa unerheblich.
»Agenten treten irgendwann in den Ruhestand wie jeder Bürger auch«, sagte Köster, »aber der Normalbürger kann seinen Ruhestand unbeschwert genießen. Agenten werden bis zu ihrem Tod überwacht. Von den sogenannten Babysittern.«
»Und Ihr Objekt war Grzimek?« fragte ich.
»Unter anderem«, erwiderte Köster.
»Wer noch?« wollte ich wissen.
»Das kann ich Ihnen nun wirklich nicht sagen«, erklärte Köster und lächelte. Er hatte mich als Frau erkannt. Jetzt konnte ich mein Spiel durchziehen.
»Ist das Überwachen abgeschalteter Agenten für einen attraktiven Mann wie Sie nicht etwas klein?«
»Es ist ein Schritt«, sagte Köster.
»Auf der Karriereleiter?«
»Sie sagen es.«
Ich mußte Köster ein Angebot machen, dann hatte ich ihn.
»Da ich in einer Sache ermittle, die Ihre Arbeit berührt«, sagte ich also, »bitte ich Sie um Antwort auf zwei Fragen. Erste Frage: Wollen wir nicht Du zueinander sagen? Ich bin Lena. Zweite Frage: Nehmen Sie noch einen Tequila?«
»Gern«, sagte Köster. »In bezug auf beide Fragen.«
Nach dem vierten Tequila mußte ich keine Fragen mehr stellen. Köster war sich nicht einmal der Tatsache bewußt, daß ich noch beim ersten war.

9

»Lena, ich muß dir da mal was erklären«, sagte Köster. Alle Männer waren darauf geeicht, Frauen etwas erklären zu müssen. Mein geschiedener Mann war ein großer Erklärer gewesen, Jim war es auch. Und Frauen wie Susa oder Gesine, die ja immer für die Rechte der Frauen kämpften, hatten diese Erklärermentalität angenommen. Auch sie hatten mich ständig agitieren wollen. Ich hatte einen kaltschnäuzigen Sohn in die Welt gesetzt. Er war das Produkt einer kaltschnäuzigen Mutter. Wie so oft nutzte ich gerade die Schwächen der Menschen aus. Um einen Fall aufzuklären. Um nicht als Verliererin dazustehen. Mein Sohn wußte bereits zuviel über diesen ganzen Scheißdreck, er konnte nur sehr erfolgreich und sehr unglücklich werden.

»Was mußt du mir erklären?« fragte ich Köster, der seit geraumer Zeit für mich Uwe hieß.

»Grzimek wurde kurz nach dem Ende des Kalten Krieges abgeschaltet«, sagte Köster. »Als in Chile die Demokratie Einzug hielt, war er noch drüben. Oder wieder drüben, muß man ja wohl sagen.«

»Er hat 'ne Pause eingelegt, um Anne Hauptmann umzubringen«, schoß ich ins Blaue.

»Lena, unsere Mitarbeiter sind keine Mörder«, feuerte Uwe zurück.

»Bist du als Babysitter jeden Tag an deinen ...«, ich suchte nach einem unverfänglichen Wort, »... an deinen Klienten dran?«

»Grzimek hab ich übernommen«, sagte Köster. »Vor drei Jahren. Da er schon einige Zeit abgeschaltet war, hab ich natürlich nur Stichproben gemacht. Eine tägliche Überwachung können wir von einem bestimmten Punkt an nicht mehr finanzieren.«

»Wen darfst du noch auf deinem Schoß schaukeln? Carla Murmann vielleicht? Die ist ja auch gern in Chile gewesen.«

»Darüber kann ich keine Auskunft geben.« Köster schob sein

Tequilaglas von sich fort, wahrscheinlich weil er fürchtete, durch den Alkohol noch gesprächiger zu werden, als er bereits war.

»Zwei fehlen noch auf meiner Liste«, fuhr ich ungerührt fort. »Ernst Wagner zum Beispiel, der womöglich hin und wieder Müller heißt. Und Leonce Büchner, aber das war wohl nur ein Deckname.«

»Wagner?« Köster zuckte die Schultern. »Ernst Wagner?«

»Dein Auftraggeber«, erklärte ich. Das war nur eine Vermutung, aber ich trug sie im Brustton der Überzeugung vor, und Köster zuckte zusammen.

»Mein Auftraggeber ist der Bundesnachrichtendienst«, wich er aus.

»Mach dich nicht so klein, Uwe«, zog ich ihn auf. »Wenn schon, dann die Bundesregierung mit ihrem unsäglichen Geheimdienstkoordinator, der nichts zu koordinieren hat, weil ihr ihm alle Dienstgeheimnisse vorenthaltet. Sagt er jedenfalls, wenn's brenzlig wird. Und in eurem Stall, scheint mir, wird ziemlich oft gekokelt. Na ja, kleine Jungs spielen gern Verstecken und mit dem Feuer.«

»Du schätzt unsere Arbeit nicht besonders«, stellte Köster traurig fest.

»Doch, doch«, wehrte ich ab, »und mich ärgert nicht etwa, daß man euren Kram als Arbeit bezeichnet, mich ärgert bloß, daß er als Arbeit bezahlt wird.« Es war ein Fehler, Oberleutnant Köster zu beleidigen, mit herablassenden Bemerkungen würde ich meinem Ziel nicht näher kommen, aber diese spinnerten Floskeln vom Abschalten und Babysitten reizten meinen Widerspruchsgeist.

»Ich würd gern den gesamten Tequila übernehmen«, sagte Köster und winkte der Bedienung.

»Spaß verstehst du jedenfalls nicht«, meinte ich und klopfte ihm leicht an den Oberarm.

»Wenn sich jemand über uns lustig macht, trifft das einen wunden Punkt«, rechtfertigte sich Uwe Köster. »Wir leiden genug unter der abnehmenden Akzeptanz der Bevölkerung.«

»Mit einem Beitrag zur Wahrheitsfindung könntest du die Akzeptanz verbessern«, empfahl ich ihm.
»Unmöglich. Ich hab bereits zu viel gesagt, und für den Verrat von Dienstgeheimnissen kann man in den Knast kommen.«
»Dann gib mir wenigstens einen Insidertip«, beharrte ich. »Beim nächsten Tequila.«
»Der wird meine Zunge nicht lockern«, sagte Köster entschieden.
»Bitte, Uwe, ich bitte dich sehr.«
»Aber nur, wenn du mittrinkst.«
Dazu war ich gern bereit.
»Wagner, Grzimek und Carla Murmann haben während der Herrschaft des Militärs für ein paar Jahre in Chile zusammengearbeitet«, begann Köster.
»Das weiß ich bereits«, erwiderte ich nicht ohne Stolz. »Beim *German Council*, einer Tarnorganisation des BND. Geschäftsführer war die Kunstfigur Leonce Büchner.«
»Das war der Codename der drei, wenn sie miteinander kommuniziert haben.«
»Jetzt begreife ich.« Ich schlug mir an die Stirn. »Anne Hauptmann war irritiert, als sich eine Frau mit diesem Namen bei ihr meldete. Das dürfte also die Murmann gewesen sein. Und die fühlte sich natürlich sicher, weil irgendein chilenisches Betthäschen von Grzimek nicht wissen konnte, daß Leonce ein männlicher Vorname ist.«
»Vielleicht soll man auch chilenische Betthäschen nicht unterschätzen«, sagte Köster unbestimmt.
»Wie meinst du das?«
»Im multikulturellen Sinne.« Das war nun wirklich eine dämliche Antwort, aber da Uwe Köster anzusehen war, daß er in dieser Frage abblocken würde, hakte ich nicht weiter nach; es gab noch genug anderes, was mich interessierte.
»Was hat das Kleeblatt in Antofagasta denn getrieben?« erkundigte ich mich also.
»Abwehr«, erklärte Köster knapp.
»Abwehr? Aber die Abwehr der kommunistischen Bedrohung

hatte die chilenische Geheimpolizei doch im Griff. Wie hieß sie noch? DINA?«
»In den ersten Jahren«, bestätigte Köster. »Als sie zu sehr in Mißkredit geraten war, wurde sie umbenannt.«
»Haben Wagner, Grzimek und Frau Murmann Dreck am Stekken?« schleuderte ich meinen Pfeil mitten ins kalte Herz des BND.
»Jetzt ist es genug, Lena.« Köster erhob sich, zog seine Geldbörse aus der Gesäßtasche und trat an den Tresen. Sicher hatte er recht, und mehr durfte ich ihm nicht zumuten.
»Noch eine letzte Frage, Uwe«, bat ich auf dem Weg zur Tür. Köster brummte nur. »Hast du eine Waffe?«
»Nein, ich habe keine Waffe«, sagte Köster. Er hatte mich sofort verstanden. »Wer auch immer Grzimek, diese Frau und die noch unbekannte Person getötet hat, ich war es nicht.«
»Ein männliches Wort.« Mich kam schon wieder der Hohn an. »Aber auch Männer können Waffen beseitigen.«

10

Eines hatte ich Köster doch noch entlocken können: Grzimeks Berliner Adresse. Die Wohnung wollte ich mir selbst vornehmen, assistiert von Diethelm, Jörg Röder und unserem Kriminaltechniker Schmidt, während ich die Durchsuchung von Carla Murmanns Haus Lüders, Wiesenburg und Petersen überließ. Im übrigen hatte sich Karin Hauptmann mit der Schaumburgallee gar nicht so sehr geirrt.
Grzimek wohnte in der Nähe, und wie ich vermutete, hatte Anne Hauptmann ihrer Schwester die Schaumburgallee nur als eine der Straßen angegeben, die sie auf dem Weg vom U-Bahnhof Neu-Westend zu ihrem Geliebten zu durchqueren hatte; Karin hatte sich dann nur diese Strafe gemerkt.
Wir hielten vor dem Haus in der Westendallee, zwischen

Schaumburg- und Meiningenallee gelegen, und Röder sprang als erster hinaus. Diethelm und ich folgten gemächlich, wie es sich für alte Hasen gehörte.
»Nicht allzuweit von hier zur Kolonie *Spreegrund*«, stellte Diethelm fest. Ich schwieg. Röder, der die Klingelschilder studiert hatte, schüttelte den Kopf.
»Was ist, Jörg?« wollte ich wissen.
»Kein Grzimek«, erwiderte er.
»Ich hätt Köster fragen sollen, unter welchem Namen er hier logierte«, gestand ich ein.
»Kein Problem«, behauptete Diethelm und drückte auf einen Klingelknopf für eine Wohnung im Hochparterre. Neben dem Knopf der Wechselsprechanlage stand *Drews.*
»Ja, verdammt?« schnarrte uns ein Blockwart an.
»Kriminalpolizei«, schnarrte Diethelm zurück.
Herr Drews erwartete uns auf der Fußmatte vor seiner Wohnungstür und roch genauso wie das Treppenhaus nach Schweiß und Bohnerwachs. Er trug über seinem fetten Bauch ein karriertes Hemd, dessen linker Ärmel einen Riß aufwies, eine eingelaufene graue Trainingshose, graue Socken und Filzpantoffeln: Nur in der Wirklichkeit konnten die Rollen noch schlechter besetzt sein als im schlechtesten Film.
»Was ist passiert?« erkundigte sich Drews. Die Nachricht von einer Bluttat würde sicher etwas Glanz in seine stumpfen Augen bringen.
»Das wissen Sie genau«, behauptete Diethelm angewidert.
»Ich?« Drews wurde grau wie seine Socken. »Was soll ich denn wissen?«
»In diesem Haus wohnt ein alleinstehender Mann«, sagte Diethelm.
»Aber ... ich ... ich bin ...«, stammelte Drews; Männer wie er hatten immer einen Grund, sich ertappt zu fühlen, und wenn es nur die Tatsache war, daß sie seit dreißig Jahren täglich masturbierten. »Ich bin nicht der einzige Alleinstehende in diesem Haus«, sagte er schließlich erleichtert und bereit, jeden Nachbarn ans Messer zu liefern.

»Ist der andere ein Mann von Anfang vierzig?« fragte Diethelm. Drews nickte. »Der vor vielen Jahren für längere Zeit im Ausland weilte?« Das Nicken wurde noch devoter; Drews hatte immer gewußt, daß Männer nicht koscher sein konnten, die im zweifelhaften Ausland etwas anderes suchten als Erholung. »Bekommt er mitunter Besuch von dieser Frau?« Diethelm präsentierte ein Foto von Carla Murmann. Drews schaute es sich lange an, schüttelte dann jedoch überzeugt den Kopf.
»Wie lange wohnen Sie in diesem Haus?« wollte Diethelm wissen.
»Seit fast zwanzig Jahren.«
»Und diese Frau?«
Auch ein Bild von Anne Hauptmann mußte sich Drews ansehen.
»Ja«, bestätigte er, »aber das ist lange her.«
»Wie heißt der Mann?«
»Kunkel. Dritter Stock, links.«
Wir stiegen also in den dritten Stock hinauf und kamen dabei dem Geruch von gebratenem Fleisch immer näher. Schmidt machte sich am Schloß zu schaffen, mir wurde bewußt, daß ich doch noch einen Magen besaß.
»Eigentlich hätte er sich Kungel nennen sollen«, meinte Jörg Röder. Schmidt hatte die Tür geknackt. Ich betrat als erste die Diele.
Viel zu sehen gab es nicht. An der Garderobe hing ein Anorak, der schon bessere Zeiten gesehen hatte, auf einem kleinen Schränkchen standen das Telefon und eine Schale mit Kamm und Nagelfeile, daneben ein Paar klobiger Schuhe. Zwei Angelruten lagen, achtlos hingeworfen, auf dem beigen Teppichboden, aus einem roten Plastikeimer stank es nach Fisch. Ich stieß die erste Tür auf. Sie führte ins Wohnzimmer.
»Ganz schöne Unordnung«, stellte Röder fest.
Wir brauchten nicht lange, um den Grund der Unordnung zu begreifen.
»Hier ist schon vor uns jemand gewesen«, meinte Diethelm.
»Der es eilig hatte«, fügte ich hinzu.

Vom Wagen aus wählte ich die Privatnummer von Doktor Murmann an. Es verstrich einige Zeit, bis Lüders an den Apparat ging.
»Wie sieht's bei euch aus?« erkundigte ich mich. »Wir hatten Vorgänger«, erwiderte Lüders.

11

»Ziemlich geringe Ausbeute«, meinte ich, bevor ich einen Schluck von Patricias gutem Kaffee nahm. Drei Fotos von Carla Murmanns Tochter lagen vor mir auf dem Schreibtisch.
»Ein paar persönliche Dokumente haben wir auch gefunden«, widersprach Petersen. »Geburtsurkunde, Heiratsurkunde, Kontovertrag, Versicherungspolicen und Briefe.«
»Briefe? Von Grzimek?«
»Nein, von ihrem Mann«, erklärte Wiesenburg. »Geschiedenem Mann. Von Ronald Murmann. Zu Geburtstagen und zu Weihnachten hat er immer an Mutter und Tochter geschrieben.«
»Angeblich lebt er ja im fernen Ausland«, sagte ich.
»Das ist richtig«, bestätigte Lüders. »In den USA.«
»Dort können wir ihn ja von den amerikanischen Kollegen vernehmen lassen«, meinte ich erstaunt.
»Natürlich.« Lüders sah mich zweifelnd an.
»Frau Murmann tat so, als wäre ihr Ehemaliger unerreichbar«, erklärte ich mich. »Okay, laßt uns die Briefe durchgucken.«
Jeder bekam ein paar der Dokumente zugeteilt, und wir studierten sie eine gute halbe Stunde. Jörg Röder war es, der etwas fand.
»Schaut mal«, rief er uns zu. Und wir schauten. Es war ein Brief von Ronald Murmann an seine Tochter.

Liebste Feli,
obwohl das vielleicht nicht seinem Inhalt angemessen ist, möchte ich dir doch sagen, daß wir uns über deinen ausführlichen Brief gefreut haben. Er hat uns beide, also Brigid und mich, sehr erschüttert, und noch einmal möchten wir dir versichern, daß du bei uns in Albuquerque stets willkommen bist; ein Zimmer hätten wir für dich, und ein Job findet sich bestimmt. Aber das weißt du ja alles.
Feli, daß deine Mutter und ihr Lebensgefährte schwere Schuld auf sich geladen haben, will ich noch immer nicht entschuldigen. Aber was ich dir immer gesagt habe, will ich noch einmal wiederholen: Carla hat diese Konsequenzen ihres Tuns nicht gewollt. Es war die besondere weltpolitische Situation damals, ihre gewisse Arbeit – darüber haben wir uns schon oft verständigt.
Aber was deine Mutter und dieser Horst dir jetzt antun, also da kann ich dir nur eines raten. Wenn du nicht zur Polizei gehen willst, und dazu hättest du ein verdammtes Recht, doch wenn du es nicht willst, dann packe deine Koffer und komm zu uns. Ich würde dir auch ein Ticket schicken. Bitte rufe bald an. Oder schreib.
Dein Vater

»Albuquerque«, stöhnte ich, »das ist ja ein wahrhaft internationaler Fall. Von dem Nest hab ich übrigens noch nie was gehört.«
»Liest sich spanisch«, meinte Lüders, »befindet sich also irgendwo im Süden.«
»Südosten? Südwesten? Oder eher in der Mitte?«
Lüders zuckte die Schultern. Ich rief Oberkommissar Ziegler vom deutschen Büro der Interpol an.
»Ich hab ein mehr als kompliziertes Problem«, gestand ich ihm.
»Wenn ich trotzdem helfen kann«, meinte Ziegler.
»Wir haben mittlerweile Tatverdächtige, ohne daß ich Ihnen Näheres erklären kann«, sagte ich. »Mir liegt hier ein Brief aus den USA vor, genauer gesagt, aus einer Stadt namens Albuquerque. Ich möchte, daß die Kripo dieser Stadt einen Mann vernimmt, der Ronald Murmann heißt, und zwar zum Inhalt

dieses Briefes. Er ist allerdings in Deutsch abgefaßt. Soll ich ihn übersetzen lassen?«
»Das kann ich erledigen«, erbot sich Ziegler. »Ich müßte nur wissen, in welche Richtung die Vernehmung erfolgen soll.«
»Die geht aus dem Brief hervor«, sagte ich, »aber Sie bekommen auch noch ein Anschreiben mit detaillierten Fragen.«
»Na, dann will ich sehen, was ich für Sie tun kann«, versprach Ziegler. »Im Gegenzug müssen Sie jedoch meine Neugierde befriedigen. Wer ist denn tatverdächtig?«
»Ein abgeschalteter und mittlerweile exekutierter BND-Agent. Eine hochrangige Mitarbeiterin der Berliner Innenverwaltung. Ein Abteilungsleiter des Bundesnachrichtendienstes.«
»Himmel!« rief Ziegler.
»Eher Hölle«, kalauerte ich.

12

»Der Inhalt dieses Briefes ist mir vollkommen unverständlich«, erklärte Frau Doktor Carla Murmann Staatsanwalt Thalbach und mir. Sie spielte die Selbstsichere, aber ihre Hände zitterten. »Mein Ex-Gatte will offenbar meine Tochter gegen mich aufwiegeln, um sie dazu zu bewegen, zu ihm zu kommen.«
»Wo ist Ihre Tochter überhaupt?« erkundigte ich mich.
»Woher soll ich das wissen? Ich bin ja seit mehreren Stunden in Ihrer Gewalt und muß, um genau zu sein«, die Murmann blickte auf ihre Armbanduhr, »ich muß darauf bestehen, in sechs Stunden dem Haftrichter vorgeführt zu werden.«
»Sechs Stunden sind eine lange Zeit«, murmelte Thalbach.
»Ich weiß, wo Ihre Tochter ist«, sagte ich und zog die Expertise von Roth und Basing aus meiner Aktenmappe. Da wir in Nullkommanichts die Krankenkasse der Murmann und ihrer Tochter ermittelt hatten, war es ein Leichtes gewesen, Felicitas'

Zahnarzt ausfindig zu machen, auch wenn sie lange nicht bei ihm gewesen war.
»Ach«, sagte Doktor Murmann bloß.
»In einem Kühlfach«, erklärte ich kalt.
»Kühlfach?« Dann brach Carla Murmann zusammen. Sehr effektvoll, wie ich fand. Thalbach gab ihr ein paar Minuten, um ihr darstellerisches Vermögen zu entfalten.
»Wen wollen Sie denn mit Ihrer Rechtsvertretung betrauen?« fragte er, als ihm die Vorstellung zu bunt wurde.
»Wieso Rechtsvertretung?«
»Aber Frau Doktor Murmann«, auch Thalbach besaß gelegentlich ein dramatisches Talent, »soll denn kein Anwalt dabei sein, wenn ich Ihnen den Haftbefehl verkünde?«
»Haftbefehl? Ich versteh nicht.«
»Wir haben ja einige Fakten gegen Sie«, erläuterte Thalbach. »Bisher war keiner dieser Fakten ausreichend, um Haftgründe zu formulieren. Nachdem wir wissen, daß die Brandleiche, die im *Spreegrund* gefunden wurde, Ihre Tochter ist, hat sich das Blatt gewendet. Da Sie ja kein Alibi haben.«
»Sie wollen ... Sie wagen es? Mich in den Knast ... Ich soll in die U-Haft?«
Thalbach nickte. Doktor Murmann weinte erneut. Diese Tränen waren echt.

Neuntes Kapitel

1

Nur um die letzte Gewißheit zu erhalten, fuhr ich ins *FrauenHaus,* wo ich sowohl Daphne als auch Gesine die Bilder von Felicitas vorlegte. Wie ich erwartet hatte, erkannten beide das Mädchen, das bei Ulrike Schell Rat und Hilfe gesucht hatte, weil Mutter und Vater es mißbrauchten und quälten; oder besser gesagt, Mutter und Nennvater.

Obwohl durch meinen Job mit allen Abgründen der Seele und der menschlichen Leidenschaften vertraut, kam es mir noch immer unglaublich vor, daß eine hohe Beamtin wie Carla Murmann zu solch niederträchtigen Handlungen fähig sein sollte. Einen Rest an Respekt vor den Führungsebenen hatte ich mir wohl doch bewahrt; davon, daß ihre Angehörigen pausenlos als moralische Saubermänner und Sauberfrauen auftraten, als Menschen ohne Fehl und Tadel, war auch in meinem Bewußtsein etwas hängengeblieben: trotz der zahlreichen Skandale, die ihnen das Bekenntnis abnötigten, auch bloß fehlbare Menschen zu sein, aber gerade das machte sie ja wiederum sympathisch. Es war offenbar das Beste, an gar nichts mehr zu glauben. Oder nur noch an sich selbst.

Horst Grzimek hieß der Mann, der Ulrike Schell auf dem Gewissen hatte, und die Murmann hatte zumindest von den Foltersitzungen gewußt; daran bestand für mich kein Zweifel mehr. Carla Murmann hatte ihre enge Bekanntschaft zu LKA-Chef Schubert ausgenutzt, um Grzimek Insiderwissen zuzuspielen, weshalb er anfangs auch so getan hatte, als handele es sich bei dem Skelett im Tegeler Forst tatsächlich um Harriet Stone. Das war ein Ablenkungsmanöver gewesen, und erst, als uns Zweifel gekommen waren, hatte er sein mieses Spiel bekannt. Mittlerweile stand zumindest für mich und meine Leute fest, daß er auch Anne Hauptmann gequält und getötet hatte und daß Susa sein letztes Opfer gewesen war; ob er auch den tödlichen Schuß auf sie abgefeuert hatte, bevor er selbst erledigt worden war, vermochte ich nicht zu sagen. Daß er sich nicht selbst in den Kopf geschossen hatte, stand jedenfalls fest, schließlich hätte in diesem Fall die Waffe in seiner Nähe gelegen, und außerdem hatten Basing und Roth keine Schmauchspuren an der Wunde gefunden.

Solange jedoch Doktor Murmann den Mund nicht aufmachte, hing ich mit all meinen Gewißheiten in der Luft. Wir hatten viele Indizien zusammengetragen, aber eines unserer wichtigsten Beweismittel, der Mitschnitt der Telefonüberwachung, würde für das Gericht nicht freigegeben werden, und deshalb beschlich mich das Gefühl, mein Kartenhaus würde rasch einstürzen. Mir fehlte noch zu vieles. Ein Geständnis von Grzimek, in dem er auch Täterwissen offenbarte, und das war der beste Beweis schlechthin, ein solches Geständnis würde ich niemals bekommen. Aber ich hatte nicht einmal ein Motiv. Grzimek mochte ein durchgedrehter Sadist gewesen sein. Auch das konnte ich nicht beweisen.

Da es sich bei Horst Grzimek um einen Täter mit starkem Mitteilungsdrang handelte, hielt ich es sogar für möglich, daß er ein Tagebuch geführt hatte. Diejenigen, die vor uns seine Wohnung durchstöberten, hatten es sicher mitgehen lassen, und nun war es entweder vernichtet oder für immer in einem Panzerschrank verschwunden. Für ein paar Sekunden erwog ich, nach Pullach zu fahren und dort wilde Sau zu spielen, aber das würde nichts bringen, jedenfalls nichts außer einem Disziplinarverfahren, an dem ich sowieso schon hautnah entlangschlitterte. Ich hatte nur noch das Ziel, Susanna zu rächen. Der erste Teil meiner Rache war mir bereits abgenommen worden, und ich fürchtete, den zweiten nicht mehr zu schaffen. Mißmutig überquerte ich die Straße vor dem *FrauenHaus*, um zu meinem Wagen zu gelangen. Ich wollte nach Hause, um für ein paar Stunden zu vergessen.

»Lena, warte bitte!« rief mir jemand hinterher: Gesine. Ich wandte mich um.
»Was ist?«
»Ich möchte dich nicht allein lassen«, erklärte Gesine. »Um ehrlich zu sein, im Moment kann ich selber nicht allein sein.«
»Du hast doch deine ganzen Frauen«, erwiderte ich und setzte meinen Weg fort.
»Manchmal ist eine Frau mehr als viele. Außerdem hab ich's satt, daß alle zu mir sagen: Du, Gesine, das mit Anna-Maria, das haben wir immer gewußt. Alle sind immer so klug, wenn das Kind im Brunnen liegt. Weißt du, Lena, im *FrauenHaus*, da bin ich die Bezugsperson und der Schuttabladeplatz. Jeder kann sich bei mir ausheulen, ich muß trösten, einen Ausweg finden, immer stark sein. Bei dir ist das anders, du bist selber stark. Zu stark vielleicht. Susa ist tot, aber wenn du deine Arbeit machst, läßt du dir nichts anmerken. Ich hab Lust, an deinem Küchentisch zu sitzen und ein paar Runden abzuheulen.«
»Na, den Boden kann man ja aufwischen«, meinte ich, ohne mich meiner zynischen Regung zu schämen, »steig also ein.«
Seit einiger Zeit kannte ich die Aroser Allee nur noch bei Dunkelheit, und auch jetzt brannten bereits die Straßenlaternen und die Lichter in den Wohnungen, wo gerade gegessen, geliebt, gestritten oder gestorben wurde. Ich schloß den Wagen, Gesine hakte sich bei mir unter. Wahre Liebe sollte es nur unter Männern geben, aber womöglich dachten jene, die uns beobachteten, für ein paar Augenblicke das Gegenteil.
In meiner Wohnung hatte es eine geringfügige Veränderung gegeben: An Jims Tür hing ein selbstgefertigtes Schild mit der Aufschrift *Don't disturb*, geradezu eine Aufforderung zum Stören. Bevor ich ihr nachkam, schob ich Gesine in die Küche und goß uns einen Schnaps ein. Damit teilte ich schwesterlich, was an Alkohol noch im Haus war; wenn wir uns dennoch betäuben wollten, mußten wir zu Schlafmitteln Zuflucht nehmen.
Als rücksichtsvolle Mutter klopfe ich immerhin an die Tür zum Zimmer meines Jungen. Ich hörte ein Rascheln und Raunen, bevor Jim mir antwortete.

»Jetzt nicht, Mam«, verlangte er. Vielleicht hatte auch er mit dem Trinken angefangen und mußte erst einmal seine Pulle verstecken; dabei war er bereits dermaßen angesäuselt, daß er mit ihr sprach.
»Bist du allein?« rief ich durch die Tür.
»Nein«, bekannte Jim.
»Ach, so«, lenkte ich ein; mein Sohn hatte wohl doch ein Mädchen gefunden, daß sich von fehlgeschlagenen Zugängen zum Gateway nicht abschrecken ließ. Da wollte ich nicht indiskret sein.
»Ist bloß Rudi«, erklärte Jim.
»Bloß?« kam postwendend der Protest. Wenn es bloß Rudi war, nahm ich mir das Recht, unaufgefordert einzutreten. Das lebende Bild, das sich meinem kriminalistischen Blick bot, war höchst aussagekräftig.
Jim war gerade an seinen Schreibtisch gehechtet, um mir konzentriertes Arbeiten am Computer vorzuspielen, aber der blinde Bildschirm strafte ihn Lügen; sein Freund Rudi stand nicht weit von ihm entfernt, sein T-Shirt hing halb aus der Hose, und er stand auf einem Bein, weil er gerade damit beschäftigt war, sich eine Socke anzuziehen. Beide hatten sie gerötete Wangen und waren verschwitzt, als hätten sie in meiner Wohnung Fußball gespielt, aber das tat man für gewöhnlich nicht barfuß.
»Tag, Frau Wertebach«, sagte Rudi, der auch in dieser Situation höflich blieb. Da er kein Storch war, hüpfte er auf dem einen Bein hin und her. Mir fehlten noch die Worte.
»Wir haben uns gestritten«, behauptete Jim, dem endlich eine Erklärung eingefallen war. »Über PCI und Local Bus. Rudi hat sein veraltetes System natürlich verteidigt. Da mußten wir eben 'nen kleinen Ringkampf machen.«
»Aha«, sagte ich, was ein unverfänglicher Kommentar war, trat näher zu den beiden Knaben und strich ihnen übers wirre Haar. »Zuerst dachte ich, ihr hättet eure Meinungsverschiedenheit durch Zehenhakeln ausgetragen.«
»Wie soll das wohl gehen?« fragte Jim und betrachtete Rudis

nackten Fuß. Rudi stand mittlerweile wieder auf zwei Beinen und hielt die Socke in der Hand. Im Gegensatz zu meinem Sohn, der sich rasch gefangen hatte, wirkte er noch beschämt.

»Da zwischen euch offenbar wieder Harmonie herrscht«, meinte ich, »könnt ihr was zur Hebung meines Bildungsniveaus tun.«

»Gern, Mam.« Jim schaltete seinen PC ein, Rudi setzte sich kurzentschlossen auf einen Stuhl und streifte die Socke über.

»Nach all den Enttäuschungen mit Antofagasta haben wir Anspruch auf einen Erfolg«, sagte ich. »Das kannst du deinem Internet getrost mitteilen. Ich hab nämlich eine neue Stadt zum Beanspruchen sämtlicher Suchwerkzeuge.«

»Her damit«, befahl Jim, mein Master of Research.

»Ich schreib's lieber auf.« Das tat ich. Rudi war an Jims Schreibtisch herangetreten und las das notierte Wort ebenfalls.

»Wie wird'n das ausgesprochen?« wollte er wissen.

»Elbukörkie«, sagte ich in einem Ton, als gehöre dies zu den Grundlagen jeglicher Bildung.

»Alles in Ordnung?« fragte Gesine, die es trotz meiner längeren Abwesenheit nicht gewagt hatte, mein Schnapsglas anzurühren, obwohl sie in meinem Dunstkreis unbedingt schwach sein wollte.

»In bester Ordnung«, erwiderte ich und ließ mich nieder. »Schon Pläne für die Gestaltung des Abends?« Gesine zuckte die Achseln. »Fernsehen vielleicht?«

»Hab ich seit Ewigkeiten nicht gemacht.«

»Dann wollen wir ins Wohnzimmer wechseln«, beschloß ich.

In meinem verkabelten High-Tech-Haushaft empfing ich fünfunddreißig Programme, und wenn ich die englischen, französischen und türkischen Sender ausschloß, blieben immer noch genug übrig, um sich halbtot zu langweilen. Ich saß nur selten vor der Glotze, aber wenn ich mich einmal dazu durchrang, erwischte ich immer die Abende der Talkshows, der Gewinnspiele und der zehntklassigen amerikanischen Billigimporte; vielleicht gab es ja keine anderen Abende mehr. Gesine hatte sich neben mich auf die Couch gesetzt, und wir rauchten wie die Weltmeister, damit unser Zusammensein einen Sinn bekäme, wenn auch einen selbstzerstörerischen. Schließlich waren unsere Kehlen dermaßen ausgetrocknet, daß wir sie mit einer Flasche Hochprozentigem zu netzen beschlossen. Ich drückte Gesine einen Zwanzigmarkschein in die Hand und schickte sie in die nächstbeste Kneipe. Daß sie auf dem Flur Jim begegnete, hörte ich an ihrem mehr als verhaltenen Begrüßungsritual.

»Mam, Mam«, aus Jim sprach wieder mein Erzieher, »was findest du bloß an diesen Weibern?«

»Das mußt du mit deinem linksradikalen Freund gerade sagen«, schoß ich zurück.

»Bei Rudi ist das mehr wegen der Klamotten«, verteidigte sich Jim. »Der hat wenigstens was in der Birne.«

»Was Gesine in der Birne hat, kannst du nicht beurteilen.« Ich schaute auf meine Armbanduhr. »Im übrigen ist es Zeit für die Nachtruhe.«

»Darf Rudi hierbleiben?« Mein Sohn sorgte für immer neue Überraschungen; dafür mußte er meinen zweifelnden Blick ertragen. »Wir surfen auch bloß noch 'ne halbe Stunde, ich schwör's.«

»Und wo, Herr Sohn, soll dein Rudi schlafen?«

»Na, auf der Luftmatratze.«

»Ich denke, die Entscheidung liegt in erster Linie bei seinen Eltern«, sagte ich.

»Deshalb wollten wir ja auch mal telefonieren.«

»Habt ihr denn was für mich? Heiße Infos über Albuquerque?«

»Nicht mal kalte«, gestand Jim enttäuscht. »Ist mal wieder Stau auf der Datenautobahn.«

»Ach, und wie wollt ihr dann noch 'ne halbe Stunde surfen?« Ich nahm meinen Sohn scharf ins Visier, und der schlagfertige Jim wurde puterrot. »Gut, ruft die Eltern an. Von mir aus kann Rudi bleiben, und mit der Luftmatratze müßt ihr euch nicht unbedingt abquälen.«

»Aber Mam«, die Röte wich nicht, »was denkst du denn?«

»Ich? Nichts. Denken ist Männersache.«
Das bewies ich, während ich mit Gesine die Flasche Fusel leerte, denn zu mehr hatten meine zwanzig Mark nicht gereicht; als wir begannen, mochten wir nicht denken, und als wir uns der Neige näherten, konnten wir es nicht mehr. Das Fernsehen tat das übrige, damit wir vollkommen verblödeten, und schließlich schob ich die Hand nicht mehr fort, die Gesine immer wieder zwischen meine Schenkel legte. Susanna befand sich irgendwo im Nebel, ich würde sie nicht hintergehen können, und ich vermochte längst nicht mehr zu unterscheiden, wer nach Rauch und billigem Schnaps roch, Gesine oder ich. Wir beide wahrscheinlich. Ich schloß die Augen. Gesines Hände fuhren unter meinen Pullover und tasteten meine Brüste ab. Ich war bestimmt ein schlechter Mensch, aber die Natur ist nicht moralisch.

2

Wer auch immer die These aufgebracht hatte, Frauen hätten nur einen gering entwickelten Trieb und könnten auch ohne Sexualität leben, der hatte sich geirrt: Gesine und ich stürzten uns mit einem Verlangen aufeinander, das fast schmerzhaft war. Vielleicht lag es an der Anspannung der letzten Tage, die uns beiden den Wunsch nach Entfesselung eingab, vielleicht wollten wir beide nur im Rausch vergessen, jedenfalls veranstalteten unsere Hände einen wahrhaften Hexentanz auf Hals, Brust, Bauch und Schenkeln der jeweils anderen, und wir keuchten uns die Lungen aus dem Leib, bis wir bloß noch Sterne sahen. Ich drang als erste in Gesine ein. Meine Finger tasteten sich vorsichtig in die dunkle, feuchte Höhle, und während sie sich an den Wänden entlang vorwärtsschoben, jaulte Gesine die Deckenlampe an. Aber auch ihre Finger waren nicht faul und begaben sich auf Forschungstour. Ich hatte ihr Tier erreicht, den Troglodyten oder die Troglodytin, die im Finstern ihre Erlösung erwartete, und wenig später erreichte Gesine ihr Ziel in mir. Wir sangen wie die Sirenen. Nur, wer an den Klippen zerschellte, das waren wir selbst.

»Mächtige Göttin«, murmelte Gesine, die sich an meinem zerbrochenen Körper festhielt, »für 'ne Bullin fickst du aber ziemlich heftig.«

»Wie'n Bulle«, flüsterte ich in ihr Ohr. Gesines Haare kitzelten meine Nase.

»Ach, Kerle«, meinte Gesine abwertend, »die kenn'n doch nur eine Stellung: oben liegen und strampeln.«

»Rauchen wir eine?« Wenn ich an das Kinderzimmer dachte, war ich mir nicht sicher, ob Kerle nur eine Stellung kannten; einige hatten zumindest in früher Jugend etwas anderes ausprobiert. Falls im Kinderzimmer überhaupt geschah oder geschehen war, was mir meine Phantasie ausmalte. Jims Beziehung zu Rudi war nicht ganz ohne, aber womöglich handelte es sich doch nur um eine alltägliche Jugendfreundschaft mit ein paar unalltäglichen Entdeckungsreisen. Mir war es recht.

Wir hatten uns unsere Kopfkissen in den Rücken geschoben und saßen nun, den Aschenbecher zwischen uns, an die Wand gelehnt. Es war halb zwei, ich würde mit dicken Augenringen zum Dienst erscheinen, aber das war mittlerweile nichts Außergewöhnliches. Gesine hing ihren Gedanken nach, ich den meinen. Was Gesine bewegte, wußte ich nicht; ich für meinen Teil stellte mir vor, wie es sein würde, wenn ich mit Jim verreiste. Und zwar allein mit ihm.

»Irgendwie schäme ich mich doch«, brach Gesine unser Schweigen.

»Wegen Susa?«

»Ja. Ich hab das Gefühl, ihr etwas weggenommen zu haben. Sie ist ja noch nicht lange … fort.«

»Vielleicht war es eine bessere Totenfeier als sinnloses Fressen und Saufen«, meinte ich. »Du bist ihr dorthin gefolgt, wo auch sie gewesen ist. In gewisser Weise hast du uns also an sie erinnert.«

»Das ist schön«, sagte Gesine.
»Was ist schön?«
»Das, was du eben gesagt hast.«
»Kann sein.« Ich zog an meiner Zigarette und ließ den Rauch wieder hinaus. »Ist mir ganz spontan eingefallen.«

3

Beim Frühstück ging es bei uns wieder zu wie in einer Familie, allerdings gefiel es mir nicht so recht, zumal wir alle verlegen waren: Rudi wußte nicht, wohin er schauen sollte, und entschied sich für seinen Teller, Jim konnte es nicht lassen und mußte hin und wieder einen ärgerlichen Blick auf Gesine werfen, Gesine fühlte sich zu Bemerkungen über die Schule verpflichtet, die gar nicht gut ankamen, und ich thronte über allem wie die Sippenälteste, was auch mir nicht behagte. Zunehmend wurde mir bewußt, wie sehr mir der Sinn nach irgendeinem Albuquerque oder Antofagasta stand, wobei ich in diese beiden Orte unter Garantie nicht reisen würde. Mich reizte das Mittelmeer, und während ich die Jungs an meinem Tisch mit Wohlwollen betrachtete, fällte ich den Entschluß, Jim anzubieten, daß sein Kumpel Rudi uns begleitete; wenn ich mit einem Sohn fertig wurde, sollte mich ein zweiter Range nicht schrecken.
»Ihr seht müde aus«, stellte ich fest.
»Du auch.« Seine Mutter, die Karrierefrau Lena Wertebach, mit ihrer neuen Looserin in einem Atemzug zu nennen, brachte Jim nicht übers Herz.
»Wie kommt Rudi eigentlich an seine Schulsachen?«
»Die hat er mitgebracht«, gab Jim kleinlaut zu. Rudi sah aus, als würde er am liebsten sich selbst vom Teller löffeln und verschlingen. Seine Übernachtung war also von langer Hand vorbereitet worden; es schien doch Liebe im Spiel zu sein. Für Gesine und mich konnte ich das nicht behaupten, zumindest

was meinen Part betraf. Wir hatten miteinander geschlafen. Das war alles.
Jim drückte mir verschämt einen mehrfach zusammengefalteten Zettel in die Hand. In Erwartung eines Liebesgeständnisses meines Sohnes lehnte ich mich zurück, damit Gesine nicht mitlesen konnte, und machte aus dem schweißgetränkten Papier wieder ein A4-Blatt.
Albuquerque is situated in the southwest of the United States and has between one and five hundred thousand inhabitants, stand auf ihm geschrieben. *The federal state where the town is located: New Mexico.* Lüders hatte also recht gehabt, als er die Stadt jenen Territorien zuschlug, die die Vereinigten Staaten im amerikanisch-mexikanischen Krieg erobert hatten.
»Mit ihren Einwohnerzahlen gehen die Amerikaner aber sehr großzügig um«, meinte ich.
»Wir haben die Infos aus Jims Schulatlas«, bekannte Rudi; es war das erste, was er seit seinem *Guten Morgen, Frau Wertebach* in der vergangenen Dreiviertelstunde von sich gegeben hatte. »Wir haben's englisch aufgeschrieben, weil das irgendwie cooler aussieht.«
Mein Gott, oder wie Gesine es ausgedrückt hätte, meine Göttin, waren die beiden Blagen süß. Ich hätte sie knuddeln können. Den einen wie den anderen.

4

»Albuquerque ist eine Stadt im Südwesten der USA«, überraschte ich Lüders mit meinem enzyklopädischen Wissen, »im Bundesstaat New Mexico. Zu meiner großen Überraschung leben dort nicht bloß Ronald Murmann und eine gewisse Brigid, sondern noch hundert- bis fünfhunderttausend andere Leute.«
»Mir bekannt«, erklärte Lüders und strich ein Fax glatt. »Zum

Beispiel schuften sich im Albuquerque Police Department mindestens zwei Cops die Knochen aus dem Leib: Detective Lieutenant Kirk und Sergeant ...«

»Spock?« entfuhr es mir.

»Leider nicht. Der Sergeant heißt McIntyre. Falls es keine Frau ist. Wobei, was würde man dann eigentlich sagen? Die Sergeantin?«

»Mrs. Sergeant vielleicht? Ich mein, im angloamerikanischen Sprachraum hat man ja noch mehr Schwierigkeiten mit den weiblichen Formen als wir.«

»Sind die Frauen dort anders geformt?« Lüders wirkte ausgeschlafen, aufgeräumt und zu blöden Scherzen aufgelegt. Ich war übernächtigt und voll innerlicher Unordnung, aber da man lieber einen guten Freund verlor, als einen guten Gag zu verschenken, spielte ich mit.

»Die Amerikanerinnen sind Kugeln«, behauptete ich. »Die Männer allerdings auch. Kommt vom Fast Food.«

»Ich wußte es.« Lüders schlug enthusiastisch auf den Tisch. »Auch du liest heimlich die BILD-Zeitung.«

»Auf der Toilette.« Ich legte ein umfassendes Geständnis ab, weil das meine Position vor dem Jüngsten Gericht verbesserte. »Bevor ich das Blatt seiner eigentlichen Bestimmung zuführe. Aber wir sind mit unserer feministischen Debatte noch nicht an jene Stelle gelangt, die man den Punkt nennt. To the point, falls Sie andere Fremdsprachen als Schwäbisch verstehen, Herr Hauptkommissar.«

»Nicht mal das.« Lüders rang die Hände vor Scham.

»In einigen Sprachen nämlich«, dozierte ich, »bedeutet Mann nicht bloß Mann, sondern auch Mensch. Und das ist doch eine heftige Diskriminierung der Frauen, oder, KHK? Die Frauen werden so vom Menschsein ausgeschlossen. Beispiel: *man.*«

»Noch ein Beispiel, EKHK. Im Spanischen. *El hombre* ist ebenfalls der Mann und der Mensch. Erschütternd.«

»Und ob. Aber zurück zum Ausgangspunkt. Was haben Kirk und McIntyre aus Albuquerque, New Mexico, USA uns denn mitzuteilen?«

»Daß sie Ronald Murmann für heute, elf Uhr, zur Vernehmung einbestellt haben. Elf Uhr Ortszeit. Noch schlafen die ja.«
»Ging aber fix«, meinte ich schulterzuckend.
»Fix? Eher fax.« Lüders kam mir vor, als wäre die Ehekrise wegen des gymnasialen Versagens seines Sohnes überstanden. »Dank der guten alten Faxmaschine.«
»Kein eMail?« fragte ich. »Kein World Wide Web? Nichts mit *Zugang zum Gateway fehlgeschlagen wegen Fehler SH015* und so?«
»Nö«, sagte Lüders, »nur ein Wald-und-Wiesen-Fax. Funktioniert immer noch genauso schnell wie's Telefonieren.«
»Und wozu gibt's den ganzen anderen Müll?« wollte ich wissen.
»Müßten dir deine Frauenhäusler doch längst erklärt haben, warum es immer was Neues gibt, das teurer ist als das Alte, angepriesen wird wie Sauerbier und erst dann hinhaut, wenn es den Kinderschuhen entwachsen ist. Wegen dem Profit.«
»Unsinn«, sagte ich. Unser sarkastisches Spiel machte mir mittlerweile Spaß. »Der Mensch, also der Mann, der strebt ständig nach neuen Ufern.«
»Also, meine liebe Lena, das ist nun Unsinn hoch drei. Stell dir doch mal einen Fluß vor. Wo gibt's da neue Ufer? Man hat ein linkes und ein rechtes, wenn man sich in der Mitte befindet, oder man hat ein diesseitiges und ein gegenüberliegendes. Was kann man da anderes tun, als immer hin und her zu schwimmen?«
»Genau das tun die Männer ja«, sagte ich. Sollte ich mir mit dem Fall Grzimek meine Karriere versaut haben, konnte ich immer noch schlechte Aphorismen drechseln. Das war die beste Voraussetzung für einen Seiteneinstieg ins Fernsehen.
»Und die Frauen?«
»Die sitzen im Trockenen und schauen zu.« Ich war gut drauf. Wenn das so weiterging, bekam ich bald meine eigene Talkshow.

5

In der Antike war es üblich gewesen, die Überbringer schlechter Nachrichten abzuschlachten, weil man den Boten für den Inhalt seiner Botschaft verantwortlich machte; nachdem man die Magie der Frauen enteignet hatte, brauchten die Kerle neue Formen der Magie, und die waren natürlich blutig. Ich mußte daran denken, als Schmidt mit ein paar Plastiktüten voller Projektile in meinem Büro aufkreuzte; er brachte eine Nachricht, und ich war zur Zeit nur auf *Fatal Errors* geeicht.

»Also?« fragte ich.

»Felicitas Murmann, Horst Grzimek und ... Lena, entschuldige ... auch Susanna Krings sind mit derselben Waffe getötet worden.« Schmidt nahm natürlich Rücksicht. Und ich war verdammt ungerecht, weil ich es ihm übelnahm. »Ein russisches Fabrikat, Makarow, Kaliber neun Millimeter. Sicher Schwarzmarktware. Selbst wenn wir über die Seriennummer herausfinden, aus welchen Beständen sie ursprünglich stammt, was ich bereits bezweifle, wird sich die Spur schnell verlieren.«

»Das wollt ich schon immer mal wissen«, sagte ich, »alle reden vom Schwarzmarkt, wo befindet der sich eigentlich?«

»Du mußt nur in 'ne einschlägige Kneipe gehen und dich an die Typen wenden, die wie Zuhälter oder Dealer aussehen. Die besorgen dir für Cash nicht nur Mädels und Stoff, sondern auch Knarren, Panzer, Raketen und Kernsprengköpfe.«

»Kernsprengköpfe?« Lüders grinste. »Ich dachte immer, die seien ein Schwarzhandelsmonopol des BND.«

»Neunzig Prozent der Männer, die sonntags mit Frauchen durch Süd-Reinickendorf dackeln, sehen wie Zuhälter und Dealer aus«, behauptete ich.

»Und der Rest?« erkundigte sich Schmidt.

»Wie Alkoholiker.«

Patricia überbrachte uns den Ruf zum Kalifen, oder besser gesagt, den Ruf zu seinem Großwesir. *SoKo*-Leiter Koslowski wünschte uns zu sehen; mein Achtes Mordkommissariat war schließlich ein anschaulicher Haufen. Diethelm und Jörg Röder mußte ich Koslowski allerdings vorenthalten, die quetschten gerade die Murmann aus. Ich rechnete nicht damit, daß die alte Zitrone viel Saft gab.

»Ein Herr Gutiérrez aus Antofagasta hat angerufen«, begann Koslowski.

»Wann?« Ich war sofort gespannt.

»Gestern abend. Da Sie außer Haus waren, ist das Gespräch korrekterweise bei mir aufgelaufen. Mir ist völlig unverständlich, warum Sie mit Übersee im Direktkontakt stehen. Was das den Steuerzahler kostet.«

»Bares.« Ich war sauer. »Warum haben Sie mich nicht sofort verständigt?«

»Ich hab's versucht, aber bei Ihnen zu Hause ging nur ein Junge ran. Der meldete sich mit *WIKA*. Und im Hintergrund kicherte noch jemand.«

Manchmal war Jim eben doch noch ein Kindskopf; vor allem wahrscheinlich, wenn sein Freund Rudi dabei war. Da heckten sie also allerlei Dummheiten aus, von denen ich nur hintenrum erfuhr.

»WIKA?« begehrte ich zu erfahren. »Was soll das sein?«

»Das habe ich notiert.« Koslowski schob mir einen Zettel zu. *Wertebach International Kommunication Agenci*, stand darauf. Die Fehler nahm ich stillschweigend zur Kenntnis. Jim würde einiges zu hören bekommen.

»Hat Ihnen Gutiérrez etwas Wichtiges mitgeteilt?« fragte Lüders.

Koslowski hob die Schultern.

»Ich versteh kein Spanisch«, sagte er.

»Und Englisch?« Lüders kannte den Zettel ja noch nicht.

»Nein.«

»Was dann?« platzte ich heraus.

»Schwäbisch«, flüsterte Lüders.

»Wie, bitte?« fuhr Koslowski auf.

»Ich werde in Antofagasta anrufen«, entschied ich.

»Noch zu früh«, meinte Lüders.

»Vergessen Sie nicht, daß auch die Polizei sparen muß«, erinnerte Koslowski.
»Aber nicht an der falschen Stelle«, erwiderte ich und schaute den *SoKo*-Chef eine Zeitlang nachdenklich an.
»Wenn Blicke sparen könnten«, sagte Lüders auf dem Flur.

6

Diethelm hatte mich in die Untersuchungshaftanstalt nach Moabit gerufen, weil Carla Murmann zu einer Aussage bereit war, aber nur mir gegenüber. Da mir eine Aussage der Murmann alles andere als gleichgültig war, machte ich mich sofort auf die Nylons. Von der Keithstraße nach Alt-Moabit war es nicht besonders weit, aber man mußte, nahm man den direkten Weg, am Großen Stern die Siegessäule umfahren, einen gewaltigen erigierten Penis, der eine zierliche, vergoldete Frau aufspießte und zur Erinnerung an den letzten wirklich siegreichen Krieg gegen Frankreich errichtet worden war. Allerdings störte mich nicht so sehr dieses Monument des männlichen Größenwahns, sondern der Kreisverkehr; ich hielt mich für eine gute Autofahrerin, aber am Großen Stern geriet selbst ich gelegentlich ins Schwitzen: Wenn man sich nicht konzentrierte, geriet man unversehens zuerst auf die falsche Fahrbahn und dann ins Aus. Mit exzessivem Spurwechsel und zweimaligem Forthupen von Ausländern aus Brandenburg schaffte ich jedoch die Abfahrt in den Spreeweg, und nun konnte alles nur noch gut werden. Und das war doch was, wenn man bedachte, daß es seit Kaisers Zeiten immer nur bergab ging.
Doktor Carla Murmann, bis auf weiteres noch in der Innenverwaltung mit der Polizeiaufsicht beschäftigt, zur Zeit allerdings im Zwangsurlaub, erwartete mich im Vernehmungszimmer der UHA; da ihr Anwalt offenbar vergessen hatte, sie mit Schminkzeug zu versorgen, wirkte ihr Gesicht grau und teigig,

aber vielleicht hatte sie in den stillen Nachtstunden nur zu viel geweint. Der Anwalt war auch da, ein Mann, mir gleichermaßen bekannt wie verhaßt, weil er dazu neigte, den Gerichtssaal mit einer Bühne zu verwechseln und hauptsächlich für die Theaterkritik zu arbeiten. Patzig war so etwas wie ein Staranwalt, im Gegensatz zu den Bossis und Schilys aber nur von regionaler Größe.

»Ich habe meine Mandantin gebeten, Ihnen einige Informationen, die sie bisher aus persönlicher Rücksichtnahme zurückgehalten hat, nicht länger zu verschweigen«, quakte der Frosch, der sich für den König der Lüfte hielt, weil er beim Hüpfen glaubte, er würde fliegen.

»Was hat denn diesen Gesinnungswandel bewirkt?« erkundigte ich mich.

»Zwei Dinge«, tönte Patzig, »mein anwaltlicher Rat und die Tatsache, daß Frau Murmann den schrecklichen Tod des Herrn Grzimek zu verarbeiten begonnen hat.«

Wahrscheinlich für ihre Memoiren, dachte ich, hütete mich aber, es auszusprechen. Die Lebensbeichte einer ehemaligen BND-Agentin, die sich einem Serienmörder an den Hals geworfen hatte, hatte bestimmt das Zeug zum Bestseller.

»Ich bin ganz Ohr«, versprach ich. Die Doppeldeutigkeit meiner Worte wurde mir erst bewußt, als sie gefallen waren.

»Frau Wertebach«, Carla gab sich zerknirscht, »ich habe Ihnen nicht die Wahrheit gesagt.« Das mußte mir nicht mitgeteilt werden, und ich ahnte längst, daß sie auch diesmal wieder bei der Hälfte stehenbleiben würde. Und sie hatte das Recht dazu, all das im Verborgenen zu belassen, was sie selbst belasten konnte; darauf würde Knallfrosch Patzig schon achten. Ich schwieg.

»Meine Beziehung zu Horst ging doch tiefer, als ich Ihnen gegenüber zugegeben habe. Ich wußte, daß er seit Jahren wieder in Berlin ist, und ich habe mich auch gelegentlich mit ihm im Garten getroffen.«

»Nur dort?«

»Ja.«

»Warum nicht in seiner Wohnung?«

»Das wünschte er nicht.«
»Wie oft trafen Sie ihn?«
»Zwei- bis dreimal im Monat ungefähr.«
»Auch im Winter?«
»Ja. Das Haus ist beheizbar.«
»Als wir Sie kürzlich in der Kolonie aufschreckten«, tastete ich mich behutsam voran, »da war Horst Grzimek ebenfalls anwesend, nicht wahr?«
Die Murmann nickte.
»In der Laube«, sagte sie.
»Warum wollte er sich nicht zeigen?«
»Er litt, glaube ich, unter einer Art Verfolgungswahn.«
Vielleicht war Grzimek von Karin Hauptmann angesteckt worden; da Annes Schwester ihn jedoch nie zu Gesicht bekommen hatte, konnte das nur durch eine Erregerfernübertragung erfolgt sein. Oder Anne hatte den Bazillus des Wahnsinns in ihren Manteltaschen mit sich herumgetragen. Ich glaubte der Murmann kein Wort.
»Deshalb das Versteckspiel?« wollte ich wissen.
»Vermutlich ja. Horst hatte immer Angst.«
»Wovor?«
»Vor Rache. Sie wissen ja ... nun, Sie kennen unsere Vergangenheit.«
»Der BND pflegt doch seine abgeschalteten Agenten zu schützen, oder?«
»Sicher. Aber Horst war rationalen Argumenten nicht zugänglich.«
»Seine Ängste liegen nicht zufällig in Ihrem gemeinsamen Chileaufenthalt begründet?«
Carla Murmann schüttelte heftig den Kopf. Zu heftig.
»Sie waren sicher auch sexuell mit Horst Grzimek zusammen?«
Wie gewunden man sich manchmal ausdrücken mußte.
»Nun ja«, sagte die Murmann.
»Ja oder nein?«
»Nur selten.«
»Nicht bei jedem Treff?«

»Nein. Unsere Beziehung war mehr .. nun, wie soll ich es ausdrücken«, Carla rang mit den Worten und ich wartete, bis sie das eine oder andere Wörtchen bezwang, »sie war eher eine tiefe Freundschaft als eine Liebe. Wobei ... das ist eben schwer zu trennen.«

Ich fand, das es auch gar nicht getrennt werden mußte.

»Hatte Grzimek besondere sexuelle Vorlieben?«

»Wieso?«

»Wieso nicht?«

Frau Doktor dachte eine Weile nach, dann wandte sie sich hilfesuchend an ihren Anwalt. Patzig nickte.

»Er stand auf Gewalt«, sagte sie leise. Natürlich, sie wollte das Andenken des teuren Toten nicht schänden, und bis ins Mark erschüttert wirken wollte sie auch.

»Wie, auf Gewalt? Wollte er quälen oder gequält werden?« Ich betätigte mich mal wieder als Nasenbohrer, dabei waren alle Antworten der Murmann von ihr mit Patzig abgesprochen. Sie hätte mir auch einen Vortrag halten können, aber der Anschein, daß wir einer Vernehmung beiwohnten, mußte eben gewahrt werden.

»Antworten Sie ganz spontan«, sagte ich freundlich und fing mir dafür einen bösen Blick von Patzig ein, der die Ironie heraushörte.

»Quälen«, bekannte Carla.

»War Ihnen das bereits in Chile bewußt geworden?«

»Ja.«

»Hat Grzimek Anne Hauptmann gequält? Seine damalige Liebschaft?«

»Das weiß ich nicht.«

»Und Sie?«

»Ich war nicht bereit, seine Spiele mitzumachen«, sagte die Murmann entschieden.

»Aber entsprechende Offerten hat es gegeben?«

»Horst hat sich mir anvertraut. Wie gesagt, unter Freunden. Unter Freunden sollte man darüber sprechen können, oder nicht?«

»Wie war denn eigentlich sein Verhältnis zu Ihrer Tochter?« übersprang ich die rhetorische Frage.
»Gut«, erklärte Frau Doktor.
»Verschweigen Sie nichts«, mahnte Patzig, um seiner Mandantin noch einmal klar zu machen, daß sie den heißen Brei zu meiden hatte. Für mich war nur der erkaltete Rand bestimmt.
»Horst hat sie ... Er hat mit ihr was angestellt.«
»Sexuell, meinen Sie?«
»Wie Sie es sagen.«
»Und sie mit Peitsche oder Stock traktiert?«
»Vermutlich.« Wischiwaschi nannte der Volksmund, was Frau Murmann von sich gab.
»Warum sind Sie nicht eingeschritten?«
»Ich hab zu spät davon erfahren.«
»Aha«, ich fuhr mir mit dem Finger zwischen Kragen und Hals, um einen Erstickungsanfall zu verhindern, »beteiligt waren sie natürlich nicht? Am Mißbrauch und am Schlagen Ihrer Tochter?«
»Natürlich nicht.«
»Mir liegen allerdings Zeugenaussagen vor, die ...«
»Lügen oder Irrtümer«, fiel mir Patzig ins Wort. »Nun, wir wollen niemandem etwas unterstellen: Irrtümer. Falsche Interpretation. Felicitas hat möglicherweise in der Erregung etwas gesagt, das mißverstanden wurde.«
»Sie kennen die Zeugenaussagen doch noch gar nicht. Oder haben Sie schon Akteneinsicht nehmen können?«
»Ich hab die Akte durchgeblättert, mehr Zeit war bisher nicht«, entgegnete der Anwalt. »Doch aus den Vorhalten Ihrer beiden Kollegen konnte ich mir ein Bild machen.«
Ich nickte. Im Moment war nicht mehr viel auszurichten.
»Frau Doktor Murmann«, etwas mußte ich noch loswerden, »können Sie mit einer Waffe umgehen? Konkret: mit einer Pistole?«
»Nein. Ich kenn nicht mal den Unterschied zwischen Pistole und Revolver.«
Ein Wort zuviel war ein Wort zuviel. Patzig knirschte mit den

Zähnen. »Danke.« Ich brauchte frische Luft. »Die Vernehmung ist beendet. Für's erste.«
Mit der Mär vom sadistischen Bösewicht Grzimek, der sich an der Tochter seiner treuen Freundin Carla vergriffen hat und an Schizophrenie litt, hatte mir die Murmann einen kolossalen Bären aufgebunden, aber vorerst blieb mir nichts weiter übrig, als dieses Tier mit mir herumzuschleppen. Mir war klar, daß Patzig zum nächstmöglichen Zeitpunkt einen Haftprüfungstermin beantragen würde, und wenn Thalbach nicht wenigstens einen handfesten Beweis vorlegen konnte, würde der Richter Carla Murmann auf freien Fuß setzen. Die Kiste war verdammt verfahren, und am Großen Stern verfuhr auch ich mich.

7

Daß für Frau Doktor Murmann keine Waffenbesitzkarte ausgestellt worden war, bekam ich mit einem Anruf heraus; sie hatte nicht einmal eine beantragt. Ich machte mich also auf den Weg zu OK, einer Abteilung, in der gut dreihundert Beamte die Organisierte Kriminalität verwalteten und die im selben Haus residierte wie die Mordkommissionen. Ein Experte für den illegalen Waffenhandel war ohne Umschweife bereit, mir Auskünfte zu geben.
»Natürlich haben wir in der Szene Informanten und verdeckte Ermittler«, erklärte er, »und wenn wir Ihnen helfen können, wollen wir das gern tun. Allerdings müssen wir das Risiko abwägen; wenn wegen eines Tips, der Ihnen bei der Aufklärung eines Verbrechens nutzt, einer unserer Leute auffliegt, kann das unheilvolle Konsequenzen haben.«
»Tödliche sogar, nehme ich an.«
»Schon möglich.«
Ich drückte dem Waffenhandelsexperten ein Foto der Murmann in die Hand, das er sich eine Weile anschaute.

»Was mich interessiert, ist, ob diese Frau sich illegal eine Makarow beschafft hat«, erläuterte ich mein Ansinnen.
»Die sieht gar nicht aus, als ob sie mit so 'ner Knarre was anzufangen wüßte«, meinte mein Gegenüber.
»Womöglich hat sie genau aus diesem Grund noch jemand in Erinnerung.«
»Da müssen Sie sich keine Sorgen machen, die Typen, mit denen wir es zu tun haben, vergessen ihre Kunden nicht. Aus Selbstschutz.«
»Und?« wollte ich wissen. »Bekomm ich eine Chance?«
»Ich denke, da läßt sich was machen«, sagte der Mann von OK.
Das war mehr, als ich erwartet hatte.
Da ich nicht wußte, wann die Kripobeamten in Antofagasta ihren Dienst antraten, verschob ich das Telefonat mit Gutiérrez noch um eine Stunde; in Berlin hatten wir es vierzehn Uhr dreißig, also war es in Antofagasta halb neun, eine Zeit, zu der ein deutscher Kriminalist bereits emsig wider das Verbrechen stritt, doch die Südländer, die Latinos zumal, hatten ja einen anderen Zeitbegriff als wir. Vielleicht nahm ein chilenischer Polizist seine Arbeit erst um zehn auf, legte von zwölf bis vier seine Siesta ein und räumte zwischen vier und fünf seinen Schreibtisch auf. Wobei, wenn ich mich an das CIA-Dossier richtig erinnerte, war das Klima in Chile überwiegend gemäßigt, und in einem Land, in dem das Militär Uniformen trug, die denen des Dritten Reiches nachempfunden waren, mochte man immerhin auch die deutsche Arbeitsmoral lieben. Ob diese Arbeitsmoral eine Tugend war, bezweifelte ich; eines war aber sicher: Deutsche Beamte kannten diese Tugend nicht.
Ich rief doch sofort an. Und Gutiérrez war da.
»Interesting new facts«, überfiel er mich mit seinen Neuigkeiten. »Do you remember Rosa Maria Hernandez?«
Im ersten Moment wußte ich wirklich nicht, wen er meinte, aber dann fiel es mir sofort wieder ein; es war die Frau, die neunzehnhundertsechsundachtzig gefoltert und ermordet worden war, aber nicht von der Geheimpolizei.
»Of course«, erwiderte ich.

»We asked her brother about her relations in the middle of the eighties«, fuhr Gutiérrez fort, und dann erzählte er mir, daß Rosa Maria einen Boyfriend hatte, aber mit dem hatte die Kripo seinerzeit schon gesprochen, ihn sogar vorübergehend für tatverdächtig gehalten. Doch das war es auch nicht, was mein chilenischer Kollege mir so dringend hatte mitteilen wollen. Seine nächste Nachricht war die eigentliche, und sie war nicht von Pappe: Der Freund, ein gewisser Oscar Molina, hatte anderthalb Jahre lang als Gärtner, Hausmeister und Mädchen für alles beim *German Council* gejobbt. Vor zehn Jahren und auch während des Wiederaufnahmeverfahrens hatte das niemand für wichtig erachtet, und erst Gutiérrez sah diese Verbindung in anderem Licht, meinetwegen. Der ominöse Ernst Wagner, Horst Grzimek und Carla Murmann hatten Oscar Molina gekannt. Ihr Verhältnis war womöglich das von Herrschaft zu Dienstboten gewesen, aber meine Phantasie begann sofort zu arbeiten. Aus Sicherheitsgründen war das Objekt des *Council* bestimmt nicht auffällig gesichert gewesen, schließlich standen Stacheldraht und Überwachungskameras einer kulturellen Einrichtung nicht gerade gut zu Gesicht, so daß ich mir vorstellen konnte, daß Oscar der Schwester seinen Arbeitsplatz gezeigt hatte, und dabei war sie Grzimek aufgefallen. Oder er hatte Bruder und Schwester irgendwo in der Stadt gesehen und sich später an Rosa herangemacht. Wie auch immer, wir hatten ein neues Missing Link gefunden, und vielleicht bescherten meine Untersuchungen in Berlin der Kripo von Antofagasta einen späten Ermittlungserfolg.
»Do you know«, fragte ich Gutiérrez, »that the *German Council* has been a fake? The house where the *Council* worked in was a dependance of the German secret service.« Begeistert von unserer Bulleninternationale, wollte ich Gutiérrez an meinem Wissen teilhaben lassen.
»Oh, no! No, no, no.« Dann schwieg er eine Weile. Mittlerweile riskierte ich, daß die Bundesregierung in Berlin einen Staatskommissar einsetzte, um die Finanzen per Diktat zu verwalten. Von mir aus konnte Bonn auch einen Liquidator schicken.

»Excuse me, Señor Gutiérrez«, ich mußte unser Gespräch wieder in Gang bringen, »what's your opinion? Why has the *German Council* been opened in Antofagasta and not in the capital?«
»I don't know«, antwortete Gutiérrez.
»Perhaps economic interests?«
»May be.«
»Are there any minerals in your region?«
»Nearby«, sagte Gutiérrez. »Copper an ... what's the English word ... a moment, please ...«, der Staatskommissar war Berlin sicher, »copper and saltpetre.«
Vom Salpeter verstand ich nicht viel, ich wußte nicht einmal, wozu man ihn brauchte. Aber daß der Militärputsch in Chile etwas mit der strategischen Bedeutung des Kupfers zu tun gehabt hatte, das hatten zumindest die Linken immer behauptet. Meine Göttin, damals war ich ein Kind gewesen, und was aus der strategischen Bedeutung des Kupfers geworden war, war mir entgangen. Es hatte wohl eine Kupferkrise gegeben. Und eine Ölkrise. Eine Energiekrise auch. Noch 'ne Krise und noch 'ne Krise. Und Militärputsche. Aber die Lust an Militärputschen hatte sich mittlerweile nach Afrika verlagert.
»Thank you very much.« Gutiérrez hatte einen Kniefall verdient. »We'll speak again in the next days.« Der Steuerzahler war mir piepegal.
»Bye, bye, Mrs. Wertebach.« Das durfte Gutiérrez getrost zu mir sagen.
Lüders balancierte ein Tablett mit einer Kaffeekanne, zwei Tassen und einer Zuckerdose in den Raum. Nur die Kaffeekanne gehörte der Berliner Polizei, das übrige waren Leihgaben.
»Sag mal, Lüders«, ich war in Hochform, »weißt du eigentlich, warum die amerikanischen Bullen Cops heißen?«
»Ja«, entgegnete Lüders schlicht, wenn auch nicht ergreifend.
»Ja?« Ich war zutiefst enttäuscht.
»Ja, ich weiß es.« Lüders stellte das Tablett auf seinem Schreibtisch ab. »Hat sich im vorigen Jahrhundert eingebürgert. Wegen dem Kupferstern, den die Polizisten von New York auf ihrer

Brust trugen. Zuerst nannte man sie Copper. Das hat sich dann zu Cops abgeschliffen.«

»Ich hasse dich«, sagte ich und langte nach einer Tasse.

»Warum?«

»Nun wollte ich mein Herrschaftswissen mit dir teilen«, erklärte ich ihm, »aber du hast dir deinen Teil schon genommen.«

8

Vom Arbeiten im Freien hatten Schmidt, Wiesenburg und Petersen eine gesunde Gesichtsfarbe bekommen, was man von mir gewiß nicht sagen konnte, aber ich hatte die Last der Verantwortung und von aufgebundenen Bären zu tragen, während die Mitarbeiter alles auf ihre Chefin abwälzen konnten. Im Grunde genommen war ich allerdings froh über den Streß; er verhinderte, daß ich zu oft an Susa dachte. Das dicke Ende stand mir noch bevor. Wenn der Fall gelöst war, würde ich in ein schwarzes Loch fallen, und irgendwann half auch der Alkohol nicht mehr.

»Wir haben jeden Quadratzentimeter von Grzimeks Parzelle umgewühlt«, berichtete Schmidt, »und zwar bis zu einem Meter Tiefe. Was wir gefunden haben, liegt jetzt bei der PTU. Im einzelnen handelt es sich um«, er blätterte sein Notizheft auf, »um ein Paar Springerstiefel der Größe achtunddreißig nach europäischem Kontinentalmaß, Fabrikation *Doc Martens*, Farbe schwarz, mit roten Schnürsenkeln. Die Spitzen abgestoßen, die linke Sohle in Spannhöhe angebrochen, eine Naht am rechten Schuh mit Heftpflaster repariert. Das Pflaster wurde mit schwarzer Farbe überstrichen. In den Stiefeln steckte ein Paar grauer Skisocken. Des weiteren: Ein schwarzes T-Shirt mit weißer Aufschrift, Wortlaut *Deutschland keimig Vaterland*. Ferner ein schwarzes Lederarmband mit Metallstacheln, im Innern mit roter Tinte beschriftet. Der Text lautet: *For Ulli. The Ratladies*. Soweit dazu.«

»An der Uferböschung gab es zwei weitere mit Ästen getarnte Grabungsstellen«, nahm Wiesenburg das Stichwort auf. »Im ersten dieser Verstecke, circa vierzig Meter vom Grundstück entfernt, stießen wir auf eine durch Auftrennen der Nähte in ihre Einzelteile zerlegte Motorrad-Lederjacke mit Schulterpolstern, ursprünglich dunkelgrün, mit schwarzem Lederfett mehr schlecht als recht umgefärbt. Auf eine schwarze Damenjeans unbekannter Fabrikation, an der Vorderseite unterhalb der Knie quer aufgeschnitten, am Aufschlag zweimal hochgekrempelt. Und auf ein Wegwerffeuerzeug von *BIC*, durchsichtig und erstaunlicherweise blau.«

Nun war Petersen an der Reihe.

»Die Entfernung zwischen Parzelle und dem nächsten Versteck beträgt etwa sechzig Meter«, führte er aus, »und es enthielt zwei Damenslips aus Baumwolle, weiß und von einfachem Schnitt, einer davon blutig. Außerdem ein zwei Zentimeter breites Gliederarmband aus massivem Silber und mit Steckverschluß, jedes Glied versehen mit einem Schlangenmuster.«

Mir wurde schlecht.

»Das Armband enthält keinerlei Kennzeichnung, beispielsweise in Form einer kleinen Gravur an der Unterseite, wie sie gemeinhin üblich sind. Lena?«

Ich schluchzte.

»Lena!« Das war Lüders.

Rotz und Wasser heulte ich.

»Nee, nee, nee«, sagte Wiesenburg verlegen.

»Das Armband hab ich Susanna zu Weihnachten geschenkt«, erklärte ich, während sich die Niagarafälle über meine Wangen ergossen.

»Raus mit euch!« Lüders winkte die Kollegen in den Gang. »Und du«, befahl er Wiesenburg, »du holst aus der Apotheke ein Sedativum. Aber was Pflanzliches.«

»Quatsch«, protestierte ich. Dann ließ ich den Kopf auf meinen Schreibtisch sinken und machte unsere Akten naß. Lüders setzte sich still aufs Fensterbrett. Wir warteten beide auf das Ende meines Weinkrampfes.

Hätte das Telefon nicht geklingelt, er hätte sich in die Länge gezogen. Lüders nahm ab.

»Für dich.« Er gab mir den Hörer. »Ziegler.«

»Ja, hallo?«

»Sind Sie erkältet?« fragte der OK voller Anteilnahme. »Zur Zeit grassiert ja diese Magen-Darm-Grippe.«

»Nein, ich bin okay«, behauptete ich und suchte nach einem Taschentuch. Lüders sprang mir bei, und ich schneuzte mich.

»Na, Frau Wertebach, nach blühender Gesundheit klingt das aber nicht.«

»Ist nur die Nase. Nichts mit Magen oder Darm.«

»Sie sind verschnupft, was?« Ziegler lachte. »Wegen des schlechten Allgemeinzustandes der Welt.«

»Das war ich schon als Fötus.« Jetzt war ich wieder voll drauf. »Ich bin nämlich eine Schnittentbindung, auch Kaiserschnitt genannt.«

»Gratuliere! Übrigens, um im Bild zu bleiben, bei den Kollegen in Albuqerque war's eine vorbildliche Spontangeburt. Und da wir seit ein paar Tagen online sind, haben sie uns das Baby sogar gemailt. Über AOL, was immer das sein mag.«

»Die Amis waren schon immer fortschrittsgläubig«, sagte ich.

»Aber sie haben auch ein enormes Mißtrauen«, meinte Ziegler, »der Text ist nämlich codiert.«

»Shit«, fluchte ich.

»Jetzt haben Sie die kindliche Einfalt des großen Bruders vergessen«, brachte Ziegler einen weiteren Aspekt der amerikanischen Mentalität aufs Tapet. »Den Codeschlüssel haben sie gefaxt.«

»Da verstehe einer, warum die den Zweiten Weltkrieg gewonnen haben.«

»Für den Sieg brauchten die keine raffinierten Verschlüsselungssysteme«, sagte Ziegler, der mir immer sympathischer wurde. »Die hatten doch 'n paar Millionen russischer Bauerntölpel für die Drecksarbeit. Die Lady hat sich die Fingernägel lackiert, und erst, als es danach aussah, daß die Tundra bis an

den Rhein vorrücken würde, hat sie 'n paar nette Jungs über'n Atlantik geworfen.«
»Bevor wir die Geschichte unserer Befreiung oder Niederlage neu erfinden«, bremste ich den Wiesbadener OK, »sollten wir die Prosa des Alltags nicht aus den Augen verlieren. Kurzum, spielen Sie mir das Lied von Albuquerque.«
»Wie gewonnen, so zerronnen.« Auch Zieglers Weisheit bestand aus Sprüchen.
»Wie darf ich das verstehen?«
»In dem Sinne, daß wir heute hohen Besuch hatten. Zwei Leutnants mit einem Schriebs vom Bundeskanzleramt. Oberstleutnant Wagner und Oberleutnant Köster. Von der Pullacher Vertuschungsbrigade. Die haben das Material ... Wie sagte man in Kriegszeiten? Das Material requiriert.«
»Die scheinen ja mehr Schiß in der Hose zu haben, als ein normaler Mensch ausscheiden kann.«
»Allerdings.« Oberkommissar Ziegler kam mir überlegen vor.
»Sie haben einen Trumph in der Hinterhand«, mutmaßte ich.
»Liebe Lena Wertebach«, auch er war ein Mann, den belehrenden Ton würde man ihm nicht abgewöhnen können, schließlich hatten ihn schon Zwölfjährige auf der Pfanne, »was tun Sie, wenn Sie einen Vorgang anlegen?«
»Das Deckblatt sorgfältig beschriften und die Akte durchpaginieren.«
»Sehr löblich. Aber betrachten wir mal ein normales EV« Vielleicht war er mir doch nicht so sympathisch. »Sie bearbeiten es, die Staatsanwaltschaft auch.«
Endlich fiel bei mir der Groschen: Es stimmte womöglich doch, daß Frauen langsam kamen, aber gewaltig. Bei Gesine war ich gewaltig gekommen. An die zeitliche Abfolge des Kommens hatte ich keine Erinnerung.
»Sie haben ein Duplikat?«
»Natürlich«, bestätigte Jesus Ziegler Superstar. »Unsere teuren Kopierer wollen ausgelastet sein.«
Ein bißchen konnte ich ihm ja um den Bart gehen.
»Hervorragend«, lobte ich. »Ich nehme an, in ein paar Minuten

stopfen Sie die legendären Albuquerque-Skripte in die Faxmaschine?«
»Nein, tu ich nicht. Nach der Visite von Wagner und Köster haben mich Fortschrittsgläubigkeit und Naivität verlassen. Nur das Mißtrauen ist zurückgeblieben. Die Dokumente kommen per Kurier.«
»Wann?«
»Nach menschlichem Ermessen, also unter Ausschluß eines Verkehrsunfalles, eines Bombenattentats und eines Erdbebens, dürfte der Fahrer bereits im Osten sein.«
Nun hinwiederum hätte Ziegler mit meinem Einverständnis etliche Gramm Zuneigung bei mir requirieren können. Aber für eine Beschlagnahme benötigte man nicht die Erlaubnis der Person, bei der man requirieren wollte.

9

Verkehrsunfälle gab es in Deutschland häufiger als Geburten, Bombenanschläge hingegen kaum, Erdbeben seit Jahrhunderten nicht mehr. Nachdem ich zwei Stunden auf den angekündigten Kurier gewartet hatte, beschloß ich, in meiner Wohnung nach dem Rechten zu sehen, notfalls auch nach dem Linken. Ein Bad in Rosmarin würde mir sicher guttun, außerdem hatte ich mein Hühnchen Jim zu rupfen.
Es gackerte nicht einmal. Vor Rudi mochte es sich keine Blöße geben. Obwohl Rudi weitgehend entblößt war: Er hatte nur seinen Slip und ein T-Shirt an.
»Die Geschäftsleitung der *Wertebach International Communication Agency*, auch *WICA* genannt, hat gerade sauniert?« fragte ich.
»Guten Abend, Frau Wertebach!« Rudi konnte es einfach nicht lassen. Und Jim hatte ihm offenbar erklärt, daß ich die toleranteste Mutter der Welt war: Rot wurde er nicht mehr.

»Jetzt sag endlich Lena zu mir«, verlangte ich.
»Guten Abend, Frau Lena!«
Das pädagogische Konzept, das ich auf der Heimfahrt entwikkelt hatte, brach zusammen.
»Warum, Jim, warum hast du als hochbegabter Sohn einer höheren Polizeibeamtin so einen bekloppten Freund?«
»Rudi ist nicht bekloppt«, verteidigte das ungerupfte Hühnchen seine erste Liebe. »Mam, er hat mir heut die AOL-Software mitgebracht und installiert. Kein Telekom-Scheiß mehr. Schluß mit der bescheuerten Online-Demokratie. Wir haben jetzt Luxus.«
»Den ich bezahle«, wandte ich ein.
»Bist du schon wieder mal sauer?« fragte Jim. »Bloß weil wir einen von deinen Fuzzis geärgert haben? Sind wir hier ein Polizeiabschnitt, oder was? Koslowski, der Chef deiner Mutter, so hat der rumgequatscht. Ich mein, Johannes kann hier immer anrufen, denn der ist doch okay.«
Johannes war der Vorname von Lüders; ich hatte nicht gedacht, daß mein Sohn und mein Stellvertreter auf einer derart intimen Ebene miteinander verkehrten. Vielleicht war Lüders der Typ von Mann, den Jim sich als Vater wünschte. Der nicht nur nachgab und alles zahlte, sondern der auch Prinzipien hatte. Der einem Jungen eine Richtung weisen konnte. Und so beschissen es mir vorkam, Jungs brauchten solche Männer. Leider.
Ich mußte Zeit gewinnen, Zeit, um zu begreifen, was mit meinem Sohn geschah. »Also sauer bin ich nicht«, sagte ich erst einmal. »Aber die Herren gestatten doch eine Frage zur Eigentumsform der *WICA*? Ist es eine Gesellschaft bürgerlichen Rechts? Oder eine Kapitalgesellschaft?«
»Keine Ahnung«, bekannte Jim. »War einfach bloß 'ne Idee von Johannes. Als du ziemlich fertig warst und er sich um mich gekümmert hat. Ich hab ihm 'n bißchen was über's *World Wide Web* erzählt und so, da haben wir eben rumgesponnen. Er fand's absolut cool, daß ich auf der Penne ganz oben bin. Also ich und Rudi. Aber Rudi kennt er ja nicht.«
»Da hat sich ja hinter meinem Rücken eine Männergemeinde

etabliert, die demnächst gegen mich putschen wird.« Ich sagte es mit äußerster Ruhe. Aber in mir kochte es: Lüders hatte mit meinem Sohn nichts zu schaffen. Rudi, der zur Zeit an der Peripherie rangierte, legte sich auf Jims Bett. Dagegen hatte ich keine Einwände.

»Mam, ich weiß ja, daß du im Moment 'n bißchen neben der Spur läufst«, sagte Jim. »Wegen Susa und so, absolut okay. Kannst du trotzdem zuhören? Johannes ist total neidisch auf dich. Wegen mir.«

Wegen meiner, dachte ich noch. Aber ich war nicht zum Denken bestellt, sondern zum Lauschen.

»Johannes hat ja echt Ärger mit seinem Sohn«, fuhr Jim fort. Rudi knackte mit seinen Fingergelenken; auch er wartete auf das Ende der Grundsatzdebatte und vor allem auf Jim. »Der schafft die Penne nicht und so weiter. Johannes ist deswegen auch ziemlich geschlaucht. Ich mein, ihr knüppelt euch total kaputt. Und Johannes telefoniert nebenbei noch in der Gegend rum wegen 'ner Lehrstelle für seinen Sohn. Wenn du nicht da bist. Weil er sich vor dir schämt.«

»Heißt das, ich kümmer mich nicht um dich?« Ich war schon wieder an der Grenze zum Weinen, aber als Frau durfte ich ja.

»Quatsch.« Jim kroch auf meinen Schoß und legte seine Arme um meinen Hals. »Ist doch bloß, daß David total schlaff ist. Wenn ich Kohle will, krieg ich Kohle. Is okay so, kann ich ihn ausnehmen. Aber was tut er eigentlich für mich?«

»Einen richtigen Vater mit der männlichen Autorität, die du dir wünschst, den kann ich dir leider nicht anschleppen.« Das klang sehr abstrakt, aber ich hoffte, daß Jim mich verstand.

»Brauch ich auch nicht«, behauptete Jim. Das war nicht ganz ehrlich. »Die *Wertebach International Communication Agency* braucht nur zwei coole Teilhaber, und die hat sie.«

»Genau«, bestätigte Rudi.

»Ist mit seinen Eltern abgesprochen, daß er schon wieder hier übernachtet?« Bei aller Liebe war und blieb ich die Erziehungsberechtigte.

»Nein«, erklärte Rudi voller Stolz, »aber wenn Sie nichts dagegen haben, würd ich gern bleiben. Die Alten werden das schon schlucken.«

»Macht doch, was ihr wollt.«

Ich gab auf und suchte einen stillen Platz in meinem Wohnzimmer. Auf das Bad in Rosmarin würde ich verzichten. Ich wartete auf einen Anruf. Und während ich wartete, dachte ich darüber nach, ob Rudi den noch nicht voll ausgebildeten Schwanz meines Sohnes höflich nach seinem Einverständnis befragte, ihn in die Hand nehmen zu dürfen. Rudi war vollkommen daneben. Er paßte in meine rudimentäre Familie wie die Faust aufs Auge. Und diese Jungs waren erst zwölf. Bei einer Mutter wie mir reifte man vermutlich unnatürlich schnell. Ich langte nach dem Telefon.

»Röder«, meldete sich Jörg. Lüders wäre mir lieber gewesen.

»Du hast Besuch.«

Zehntes Kapitel

1

Der Kurier vom Bundeskriminalamt war eine Frau, vielleicht fünf Jahre jünger als ich und sündhaft schön, so daß man sie eher für ein Fotomodell als für eine Polizeibeamtin halten konnte. Was sie mir brachte, war ein grauer, verschlossener Umschlag, auf dem nur mein Name stand und den ich sofort aufriß. Jörg Röder brachte der Fahrerin einen Kaffee, den sie rasch hinunterstürzte, weil sie über Nacht wieder nach Wiesbaden zurückkehren wollte oder mußte. Gemeinsam mit Jörg studierte ich das Vernehmungsprotokoll unserer amerikanischen Kollegen Detective Lieutenant Kirk und Sergeant Mclntyre aus Albuquerque. OK Ziegler hatte es bereits übersetzen lassen.

Det Lieut Kirk:	*Ich möchte gern Ihre Personalien feststellen. Sind Sie Ronald Murmann, Inhaber der Baufirma ROMUR, Sitz Albuquerque?*
Mr. Murmann:	*Ja.*
Kirk:	*Trifft es zu, daß Sie am 19. Dezember 1953 in Berlin/Deutschland geboren sind?*
Mr. Murmann:	*Ja.*
Sgt McIntyre:	*Sie sind seit 1989 in Albuquerque und leben zusammen mit Brigid O'Hara?*
Mr. Murmann:	*Das ist richtig.*
Kirk:	*Haben Sie noch Kontakt mit Ihrer früheren Frau in Berlin?*
Mr: Murmann:	*Ich schreibe ihr hin und wieder. Guten Kontakt habe ich zu meiner Tochter Felicitas. Sie beantwortet meine Briefe, und manchmal telefonieren wir.*
Kirk:	*Wir würden uns gern mit Ihnen über Carla Mur-*

mann unterhalten. Die Berliner Polizei hat einige Fragen, die wir Ihnen übermitteln wollen.

Mr. Murmann: *Wenn ich Carla keine Schwierigkeiten mache.*

McIntyre: *Das können wir Ihnen nicht versprechen. Die Deutschen haben uns nicht in alles eingeweiht. Es handelt sich allerdings um einen Mordfall.*

Mr. Murmann: *Carla ist doch nicht etwa … verwickelt?*

Kirk: *Nein, sicher nicht.*

Mr. Murmann: *Was möchte Sie denn wissen?*

Kirk: *Ist Ihnen bekannt, in wessen Auftrag sich Ihre damalige Frau Mitte der achtziger Jahre in Chile befand?*

Mr. Murmann: *Ja. Meine Frau arbeitete als Offizier des Bundesnachrichtendienstes.*

Kirk: *Warum sind Sie nicht mit ihr gefahren?*

Mr. Murmann: *Unsere Ehe kriselte bereits. Wir beide hielten es für besser, wenn wir uns eine Zeitlang nicht sehen. Felicitas blieb bei mir; es schien uns zu riskant, sie mit nach Chile zu lassen.*

McIntyre: *Wissen Sie Näheres über die Aufgaben, die Ihre Gattin in Antofagasta wahrnahm?*

Mr. Murmann: *Nein. Das durfte sie mir nicht sagen.*

Kirk: *Es gibt einen Brief von Ihnen an Ihre Tochter …*

Mr. Murmann: *Wieso kennen Sie unseren Briefverkehr?*

Kirk: *Nur diesen einen Brief. Die deutsche Polizei hat ihn beschlagnahmt.*

Mr. Murmann: *Dann steckt Carla wohl doch in ernsten Schwierigkeiten.*

McIntyre: *Mr. Murmann, wir können Sie zu einer Zusammenarbeit nicht zwingen. Aber nach unserer Kenntnis gibt es fünf oder sogar sechs Opfer. Eins … Soll ich es sagen?*

Mr. Murmann: *Wer?*

Kirk: *Sagen Sie es.*

McIntyre: *Ihre Tochter Felicitas.*

Mr. Murmann: *Nein.*

Die Vernehmung wird für eine Viertelstunde unterbrochen.

Det Lieut Kirk: *Können wir fortsetzen?*
Mr: Murmann: *Ja. Aber Carla wird doch Felicitas nichts angetan haben? Wenn, dann war es Grzimek. Horst Grzimek. Carla hat ihn in Antofagasta kennengelernt. Sie waren dann so etwas wie ein Paar. Und dieser Grzimek ist ein echtes Schwein. Ein Sadist. Er hat Felicitas zum Geschlechtsverkehr gezwungen. Er hat sie geschlagen, und einmal hat er ihr sogar zwei Fingernägel ausgerissen.*
Kirk: *Woher wissen Sie das?*
Mr. Murmann: *Felicitas hat es mir geschrieben. Ihre Briefe wurden zunehmend zu Hilfeschreien. Ich habe ihr angeboten, zu Brigid und mir zu kommen. Sie hatte wohl zu viel Angst vor der Fremde.*
Kirk: *Treffen die Informationen zu, daß sich auch Carla Murmann an den Quälereien beteiligt hat?*
Mr. Murmann: *Wenn ich gewußt hätte, was Sie von mir wollen, hätte ich Ihnen Felis Briefe mitgebracht. Dort können Sie es schwarz auf weiß lesen.*
McIntyre: *Entschuldigen Sie, aber ich muß Sie das fragen: Hatten Sie den Eindruck, Ihre frühere Frau könnte selbst an gewalttätigen Sexualpraktiken Interesse haben?*
Mr. Murmann: *Nicht nur den Eindruck. Ich weiß es. Unsere Ehe ist daran gescheitert.*
Kirk: *Und Frau Murmann will Gewalt ausüben, nicht wahr? Oder lieber erdulden?*
Mr. Murmann: *Ausüben.*
Kirk: *Gegenüber Männern oder Frauen?*
Mr. Murmann: *Sie möchte Menschen schreien, winseln und sich winden sehen. Soweit ich es beurteilen kann, ist ihr das Geschlecht egal.*
Kirk: *Halten Sie es für möglich, daß sie sich in Chile am Foltern von Menschen beteiligt hat?*
Mr. Murmann: *Ausgeschlossen.*

McIntyre: *Der chilenische Geheimdienst war seinerzeit doch nicht zimperlich.*

Mr. Murmann: *Carla hat mich in ihre Arbeit nur selten eingeweiht. Zu den Chilenen bestand kein Kontakt, jedenfalls wenn man ihren Worten Glauben schenken kann. Die Ansprechpartner des BND waren die Amerikaner.*

McIntyre: *Die CIA?*

Mr. Murmann: *Ja.*

Kirk: *Um auf den Brief an Ihre Tochter zurückzukommen: Sie merken dort an, daß Frau Murmann in der Vergangenheit Schuld auf sich geladen hat.*

Mr. Murmann: *Das bezieht sich tatsächlich auf ihren Chile-Einsatz. Wie gesagt, sie hat sehr selten darüber gesprochen. Sie wissen sicher, daß sie nicht allein in Antofagasta war, sondern mit Grzimek und einem weiteren Herrn, Büchner hieß der wohl. Da gab es einen Vorfall, der hat sie sehr erregt. Grzimek hatte in Antofagasta Verbindungen zu einer Widerstandsgruppe, die nicht einmal der CIA bekannt waren. Zwei dieser Kämpfer gegen die Militärdiktatur hatten in Deutschland studiert, deshalb waren die wohl für den BND interessant; es ging um irgendwelche Kontakte zu Linksradikalen in der Bundesrepublik. Diese Gruppe plante einen Sprengstoffanschlag auf eine Eisenbahnlinie, und diese Information hat Carla an die Amerikaner weitergeleitet. Mit dem Ergebnis, daß die chilenische Geheimpolizei DINA die Gruppe nicht nur zerschlagen, sondern die beteiligten Chilenen auch hingerichtet hat. Carla hatte aber nur gewollt, daß der Anschlag verhindert wird. Der Tod der Chilenen hat sie ziemlich mitgenommen. Sie war so entsetzt, daß sie sich mir anvertraut hat; das mußte sie einfach loswerden, verstehen Sie?*

Kirk: *Aber sie liebt doch die Gewalt? Das Quälen?*

Mr. Murmann: *Was nicht heißt, daß sie auch das Töten liebt. Außerdem, zwei der Hingerichteten waren noch sehr jung. Sechzehn.*

Ich rauchte, und auch Jörg Röder sagte eine Weile nichts. Ab und zu warf ich noch einen Blick auf das Protokoll, das mich zunehmend mit Ekel erfüllte, dann schloß ich es in meinen Panzerschrank. Mittlerweile, überlegte ich, konnte die Murmann auch Lust am Abschlachten von Menschen bekommen haben: Sie wollte sie eben nicht mehr nur schreien, winseln und sich winden sehen, sondern auch den Todeskampf.

»In was für einem Sumpf stochern wir hier eigentlich herum?« meldete sich Jörg mit belegter Stimme.

»In einer Liebesgeschichte«, entgegnete ich bitter, »denn hinter allem steckt doch die zärtliche Liebe der demokratischen Bundesrepublik zu faschistischen Diktaturen. Man hat eine popelige Eisenbahnlinie retten wollen und dafür sogar Kinder geopfert. Meinetwegen ungewollt, aber das ändert die Tatsachen nicht.«

»So naiv kann die Murmann doch nicht gewesen sein«, meinte Jörg. »War doch klar, daß die CIA die Informationen an die Chilenen weiterleitet und die diese Gruppe ausheben. Das war schließlich der Sinn des Tips.«

»Wir werden sie fragen«, entschied ich. »Jetzt kann sie nur noch den Mund aufmachen und mit uns kooperieren. Sie hat ihrem damaligen Mann Dienstgeheimnisse verraten, und die Pullacher kennen das Protokoll. Man wird sie fallenlassen wie eine heiße Kartoffel. Sie hat ein existentielles Interesse daran, sich mit uns gutzustellen. Endlich habe ich den Haken, an dem sie zappeln wird.«

2

Das Vernehmungszimmer in der UHA Moabit quoll aus den Nähten, denn ich hatte nicht nur Thalbach von der Wendung der Dinge informiert, sondern auch Lüders. Carla Murmann regte sich fürchterlich darüber auf, daß wir sie zu nachtschlafener Zeit verhören wollten, und verlangte Patzig zu sprechen, aber nachdem ich ihr das Protokoll zu lesen gegeben hatte, sagte sie nichts mehr. Mir war klar, daß sie sich eine Strategie überlegte, mit der sie Ronald Murmann als Lügner hinstellen konnte, aber das würde nicht leicht werden, denn der Mann hatte überhaupt kein Interesse, die Unwahrheit zu sagen.

»Möchten Sie eine Erklärung zu dem Vernehmungsprotokoll abgeben?« erkundigte sich Thalbach.

»Was werden Sie damit anfangen?« In den Augen von Frau Doktor Murmann entdeckte ich die pure Angst.

»Wir kommen nicht umhin, Oberstleutnant Wagner damit zu konfrontieren«, bluffte ich. »Die Staatsanwaltschaft München Eins wird ihn noch heute befragen.«

»Sie wollen mich erledigen, nicht wahr? Wenn das öffentlich wird ... Wagner genießt Protektion. Man wird alles auf mich abwälzen. Auf die diensteifrige Carla. Dabei war der Tip an die Amis Wagners Initiative.«

»Die Sache hat sich also so abgespielt?« wollte ich wissen.

»Leider«, behauptete die Murmann.

»Entspricht ebenso den Tatsachen, was Ihr ehemaliger Mann über Ihre sexuellen Vorlieben aussagt?«

»Nein. Er projiziert Grzimeks Leidenschaften auf mich.«

»Ich glaube Ihnen nicht«, sagte ich. Noch immer sperrte sich die Murmann dagegen, endlich ihr Gewissen zu erleichtern.

»Das ist Ihre Sache«, erklärte sie.

»Können Sie sich noch an Oscar Molina erinnern?« fragte ich weiter. »An den Hausmeister des *German Council*?«

»Schwach«, sagte die Murmann.

»Und an dessen Freundin? An Rosa Maria Hernandez? Ich

habe ein Foto, das Ihrem Gedächtnis auf die Sprünge helfen wird.« Ich legte das Bild vor Carla auf den Tisch.
»Nie gesehen«, sagte sie.
»Oscar Molina weiß es besser.« Abermals bluffte ich.
»Sie waren ziemlich fleißig«, meinte die Murmann.
»Also?«
»Grzimek war's.«
»Was war er?«
»Er hat sie mit Geldversprechen in seine Wohnung gelockt. Dort hat er sie vergewaltigt.« Frau Murmann verschlug es die Sprache. Diesmal war es kein Theater.
»Ihr die Knochen gebrochen? Und sie dann erwürgt?«
Carla Murmann nickte. Staatsanwalt Thalbach und Jörg Röder schüttelten im Duett ihre Köpfe, Lüders hatte ein Pokerface aufgesetzt.
»Warum?« wollte ich wissen.
»Er hat sich daran aufgegeilt«, sagte die Murmann hart.
»Waren Sie dabei?«
»Nein.«
»Warum hat er es Ihnen erzählt?«
»Er dachte, es würde mich animieren.«
»Hat es Sie animiert?«
»Nein.«
»Sie müssen Grzimek ja bis zum Wahnsinn geliebt haben«, sagte ich, »wenn Sie ihm alle seine Morde nachgesehen haben.«
»Morde?«
»Anne Hauptmann«, erläuterte ich. »Ulrike Schell. Ihre Tochter Felicitas.«
Auch Doktor Carla Murmann hatte immer eine starke Frau sein wollen. Stark wie ich. Stark wie Gesine. Als sie aufsprang und den Tisch umwarf, wußte ich nicht mehr, warum diese Stärke so wichtig war. Lüders und Thalbach stürzten sich auf sie. Ich dachte daran, daß es nicht nur Männern guttat, hin und wieder schwach zu sein; denn der Panzer, den wir angeblich starken Frauen um unsere Seele gelegt hatten, war keine Leistung, son-

dern eine Krankheit. Carla Murmann brach nicht in Tränen aus. Sie schrie, bis der Arzt sie ruhigspritzte. Sie schrie eine halbe Stunde lang.

3

»Es ist nicht meine Aufgabe, jede Ihrer Regungen zu verstehen«, erklärte ich der Murmann; ich saß neben ihrem Bett im Krankenrevier und ließ ein Tonband laufen. »Vielleicht lese ich Ihnen erst einmal etwas vor. Einer meiner Kollegen hat die einschlägigen Annoncen ausgewertet. Und er hat selbst einige in die Zeitungen gesetzt, sich dabei allerdings als Frau ausgegeben. Also, passen Sie auf: *Wir sind ein Ehepaar, neunundzwanzig (W) und dreiunddreißig (M) Jahre alt. Ihr Wunsch, sich auspeitschen zu lassen, trifft genau unsere Interessen. Sie verstehen sicher, daß wir beide ein Problem haben, nämlich unsere sadistischen Neigungen nicht aneinander auslassen zu können, weil keiner von uns den Part des Masos ausfüllen kann. Deshalb scheint mir, Sie wären die richtige Partnerin für uns. Wir sind beide groß, sicher nicht häßlich und auch nicht dumm. Bitte rufen Sie uns an.* Sie sehen also, Frau Murmann, daß Sie und Grzimek nicht allein auf weiter Flur standen. Und sie teilten die gleiche Leidenschaft, oder?«
»Sie haben den Leuten doch nicht geantwortet?« war das erste, was Carla Murmann wissen wollte.
»Natürlich nicht«, bestätigte ich. »Der Brief kommt nicht mal zu den Ermittlungsakten. Wir wissen durch die Rufnummer, um wen es sich bei den Absendern handelt. Niemand wird das je erfahren.«
»Im übrigen sind Sie schuld«, behauptete die Murmann.
»Ich?« Das war harter Tobak, aber ich riß mich zusammen.
»Horst erscheint Ihnen sicher als ein monströses Wesen«, sagte Carla.
Damit hatte sie recht, aber monströs war auch sie als eine Mut-

ter, die ihre Tochter mißbraucht und geschlagen hatte; ich persönlich litt noch immer an der Ohrfeige, die sich Jim von mir eingefangen hatte. Ich liebte meinen Sohn, weil ich seine Mutter war, und sah in ihm nicht das Stück Fleisch, an dem ich meine Gelüste befriedigen konnte. Solche Gelüste hatte ich gar nicht.
»Für mich war Horst ein Kranker«, fuhr die Murmann fort. »Ich mußte ihn beschützen, und das hat mir Kraft gegeben. Nachdem er diese Rosa Maria Hernandez getötet hatte, mein ich. Lange habe ich versucht, einen erneuten Ausbruch seiner Krankheit zu verhindern. Er war dankbar. Mein erster Mann kannte keine Dankbarkeit. Daß ich ihn bekochte, ihm die Sokken stopfte und auf ihn wartete, das war selbstverständlich. Horst brauchte mich auch. Aber er hat es zugegeben.«
»Und deswegen haben Sie ihn gedeckt?«
»Ich habe sogar versucht, weitere Taten zu verhindern«, erklärte Doktor Murmann. »Mit Felicitas. Wir haben sie nicht gut behandelt, im Gegenteil. Aber ich dachte, ihm würde es genügen. Und sie war damals erst sieben.«
»Es hat ihm nicht genügt«, nahm ich an.
»Schwer zu sagen. Er verhielt sich ruhig, bis Anne Hauptmann ihn unter Druck setzte. Nicht, weil sie etwas wußte, sondern meinetwegen. Da hat er wieder zugeschlagen. Im Gartenhaus.«
Ich hatte den Eindruck, daß Carla Murmann froh war, sich endlich anvertrauen zu können. Daß es sie für viele Jahre in den Knast bringen würde, schien ihr mittlerweile egal zu sein.
»Wie hat er das vor den Gartennachbarn geheimhalten können?«
»Er hat sie geknebelt. Außerdem hat es nur drei Tage gedauert.«
»Waren Sie dabei?«
»Zuerst. Ich hab sie auch geschlagen. Dann wurd es mir zu heftig.«
»Und als sie tot war, hat Grzimek sie im Tegeler Forst verscharrt?« Obwohl es sicher besser gewesen wäre, brachte ich den Vornamen nicht über die Lippen.

»Ja. Und ich habe ihn auf Knien angefleht, daß er so etwas nie, nie wieder tun solle. Er hat es mir versprochen. Sogar geweint hat er. Dann haben Sie die Tote gefunden. Nach vielen Jahren einer relativen Ruhe. Horst hat wieder angefangen. Und wissen Sie, warum?«

»Ja«, sagte ich. Darüber, daß Jörg Röder die Tonbandprotokolle richtig interpretiert hatte, bestand kein Zweifel mehr. »Ich sollte ihn fassen. Er hat gespürt, daß Ihre Kraft nicht ausreicht, um ihn zu erlösen. Deshalb seine Botschaften. Deshalb hat er Frauen gequält und getötet, die etwas mit mir zu tun haben. Denn durch Sie war er informiert, wer die Ermittlungen leitet. Er hatte sogar ein Motiv, daß er geltend machen konnte: Ulrike Schell war ihm wegen Felicitas auf den Fersen. Und ich heiße Lena. Wie in *Leonce und Lena* von Georg Büchner. Das hat er als Zeichen des Schicksals interpretiert.«

»Ich konnte nichts dagegen tun«, sagte die Murmann.

»Oh, doch«, sagte ich. »Sie hätten sich früher offenbaren sollen. Im übrigen haben Sie etwas getan.«

»Ich? Was?«

»Zeugen beseitigt. Nachdem mein Kollege Lüders und ich mit Ihnen zum erstenmal gesprochen haben, begannen Sie bereits, um Ihren Job zu bangen. Als wir Sie dann im *Spreegrund* ausfindig machten, war Ihnen klar, daß Sie würden eingreifen müssen. Nicht mit Appellen an Grzimek, der nicht mehr zu retten war. Sich selbst wollten Sie retten. Und deshalb haben Sie Ihre Tochter, Grzimek und Susanna erschossen. Grzimek war ein Serientäter. Sie haben recht, wie alle Serientäter war er krank. Sie, Frau Murmann, Sie sind eine Massenmörderin. Als Sie sich in die Enge getrieben fühlten, haben Sie getötet. Um Ihr Gesicht zu wahren. Aus dem beschissensten Grund, den man sich vorstellen kann. Sie hatten es auf der Karriereleiter sehr weit gebracht. Die Position wollten Sie nicht verlieren. Dafür haben Sie sogar Grzimek geopfert, den Sie angeblich liebten. Nein, Sie haben recht, Grzimek war kein Monster. Und ich nenne ohnehin Täter nicht so. In diesem Falle ja. Das Monster sind Sie.«

»Wie wollen Sie diesen Müll beweisen, Frau Wertebach?« Carla

Murmann kicherte. Auch sie befand sich auf dem Weg in den Irrsinn, und da gehörte sie auch hin.
»Kennen Sie die Kneipe, Verzeihung, kennen Sie das Restaurant *Kalimantan*?« Ich war bereits aufgestanden.
»Nein«, sagte die Murmann. Große Mühe, um ihre Lügen zu verbergen, gab sie sich nicht mehr.
»Vor vier Tagen haben Sie dort eine Waffe gekauft«, fuhr ich fort. »Eine russische Pistole. Eine Makarow. Neun Millimeter. Eine Mordwaffe.«
»Quatsch«, sagte die Murmann.
»Richtig.« Ich kontrollierte die Bandaufzeichnungen. »Sie sind ja ein Mensch, der alles im Griff hat. Köster hat es für Sie erledigt. Ihr Babysitter.«
»Absurd«, sagte die Murmann.
»Gibt es denn wirklich nichts, das Sie bedauern?«
»Doch«, sagte die Murmann. »Felicitas.«

4

»Trotz allem«, sagte Jörg Röder seinen Spruch auf, »trotz allem ist die Beweislage dünn. Köster wird nicht aussagen dürfen.«
»Den werden wir schon zwingen«, behauptete Thalbach. Ich hoffte, daß er sich nicht überschätzte.
»In gewisser Weise ist er sogar Mittäter«, meinte Diethelm.
»Um Ernst Wagner aus der Sache rauszuhalten?« fragte ich.
»Seh ich jedenfalls so.«
Ihm scheinen dann aber Zweifel gekommen zu sein«, vermutete ich, »oder sein Gewissen hat sich gemeldet. Immerhin hat er mich mit ein paar wichtigen Hinweisen versorgt.«
»Vielleicht ist er deinem Charme erlegen«, sagte Wiesenburg.
»Der wird schon gewußt haben, daß er bei mir keinen Coup landen kann«, wies ich ihn zurecht.

»Ich möchte zu gern wissen, wo Grzimek die Leiche von Ulrike Schell zerlegt hat«, mischte sich nun auch Schmidt ein. »Das macht doch eine Riesensauerei, und so viel Blut habe ich in der Laube nicht gefunden.«

»Das wird uns die Murmann schon noch erzählen«, sagte ich. »Wir fangen ja erst an.«

Das Erscheinen von Brinkmann und Koslowski, der noch immer offiziell die *SoKo* führte, ließ mich zuerst eine Belobigung erwarten, aber die beiden sahen nicht wie Gratulanten aus, sondern wie Trauergäste.

»Schrecklich«, murmelte Koslowski vor sich hin. Brinkmann sagte gar nichts.

»Meinen Sie unseren Serienmörder? Oder nimmt es Sie so sehr mit, daß sich eine ziemlich hohe Schranze der Innenverwaltung als Verbrecherin entpuppt hat? Da wird der Senat wieder mal eine Zeitlang keine gute Presse haben. Aber die hat er sowieso nie.«

»Schubert«, wehklagte Koslowski.

»Was ist mit Schubert?«

»Abgelöst«, hauchte der ewige Stellvertreter. Unser aller Chef blickte grimmig drein. Dabei hätte er sich doch freuen sollen; vielleicht gelangte er auf den vakanten Stuhl des LKA-Leiters. Mir tat es um Schubert nicht leid.

»Abgelöst und in die Provinz abgeschoben«, fuhr Koslowski fort. »Und der PP will sich einen neuen LKA-Chef von außerhalb holen. Aus Frankfurt. Eine Frau.«

»Wenn sie gut ist«, meinte ich leichthin und ging zur Tür, »so gut wie ich ... und wenn sie keine BND-Karriere hinter sich hat: Der PP hat meinen Segen.« Ich hatte meine Hand bereits auf die Klinke gelegt, drehte mich aber noch einmal um und wandte mich an Lüders. »Okay, Johannes, tröste du die Trauernden. Ich erledige noch meine Dankestelefonate um die halbe Welt, Wiesbaden, Antofagasta, du weißt schon, und vielleicht sprech ich sogar direkt mit Detective Lieutenant Kirk und Sergeant McIntyre. Es ist einfach schön zu wissen, daß es überall auf der Welt fleißige Bullen gibt, da fühlt man sich nicht so allein in sei-

nem verzweifelten Kampf gegen das Verbrechen. Und dann fahr ich nach Hause und schlaf mich aus. Also bitte keine Anrufe. Johannes, ist dir nicht gut?«
Alle starrten mich an, vor allem jedoch mein Stellvertreter. Vermutlich hielt er seinen schönen Vornamen für unaussprechbar.

5

»Guten Tag, Frau Wertebach!« Jetzt war es schon Rudi, der in den Flur gerannt kam, um mich als erster zu begrüßen, und nicht mein Sohn; Rudi hatte sich bei uns bereits häuslich eingerichtet. Trotzdem fiel es ihm noch immer schwer, in mir etwas anderes zu sehen als die erwachsene Frau, zu der man höflich sein mußte. Ich schleuderte meine Tasche auf den Boden und streifte meine Schuhe ab. »Ich hab Sie im Fernsehen gesehen«, behauptete Rudi.
»Das halte ich für wenig wahrscheinlich«, erklärte ich, »denn bevor man mich im Fernsehen betrachten kann, muß man eine Aufnahme von mir machen. Und das ist meines Wissens nicht geschehen.«
»Mam?« krähte Jim aus seinem Zimmer.
»Nein, natürlich nicht. Du hast doch gehört, daß ich die Wohnungstür nicht aufgeschlossen, sondern aufgebrochen habe.«
»Also Sie waren nicht direkt im Fernsehen«, bekannte Rudi, »aber die haben über diese Frau berichtet, diese Frau vom Senat. Und über diesen Mann, Sie wissen schon, der die Frauen umgebracht hat. Ihr Name wurde auch ein paarmal genannt.«
»Nur einmal«, korrigierte Jim, der sich zu uns gesellte. »Und falsch: Hauptkommissar Lina Wertbach.«
»Was nimmt's wunder? Dein Freund bekommt ihn ja auch nicht über die Lippen. Den Vornamen, meine ich. Sonst was Neues?«

»Soll ich wirklich Lena zu Ihnen sagen?« wollte Rudi wissen.
»Und mich duzen«, gestattete ich ihm großmütig. »Aber jetzt will ich sitzen. Sitzen und schweigen.«
»Ich habe beschlossen, T-online total abzuschaffen«, verkündete Jim, der mir ins Wohnzimmer hinterhertigerte. »Jeder Knaller rast da rum und verdirbt einem den Zugang. Ich bleib bei America Online.«
»AOL ist was Reelles«, bestätigte Rudi.
»Und wenn ich in Rente gehe, schenkt ihr mir zwei dicke Kompendien, was? Eins über Antofagasta, eins über Albuquerque. Die mich dann ein paar tausend Mark Telefongebühren gekostet haben werden. So, und jetzt geht spielen.«
»Spielen?« Rudi schaute mich an, als ob ich nicht dicht wäre.
»Schlechte Laune, Mam?« erkundigte sich Jim.
»Nein. Ich hab gar keine Laune. Bin bloß müde.« Um meine Worte zu unterstreichen, legte ich mich auf die Couch. Jim und Rudi gingen hinaus. Ich wartete auf den angenehmen Dämmerzustand zwischen Wachsein und Schlafen, bei dem die Welt in Watte zu versinken begann.
Jim tauchte noch einmal kurz auf und legte ein Blatt Papier neben mich auf den Tisch. Er verhielt sich sehr leise, hielt mich offenbar bereits für eingepennt, aber kaum hatte er das Wohnzimmer verlassen, langte ich nach dem Zettel. Er enthielt äußerst wichtige Informationen:
Antofagasta doesn't exist. Albuquerque doesn't exist. Mam is existing. That's enough.
Zuerst mußte ich lachen, dann kam mich das heulende Elend an. Ich suchte eine Zeitlang nach dem Grund für meinen Weinkrampf, schob ihn auf den Streß und meine Erschöpfung, aber schließlich überfiel mich die Erinnerung an Susanna mit einer Gewalt, daß mein Heulen nur noch schlimmer wurde. Wie auch immer ich es drehte und wendete, Susa existierte zwar noch, aber nur als Erinnerung, die verblassen würde. Ihr Leben, ihre Nähe, ihr Körper und ihre ganze verrückte Ideologie, das war Vergangenheit. Weil Susanna keine Zukunft mehr hatte, kam es mir plötzlich ungeheuerlich vor, daß meine Zukunft in

den Bahnen der Gegenwart verlaufen würde: Wenn ich nicht vorher starb oder gewaltig versagte, würde ich noch in zehn, noch in zwanzig Jahren Kriminalbeamtin sein. Susanna hatte den Ausstieg aus dem bürgerlichen Leben praktiziert, ich würde ihn niemals schaffen. Noch hatte ich Jim als Ausrede, der versorgt werden mußte. Irgendwann würde Jim mich verlassen. Ich würde eine neue Ausrede finden.

Susa würde nie mehr zu mir kommen; zum erstenmal wurde mir das in seiner ganzen Tragweite bewußt. Ich hatte Susa geliebt. Ich hatte sie wirklich gern gehabt. Nun war ich allein.

Nicht einmal Gesine ließ sich blicken. Nicht einmal Jim. Jim nahm Rücksicht. Ich hätte ihn rufen können. Ich hätte nur den Flur zu überqueren brauchen. Aber er sollte mich nicht als verheulten Schwächling sehen. Er war stolz auf seine Mutter. Auf eine Heulsuse war man nicht stolz. Ich biß mir auf die Finger und zahlte den Preis. Eine ganze Nacht lang.

Die äußeren Spuren ließen sich wegschminken. Ich frühstückte wie immer, klopfte Rudi auf die Schulter, strich meinem Sohn übers Haar, was ihm besonders vor seinem Freund unangenehm war. Ich packte meine Tasche, zupfte ein paar Fusseln von meinem Mantel, rieb meine Schuhe mit einem feuchten Lappen ab. Ich ging zur U-Bahn, fuhr in die Untersuchungshaft. Ich hatte noch viel zu tun. Wie immer.

Die Frau in der Gesellschaft

Eine Buchreihe

Herausgegeben von Ingeborg Mues

Helga Anderle
Sag beim Abschied leise Servus
Wiener Mordgeschichten
Band 12859

Britt Arenander
Flirt mit fatalen Folgen
Band 13275

Pat Barker
Die Lockvögel
Band 12309

Maria Benedickt
Blutrotes Passepartout
Roman
Band 13943

Maria Benedickt
Ein Hund in Teufels Küche
Band 13720

Binder & Ko
Der Mörder war wieder der Gärtner
Band 13527

Sabine Deitmer
Bye-bye, Bruno
MännerMord-Geschichten
Band 4714
Auch brave Mädchen tun's
Mordgeschichten
Band 10507
Dominante Damen
Band 12094
Kalte Küsse
Band 11449

Sabine Deitmer
NeonNächte
Band 12761

Barbara Dobrick
Sommertheater
Roman
Band 13894

Sarah Dreher
Jenseits
Ein Stoner-McTavish-Roman
Band 12825

Miriam Grace Monfredo
Das Erbe von Seneca Falls
Band 12830

Fischer Taschenbuch Verlag

fi 23/ 18 a

Die Frau in der Gesellschaft

Eine Buchreihe
Herausgegeben von Ingeborg Mues

Maria Gronau
Weiberwirtschaft
Roman
Band 14011

Alexandra von Grote
Die unbekannte Dritte
Roman
Band 13958
(*in Vorbereitung*)

Anna Johann
Ihr erster Auftrag
Band 13535

Dagmar Kekulé
Paulinas wilde Reiter
Band 13680

Barbara Neely
Night Girl
Band 12316

Marieluise Ritter
Requiem für einen Macho
Band 13526

Angelika Schirmer
Mord am Küchentisch
Roman
Band 13735

Shirley Shea
Jagdtrieb
Band 12824
Katzensprung
Band 11021

Isabel-Clara Simó
Wie ein dunkler Schatten
Roman
Band 13674

Katrin & Erik Skafte
Lauter ganz normale Männer
Ein Krimi – Nur für Frauen
Band 4732

Fischer Taschenbuch Verlag

fi 23 / 1 b

Die Frau in der Gesellschaft

Eine Buchreihe

Herausgegeben von Ingeborg Mues

Cornelia Arnhold
Bastardlieben
Erotische Geschichten
Band 12328

Kerstin Bauer
Hommage an eine Schlampe
Roman
Band 13338

Britta Blum
Babys fallen nicht vom Himmel
Roman
Band 14022

Martine Carton
Etwas Besseres als einen Ehemann findest du allemal
Roman
Band 4718

Sabine Deitmer
Die schönsten Männer der Stadt
Balzgeschichten
Band 13620

Anna Dünnebier
Der Quotenmann
Roman
Band 11779

Angélica Gorodischer
Eine Vase aus Alabaster
Roman
Band 13278

Christine Grän
Die kleine Schwester der Wahrheit
Roman
Band 10866

Tina Grube
Ich pfeif auf schöne Männer
Roman
Band 13320

Lauter nackte Männer
Roman
Band 13768

Männer sind wie Schokolade
Roman
Band 12689

Karin Hartig
Ehemänner und andere Irrtümer
Roman
Band 13881
(*in Vorbereitung*)

Reihenhaus-Blues
Roman
Band 13239

Fischer Taschenbuch Verlag

fi 21 / 11 a

Die Frau in der Gesellschaft

Eine Buchreihe
Herausgegeben von Ingeborg Mues

Eva Heller
Beim nächsten Mann wird alles anders
Roman. Band 3787

Bettina Hoffmann
Abgang mit Applaus
Band 11613
Die Emanzen sind los
Die Gründung des Frauenstaates Lilith
Roman
Band 12424

Hilla Janssen
Im Kühlschrank brennt immer ein Licht
Roman
Band 13964
(in Vorbereitung)

Anna Johann
Ich liebe meine Familie - ehrlich
Roman
Band 13082
Geschieden, vier Kinder, ein Hund – *na und*?
Band 11118

Jil Karoly
Ein Mann für eine Nacht
Roman
Band 13276
Mein wundervoller Wonderbra
Roman
Band 13619

Dagmar Kekulé
Paulinas wilde Reiter
Roman
Band 13680

Claudia Keller
Windeln, Wut und wilde Träume
Briefe einer verhinderten Emanze
Band 4721
Kinder, Küche und Karriere
Neue Briefe einer verhinderten Emanze
Band 10137
Frisch befreit ist halb gewonnen
Reisebriefe einer verhinderten Emanze
Band 10752

Fischer Taschenbuch Verlag

fi 21 / 13 b

Die Frau in der Gesellschaft

Eine Buchreihe

Herausgegeben von Ingeborg Mues

Claudia Keller
Der Flop
Roman
Band 4753
Kein Tiger in Sicht
Satirische Geschichten
Band 11945

Hannelore Krollpfeiffer
Telefonspiele
Roman
Band 12423

Fern Kupfer
Zwei Freundinnen
Roman
Band 10795
Liebeslügen
Roman
Band 12173

Anna von Laßberg
Eine Liebe in Bonn
Roman
Band 12760

Ulla Lessmann
Helenens gestörte Ruhe
Roman
Band 13529

Doris Lerche
Der lover
Band 10517
Eine Nacht mit Valentin
Erzählungen
Band 4743

Doris Lerche
21 Gründe, warum eine Frau mit einem Mann schläft
Erzählungen
Band 11450

Hera Lind
Ein Mann für jede Tonart
Roman
Band 4750
Frau zu sein bedarf es wenig
Roman
Band 11057
Das Superweib
Roman
Band 12227
Die Zauberfrau
Roman
Band 12938

Fischer Taschenbuch Verlag

fi 21 / 4 c

Die Frau in der Gesellschaft

Eine Buchreihe
Herausgegeben von Ingeborg Mues

Hera Lind
Das Weibernest
Roman
Band 13770

Frances Lucas
Die Gegenspielerin
Roman
Band 13280

Wer sich nicht wehrt, kommt an den Herd
Zwanzig amüsante Kurzgeschichten von **Hera Lind** und anderen Superweibern
Herausgegeben von Ingeborg Mues
Band 13857

Susi Piroué/ Caroline Baur
Liebe Freundin, liebe Feindin
Ein Roman in Briefen
Band 13352

Gisela Schalk
Frauen in den besten Jahren
Kurzgeschichten
Band 12073

Birgit Stobbe
Frauen wie wir
Roman
Band 13264

Susan Szabo
Amor zählt bis drei
Roman
Band 13406

Lea Wilde
Adam, rück den Apfel raus
Roman
Band 13767

Männer aus zweiter Hand
Roman
Band 13084

Dorit Zinn
Küß keinen am Canale Grande
Roman
Band 13458

Mit fünfzig küssen Männer anders
Roman
Band 12939

Fischer Taschenbuch Verlag

fi 21 / 1 d